中公文庫

戦後日記

三島由紀夫

中央公論新社

目次

戦後日記

そぞろあるき――作家の日記

昭和二十三（一九四八）年六月

六月十一日（金）晴、暑し、

いつもの通り午前八時半四谷見附の大蔵省銀行局国民貯蓄課へ出勤す。午前中大した用事もなし。

昼食をすませて、あまりの暑さにアイスクリームをのみたくなってきたところへ、婦人公論S女史が来たので、一緒に銀座コック・ドールへアイスクリームをたべにゆく。昨年の夏は一日も欠かさず、毎日一つ以上アイスクリームをたべていたものである。S女史の用件は、旧作「岬にての物語」の一部分の文章を使って、その背景に海の写真をとり、口絵にしたい、ということで、「岬にての物語」の鷺浦《さぎうら》というのは本当は房州の鵜原《うばら》で、岬は「理想郷」とよばれているその一角であるところから、カメラマンに同行してもう一度少年時代に見た風光を訪ねたいと洩らしたことがあるので、そのカメラマンの都合のよい日と私の役所の勤め日と重なって同行はむずかしいことを知らせに来てくれたのである。どこの岬でも美しい岬ならよいわけで、幼ない眼で驚嘆した景色は成年してからは見ない方がよいのかもしれない。コクトオがそれについてこんなエピソードを告げている。「一九一七年、シャトレ座で僕が自作のバラアドを上演した時、僕は照明の不足を訴えた。僕は道具方に向って、『コロンヴィエさん、僕には昔この座で見た《森の牝鹿》の中の野菜の王国の場面の照明が必要なんだ』と切り出したものだ。『コクトオさん、あの時分、あなたはお幾つでした？』『五歳だったよ』『その照明はあなたの空想ですよ』と彼が答えて言った。『あの当時の小屋には現在の四分の一しかライトがありませんでしたから』……」

銀座でS女史と別れてかえってくると、I書店の社長が待っており、かねてK氏からも下相談のあった出版の依頼なので、短篇集の出版を約す。しかし原稿が九月一杯に揃うかどうか疑問である。

四時に役所が退《ひ》け、その足で鎌倉文庫へゆく。用件をすませてから木村徳三氏としばらく話す。「世界文学」にのせた私の「ドルヂェル伯の舞踏会」という評論をよんだそうである。「どうでした」ときくと、しばらく考えていて、いつもの非常に気易いしかも幾分ノンシャランスでユーモラスな氏独特の口調で、「でも……あなた随分心臓ね」という。ラディゲ自身を登場させて、私のドグマをぺらぺらしゃべらせるという行き方が、よほど強心臓にみえるらしい。しかし私は外国作家を先生や兄貴分扱いにするのがきらいである。私が外国作家を日本の作家より好きだとすれば、それは妙な向う三軒両隣的蔭口を蒙《こうむ》るおそれなしに安心して彼らを友達扱いできるからであるらしい。

七時ごろ帰宅、国学院大学の石井君待っている。明日の講演の打合せなり。食事を共にしながらしばらく喋る。

六月十二日（土）晴、時々曇、暑し、
昨夜仕事を怠けてしまう。朝四時半まで講演の原稿を書いている。役所遅刻す。

正午役所退け、渋谷国学院大学へゆく。亀井勝一郎氏も間もなく見ゆ。昭和二十一年の暮に太宰治氏と亀井氏にお目にかかって以来であるから、一年半ぶりである。私が「古今集の古典性」という話をして、それから亀井氏が「現代人と文学」という話をされた。その後で質疑応答がごたごたあって、四時におわった。

独乙《ドイツ》文芸学でいう「古典」の観念や、仏蘭西《フランス》十七世紀文学の古典性を、日本のいわゆる古典にあてはめてみると一番妥当するものが古今和歌集である、というのが私の論拠である。その非個性、その形式的完璧性、その抽象性、その単純性、等から時間的空間的な普遍妥当性の結論を導き出してみた。しかしこれは独乙文芸学的な方法によるべきであり、講演のような形でしゃべると一つの主題の提起にすぎなくなる。ことに私の講演はユーモアに欠けているので、暑気の折柄、聴衆は眠そうである。

私がもっと興味のあるのは、結論の部分で一寸《ちょっと》ふれておいた文学史的な問題の方なので、それは外面の秩序に支えられてそれと調和した内面的秩序によって築かれた古今集の古典的な抽象美が、外面的秩序の崩壊への内面的な反抗の表現として狂おしく咲き乱れた新古今集の個性的な非抽象的な美の偏重に陥り、更に二条京極二派の抗争をとおして永福門院へ到達すると、内面的な美の結晶作用による秩序の建設さえすでに絶望化し、全く人力の及ばぬ自然の風物の、自然そのものの風景そのものの秩序を忠実に模写する抒景歌だけしか歌うことができなくなった、という文学史的な一つの構想なのである。

亀井氏と渋谷駅で別れ、地下鉄で三越前で下り、三越劇場へゆく。俳優座文芸部の矢代静一君がその訳になる「女学者」の上演を見てくれるようにと切符をくれたのである。五時にはじまる。訳業がイヤ味がなく軽妙なのでおどろかれる。矢代君は矢張都会人である。クリタンドルの演技に王朝時代の艶冶郎《えんやろう》の味がなくて青年団の団員みたいな気味のあるのが気になる。楠田さんは美しく、村瀬女史は複雑なアクションがすみずみまで渋滞や不自然がなく素晴らしい。計算が正確な演技というものは清潔でよいものだ。たのしみにしていたモリエールを堪能できて嬉しかった。

矢代君にさそわれて呑みにゆき、そこで偶然に椎名麟三氏に会う。椎名氏すでによい御機嫌なり。それでいて正気のときよりもっと正気のことをいう。彼の明るさ彼の生の健康な咀嚼、――私は世間で見ている彼とちがうものを彼に見るのだ。彼は彼の精神の光と熱の過多のために疫病や暗黒や虚無などが繁茂した熱帯の蛮地を、隈なく経めぐってきた旅行者を思わせる。彼がいまのところ光の遠くにいるのはそのせいだ。彼は電灯の光なんかに欺《だま》されはしない。

――深夜、帰途につく。

某月某日

昭和二十三（一九四八）年十月

十月二十六日（火）晴のち曇

七年ぶりで乗馬をはじめる。大蔵省をやめたときから、運動不足になることを考えて、馬をまたはじめようかと計画していたが、二ヶ月の熟慮のはてに断行することになった。それというのも馬はコワイからである。以前馬事公苑の、競馬場みたいなばかでかい馬場の全コースを競馬そのままのスピードで馬が駈け出したことがある。その背中に僕が乗っていたのである。天馬《ペガサス》に乗った子供のように頸《くび》っ玉《たま》にかじりついて目をとじていた。耳もとを鳥のようなすさまじい叫びをあげて、群立《むらだ》つ空気がうしろへ飛んだ。

大手門で門鑑をもらって、もと主馬寮《しゅめりょう》の国際乗馬倶楽部へゆく。北海という馬を宛《あて》がわれる。初心者用で、十八、九歳の花恥かしき年頃である。尤も人間だと六十五歳から七十歳に当るわけで、何事も心得た顔つきだ。僕は年寄と話していてもむやみと退屈しない美徳を持っている。この半世紀勤続の模範小使みたいな馬とも、ウマが合いそうである。学習院時代にも僕は命が惜しさに、ボロボロな馬にばかり乗っていたものであった。ひろい覆馬場《おおいばば》は、澱んだ朱いろの水の堀割を脇に控えて、堀の手前の桜並木を近景に、堀のむこうの老松《おいまつ》をいただく寥落《りょうらく》とした石垣を遠景に、なにか儀式のあったあとの広間のようにひっそりしている。S氏が栗毛の馬に見事なギャロップを踏ませていられた。

軽速歩《けいはやあし》をやっていると、「上等です」とS氏に褒められた。小説を褒められるより、よっぽど嬉しい。調子に乗って速歩《トロット》ばかりやっているうちに、北海は疲れて来て豚のような鼻声を出した。常足《つねあし》にする。鞍の下に馬の素直な気高い背中が感じられる。一体に僕は絵に描いた馬が好きである。ドラクロアがしばしば狂奔する馬を描いている。目がむき出しになって血走っている。狂奔した馬の姿態には、なにかしら直截な悲劇的感動がある。しかし僕の乗っている馬が狂奔すれば喜劇になる他はないから、馬の為を思って言うのだが、僕を乗せている時は暴れないがよろしい。ドラクロアの手記に、ジェリコオのことが書いてある。この生粋の浪漫家の死を、ドラクロアは「芸術が現代に経験しうる最大不幸の一」に数えている。「彼は青春を浪費した。彼は何事にも極端だった。牡馬でなければ乗るを好まず、中でも甚しい荒馬を選んだ……」あげくのはてが、ジェリコオは馬で大怪我をして、間もなく三十二歳で死んだ――聖書の黙示録には、死がこれに乗り、陰府《よみ》これに従う、「蒼ざめたる馬」が虚無の鼻息あらあらしく登場する。ロープシンの同名の小説はテロリストたちの暗澹たる吐息にみたされた名作である。

一時間程乗って初乗りをおわる。次のオリンピックまではまだ四年もあるからあわてるには及ばない。

作家の日記

昭和二十五（一九五〇）年一月

一月十九日

午後一時より「灯台」本読み第七日。三越劇場楽屋にて。例のとおり青山杉作氏、岸輝子氏はじめ一同集まる。松本克平氏病気のため、今日より永井智雄氏代読。五時半おわる。帰宅。入浴。机にむかうが、今晩仕事出来そうにもなし。「葉隠」を読む。「総じて修業は、大高慢にてなければ役に立たず候。われ一人して御家を動かさぬとかからねば、修業は物に成らざるなり」など芸術論としてよし。日本の古い修養書は芸術論として読むべし。ワイルドの「獄中記」の如き、まるでそのまま「悪人正機」なり。

仕事が捗らぬときは生活の空想に耽る。一生大邸宅も要らず、自動車も要らず。（但し自動車は在っても邪魔にならず）暖房と防音装置と風呂のついたアパートさえあればよし。そこに秘書一人と料理女一人と住む。秘書は野育ちで素直で頭のからっぽなチンピラならよろし。気分のいい日は、そいつと、西部活劇やギャングや冒険小説やインディアンの話をしてすごす。玩具のピストルで、部屋の中でそいつと射ち合いをして遊ぶ。ブルウの生地に左右十個ずつの金ボタンのついた制服を着せておく。
これっぽっちの空想も叶えられない日本にいて、「先生」なんかになりたくなし。
仕事、朝まで二枚。高級なる小説なり。

退屈な新年——新春雑記

昭和二十九（一九五四）年一月

一月一日、曇、薄日がさしている。

毎年の吉例で、大晦日の晩は徹夜して机に向った。大して仕事が捗《はかど》るわけではない。たこの習慣が私のジンクスなのである。朝は大そう寒い。庭のほうぼうの水たまりが氷になった。お雑煮を祝って、九時すぎに寝て、午後に起きる。どこへ出かけて見ても、店はしまっているだろうし、酒を吞ますところはないだろうし、人の家へ御年始に行けばよいようなものの、酒はやっぱり「いただいて」吞むべきものではない。仕方なしにテレビを見ていると、猿之助が操三番をやっている。こういうケレンがかったものなら、この人の踊りも見られる。フロオベル九歳の手紙に、「親しい友よ、元旦なんて馬鹿らしいと君のいうのは全くだ」と書いているのは有名な話だが、今年二十九歳の日本人がそう云う分には別にキザではあるまい。

一月二日、快晴。

鎌倉の川端さん、林さんのところへ御年始にゆく。夜中に雨になり、雷が太《はなはだ》しい。二重橋の上では、参賀の人が押しつぶされて、大ぜい人死があった。古い「明月記」や「看聞御記《かんもんぎょき》」や「椿葉記《ちんようき》」などという日記には、よく前兆を案じて、「可畏」、「可怖」などと書いてあるが、古典の簡潔な日記はこういう二字で社会現象を片附けて、ゾッとするような深淵をのぞかせる。現代の雑誌は、千万言を費して、現象をあげつらって、餅のようにひきのばして、あげくのはては、モミクチャにして、どこかへ呑み込んでしまう。

一月四日、冷雨。

東京ポップスの切符をもらったので、一人で日比谷公会堂へ出かけて、開会前に、楽屋へ黛《まゆずみ》敏郎君をたずねる。ずいぶん久しぶりに会う。昼の部のかわり目の短かい時間に、彼は、白絹のマフラーと黒いコートを引っかけて、私と一緒に廊下へ出てくる。彼は芥子《けし》のように髪をちぢらせ、タキシードに、灰色の靴下にタキシード・シューズを穿き、巴里《パリ》で買った指環をはめ、黒と白ばかりで、まるでビアズレエの絵から抜け出したようだ。この指環も、彼が巴里で、指環を買う買う、としきりに云うので、私が、指環なんかよせよせ、と逆説的煽動をしたので、買ったのだ。日本へかえってから、「あんな早熟な青年は見たことがない」と中村登監督に言ったら、中村監督は私がそう言うのがおかしいと云って、大笑いをした。少しもおかしくない。

「そのうちに何かアッといわせるような道楽をしたいな」と私。

「しよう、しよう」と黛。

しかしわれわれに悪戯をさせてくれるような環境がなかなか日本にはあらわれない。

――夜、家へかえると、母が熱八度で、盲腸の疑いがあるという。もし夜中に痛み出したら入院だというさわざで、家中、手配の電話をかけたり何かして、落着かない。その刺戟で、夜中に仕事が捗る。小説とは全くヘンな仕事だ。（母は結局、盲腸炎ではなかった）

作家の日記

昭和三十（一九五五）年四月〜五月

四月二十八日（木）

仕事疲れを休めに箱根へ行っていて、午後一時帰京。温度は昇ったが、一日曇、時々雨。夜の座談会まで時間があるので、映画を二本見る。「ヴェラ・クルス」と「ゴジラの逆襲」なり。

夜六時半、俳優座へゆき、「新劇」の座談会の会場へ入るに、いきなり、

「ゴジラは面白かった？」

と杉山誠氏にきかれる。ゴジラへゆく前に、「これからゴジラを見に行く」とふれまわったのが、どこかから杉山氏の耳に入ったものらしい。東京はせまい。

芝居の座談会は、みんな大好物の話題だから話が尽きない。菅原卓、内村直也、田中千《ち》禾《か》夫《お》、小山祐士、伊賀山昌三、杉山誠、千田是也、岸輝子の諸氏である。十一時散会。

五月三日（火）

このあいだ東横線に乗っていて、獅子ヶ谷牡丹園《ぼたんえん》という広告を見た。名前が気に入った。「獅子トラデンの舞楽のみぎん」という歌詞を思い出させる。きっと何かの小説の背景に使えるだろうと浅間しいことまで考えて、今日を行く予定にしていたら、曇り時々雨の天候で、やめにした。

朝まで仕事をしたので、午後二時起床。起きて、火を入れないコタツに腰かけて食事をしていると、戸棚の中と思《おぼ》しき猫の声がする。戸棚をあけに行ったら、猫は戸棚の中などにはいず、コタツの向う側の座蒲団に四つ足を丸めて坐っている。さっきの声は、独り言を言ったものらしい。

この猫は私の書斎で生れ、見どころのある猫だと思っていたら、こういうことがあった。岡山県の或る愛猫家の老婦人から、私の猫の噂をきいたという手紙をもらい、猫の足を印肉におしつけて、スタンプ入りの返事を書いたら、今度は、「猫に上げてくれ」という口上で、結構な鯛の浜焼をいただいた。猫には一つまみだけやって、人間どもが、たちまち平らげてしまった。実に旨かったが、これもこの猫のおかげである。

五月五日（木）

久しぶりに晴れた。五月は一年中で最も好きな月だが、昨日までの毎日のしめっぽさはどうだ。今日は南欧の空のような青空で、ほうぼうの屋根をぬきん出て、鯉のぼりか実に鮮明で美しい。

午後、父母と網島からバスに乗って、獅子ヶ谷牡丹園へ行った。この情景は、いずれ何かの小説に使うから、日記には書かない。

かえり腹が空いたから、綱島駅近傍の当てずっぽうの旅館へ入って、夕食をたべた。

家へかえると、弟の友人で小説を書こうとしているH氏が来ている。トーマス・マンが好きだというから、大いに共鳴した。勤めをしていて、小説を書いてゆこうというのは大へんだろうと同情する。私も、勤めをして小説を書いていたときほど、寝不足の不健康な毎日を送ったことはない。あれをつづけていたら、今ごろは肝臓がただではすむまいと思う。

「芸術新潮」の人が、岡本太郎、加藤周一両氏との鼎談のゲラを届けて来る。この座談会は出ていて面白味のある座談会だった。話が忽ち洋の東西に飛ぶのは、飛行機に乗っているようで、おもしろい。

小説家の休暇

昭和三十（一九五五）年六月〜八月

六月二十四日（金）

快晴で、酷暑である。今年の梅雨は空梅雨らしい。久々で神田の古本屋歩きをし、高野辰之氏と黒木勘蔵氏の校訂にかかる「元禄歌舞伎傑作集」上下を買う。珍本なり。

カッとした夏の日のなかを、日光に顔をさらして歩くのが好きだ。どこまでもこうして歩きたいと思う。そうして歩いていると、戦後の一時期、あの兇暴な抒情的一時期のイメージが、いきいきとよみがえって来る。

夏という観念は、二つの相反した観念へ私をみちびく。一つは生であり活力であり、健康であり、一つは頽廃であり腐敗であり、死である。そしてこの二つのものは奇妙な具合に結びつき、腐敗はきらびやかな心象をともない、活力は血みどろの傷の印象を惹き起す。戦後の一時期は正にそうであった。だから私には、一九四五年から四七、八年にかけて、いつも夏がつづいていたような錯覚がある。

あの時代には、骨の髄まで因習のしみこんだ男にも、お先真暗な解放感がつきまとっていた筈だ。あれは実に官能的な時代だった。倦怠の影もなく、明日は不確定であり、およそ官能がとぎすまされるあらゆる条件がそなわっていたあの時代。

私はあのころ、実生活の上では何一つできなかったけれども、心の内には悪徳への共感と期待がうずまき、何もしないでいながら、あの時代とまさに「一緒に寝て」いた。どんな反時代的なポーズをとっていたにしろ、とにかく一緒に寝ていたのだ。

それに比べると、一九五五年という時代、一九五四年という時代、こういう時代と、私は一緒に寝るまでにいたらない。いわゆる反動期が来てから、私は時代とベッドを共にしたおぼえがない。

作家というものは、いつもその時代と、娼婦のように、一緒に寝るべきであるか？　もちろん小説には、まぬがれがたい時世粧《じせいそう》というものは要る。しかし反動期における作家の孤立と禁欲のほうが、もっと大きな小説をみのらせるのではないか？

……それにしても、作家は一度は、時代とベッドを共にした経験をもたねばならず、その記憶に鼓舞される必要があるようだ。

六月二十五日（土）

曇。暑い。三時から京橋で、青年座の人たちに、自作「白蟻の巣」の本読みをする。三幕の本読みは、まことに苦しい。

完全な戯曲というものは、小宇宙のようであるべきだ。小説もそうだろう。しかし小説の世界は戯曲のそれほど閉鎖的ではなく、時間の流れも自由であり、その世界のすみずみにまで、一種の宇宙的法則の雛型が支配している必要がない。その逆のあらわれとして、小説では、戯曲における ほど、偶然を濫用することができない。つまり偶然が必然化されるには、作品を必然的法則がつらぬいていなければならないから。戯曲で、その噂をされていた人物が、都合よく登場したりして不自然でないのは、戯曲のほうが小説よりも、はるかに緊密な必然的法則を、形式上からも、要請されているからである。

戯曲文学が古代から栄えたのは、理由のないことではない。ギリシアでは、戯曲と彫刻とは同じ理念に立っていた。自然および自然構造、宇宙および宇宙構造の、忠実な模写の理念なのだ。そこでは芸術の理想は、物の究極の構造に達することだった。

ギリシア芸術を、簡単に、人間的だなどという人を信用することができない。人間がそれまでやってきたことはもっと別なことだ。プロメテウスの神話だけが、かかる意味で人間的である。プロメテウスは神から火を盗んだ。神から、全的なものの雛型をではなく、神の一機能を盗んだのだ。

火は人間の炊事や煖房や、獣から身を守る用心に役立った。原始的な人間は、自分の生活をよりよく、より便利にしようとのぞみ、自分の腕を延長して道具を発明し、これの使用によって技術を会得した。

人間のやったことは、自然力から、人間生活に役立つ効用を発見し、機能を引出すことだった。道具や機械にとっては、物の究極の構造などはどうでもよいのだ。自然の一機能が、ただグロテスクに誇張されていればよいのだ。

科学が誕生した。科学の目的は、宇宙的法則および宇宙構造の認識に在るとしても、それを模写し、その雛型をつくることに在るのではない。そんな全的なものは、何の役にも立たないのだ。

小説というジャンルは、さすがに、科学的実証主義時代の落し児《ご》だけのことはある。このジャンルには、一種、機能的なものがあり、そのことが、小説のまぬがれがたい卑しさになっている。

それはそれとして、原子力時代が到来して、科学の人間的要請、つまり自然の効用と機能を盗むことが、いいしれぬ非人間的な結果におちいり、逆に、非人間的要請から出発した芸術が、唯一の人間的なものとして取り残されたのは、逆説的なことである。しかし原子力研究が発見したような物の究極の構造へ、芸術は新らしい方法によって達するべきであるか？　あくまで可視的な自然にとどまることが、芸術の節度であり、倫理でもあるのではないか？　原子爆弾は、人間の作ったもっともグロテスクな、誇張された自然である。

六月二十六日（日）

曇。風すずしくさわやかに、湿度も低く、温度は俄《にわ》かに降下し、夜は小雨になった。「細雪」についての好評論が、まことに少ない。武田泰淳氏と中村真一郎氏の二評論ぐらいのものだ。

私は、光琳、宗達の芸術と、「細雪」との親近性を考える。つまり世間で考えられているのと反対に、写実主義と装飾主義とは楯《たて》の両面なのだ。日本的美学というものは、この一つの根から生い出た二つの花によって説明される。共に極度に反ゴシック的なもの。

六月二十七日（月）

小雨。涼しい。午後、Y君が来て、序文をたのまれる。

私は自分自身が、世間の西も東もわからぬうちから小説を書き出したのだから、Y君のように若い人が小説を書くのに反対しない。自作をかえりみて、今ならこうは書くまいと思うところを、表現の上にも、人間認識のうちにも、人生の考え方の上にも、しばしば発見する。しかしそれが明白な誤謬であってもよいのだ。小説家は小説を書くことによって、現実を発見してゆくより仕方がない。

今私が赤と思うことを、二十五歳の私は白と書いている。しかし四十歳の私は、又それを緑と思うかも知れないのだ。それなら分別ざかりになるまで、小説を書かなければよいようなものだが、現実が確定したとき、それは小説家にとっての死であろう。不確定だから書くのである。四十歳になって書きはじめる作家も、四十歳に達したときの現実が、云おうようなく不安に見えだすところで書きはじめる。真の諦念、真の断念からは、小説は生れぬだろう。

プルウストはコルク張りの部屋に入って「失われし時を索《もと》めて」を書きはじめた。それを一種の断念、人生に対する決定的な背離だと考えてはならない。

小説を書くことは、多かれ少なかれ、生を堰《せ》き止め、生を停滞させることである。私は、二十代に、かくもたびたび、生を堰き止め、生を停滞させたことを後悔しない。しかし純然たる芸術的問題も、純然たる人生的問題も、共に小説固有の問題ではないと、このごろの私には思われる。小説固有の問題とは、芸術対人生、芸術家対生、の問題である。今世紀にあって、トオマス・マンが代表的作家であるゆえんは、この問題をとことんまで追究したからだ。プルウストもそうである。

十九世紀の作家では、バルザックもスタンダールも、この問題を背後に隠しながら、それを小説の霊感の源泉とした。ひとりフロオベルがこの問題性をするどく意識した。

小説固有の問題は、かくて、われわれが生きながら何故又いかに小説を書くか、という問題に帰着する。もっと普遍的に云えば、われわれが生きながら何故又いかに芸術に携わるか、という問題に帰着する。過去の芸術でこういうことを問うたものはない。

別の見方から云うと、小説とは、本質的に、方法論を模索する芸術である。戯曲のような方法論と型式を自らのうちにそなえた芸術とちがうところだ。プルウストの「失われし時」は、話者がこの方法論を発見するところで巻を閉じる。

何故小説を書くか、ということが、小説の唯一の主題であるようなこの事情は、今世紀にいたってますます尖鋭化している。日本には、人生にだけしか関心をもたない小説が多すぎる。又、芸術にだけしか関心をもたない小説が多すぎる。

六月二十八日（火）

酷暑。のんべんだらりんと暮す。

奇妙な男の話。ある若い美しい夫人が、ある若い医師に口説かれた。医師は自動車をもっている。さて、その夫人は警戒して、あいびきの場所へ、女友達と二人でなら行ってもいいと答えた。あいびきの場所は、某喫茶店である。夫人とその友達の女の二人が、喫茶店で待っていると、なかなか男はあらわれず、むこうのボックスから一人の中年の女が、ときどき実に不愉快な目つきで彼女等二人を見る。しばらくして男がやってきた。男は待たしておいた女二人に、「一寸《ちょっと》失礼」とあいまいな挨拶をして、その中年の女のところへまっすぐに行き、なかなかと話をしている。やっと立上ったと思うと、「一寸失礼」と又言って、女と一緒に出て行った。のこされた女二人が、狐につままれた思いでいると、やがて男はかえってきて、「失礼しました。話をつけましたから、もう大丈夫です」と言って、二人を自分の車のところへ案内した。すると、さっきの女が、ちゃんと助手台に坐っていて、こちらをじろりと見る。男の顔色がかわった。しかしやむなく、夫人をその中年女に紹介する。中年女は、「私、この方にお世話になっている某と申します」と切口上で自己紹介をした上、きくにたえぬ侮蔑的な言辞を弄した。夫人は相手が下等な女だと思ったので、いい加減に受け流しているうち、男が「車にお乗り下さい」と言うまま、友だちと一緒に車に乗った。車は走りだし、夜の広大な公園のなかほどに止った。すると男が、助手台の中年女に、「すこし運転の練習をして来ないか」と言った。女は案外簡単に承諾して、三人を公園に下ろし、自分で車を運転して立去った。

さて、若い医師は、夫人の友達のいる前で、公園のベンチにかけたまま、「あなたにはほんとうに感心した。よくあんな罵詈讒謗《ばりざんぼう》をたえしのんで下さった。それでますますあなたが可愛くなった」と夫人に言った。

やがて夫人と女友達は、男を一人のこして家へかえった。

その晩おそく、夫人の家へ男から電話がかかってきた。一目会いたいから、今から二十分後に、門の前に出ていてくれ、と懇願したのである。

夫人は深夜の門前に出て待った。自動車が近づいて来て、男が下りて来て、こう言った。

「さきほどは本当に失礼しました。あれも昂奮がおさまると、すっかり後悔して、あなたに悪いことをした、あなたは本当にきれいな可愛いいい人だ、と今では言っています。あれも根はいい奴なんですから、今後は、姉妹みたいに仲良くしてやって下さい」

夫人はあいまいな返事をし、男はまた車を運転して立去った。

この話は、実話ではあるが、（話者の潤色はさておいて）はじめからおわりまで、奇妙な謎に包まれている。小説家なら、こんなに一から十まで心理的必然性を欠いた物語は書かないだろう。ごく常識的な推理をすると、はじめ男は策を弄して、夫人の気を引くために、わざと同じ時間同じ場所で自分の女と待ち合せたのであろう。夫人と中年女とは互いに未知だから、男がやってきて、中年女と話をし、やがて連れ出して、何かの口実をつけてまいて了えば、中年女には何も知られずにすみ、夫人には、嫉妬の効果を与えたであろう。しかし中年女が直感で夫人にはじめから注目していたので、第一の「一寸失礼」ですべてを見抜いて紛糾を生じ、計画は齟齬《そご》を来《きた》したのであろう。

しかし、あとで、車を運転して一人で行ってしまう中年女の心理には、また謎がある。最大の謎は（もっともこれが、一等解きやすい謎でもあるが）まだ何の関係もない男の情婦から面罵されながら、敢然とその車に乗りこんだ夫人の心理であろう。

男はそののち、その中年女と結婚したそうだ。

六月二十九日（水）

三十二度に及ぶ暑さである。某君と某君を夕食に招いてあったが、あまり暑いので、都心を避け、二子玉川の鮎料理T亭へ行った。川風は思ったほど涼しくなかったが、鮎は旨かった。両君はかえりに拙宅へ立寄って、酒宴は夜中の一時半に及んだ。

某君はレコード狂である。そして私は、レコードの一枚も、蓄音器の一台も持たない。理智と官能との渾然《こんぜん》たる境地にあって、音楽をたのしむ人は、私にはうらやましく思われる。音楽会へ行っても、私はほとんど音楽を享楽することができない。意味内容のないことの不安に耐えられないのだ。音楽がはじまると、私の精神はあわただしい分裂状態に見舞われ、ベートーベンの最中に、きのうの忘れ物を思い出したりする。

音楽というものは、人間精神の暗黒な深淵のふちのところで、戯れているもののように私には思われる。こういう怖ろしい戯れを生活の愉楽にかぞえ、音楽堂や美しい客間で、音楽に耳を傾けている人たちを見ると、私はそういう人たちの豪胆さにおどろかずにはいられない。こんな危険なものは、生活に接触させてはならないのだ。

音という形のないものを、厳格な規律のもとに統制したこの音楽なるものは、何か人間に捕えられ檻《おり》に入れられた幽霊と謂《い》った、ものすごい印象を私に惹き起す。音楽愛好家たちが、こうした形のない暗黒に対する作曲家の精神の勝利を簡明に信じ、安心してその勝利に身をゆだね、喝采している点では、檻のなかの猛獣の演技に拍手を送るサーカスの観客とかわりがない。しかしもし檻が破れたらどうするのだ。勝っているとみえた精神がもし敗北していたとしたら、どうするのだ。音楽会の客と、サーカスの客との相違は、後者が万が一にも檻の破られる危険を知っているのに引きかえ、前者はそんな危険を考えてもみないところにある。私はビアズレエの描いた「ワグネルを聴く人々」の、驕慢《きょうまん》な顔立ちを思い出さずにはいられない。

作曲家の精神が、もし敗北していると仮定する。その瞬間に音楽は有毒な怖ろしいものになり、毒ガスのような致死の効果をもたらす。音はあふれ出し、聴衆の精神を、形のない闇で、十重二十重にかこんでしまう。聴衆は自らそれと知らずに、深淵につきおとされる。……

ところで私は、いつも制作に疲れているから、こういう深淵と相渉《あいわた》るようなたのしみを求めない。音楽に対する私の要請は、官能的な豚に私をしてくれ、ということに尽きる。だから私は食事の喧騒のあいだを流れる浅はかな音楽や、尻振り踊りを伴奏する中南米の音楽をしか愛さないのである。

六月三十日（木）

薄暑。曇り。四五人の来客に会う。

○君は、私が太宰治を軽蔑せずに、もっとよく親切に読むべきことを忠告する。

私が太宰治の文学に対して抱いている嫌悪は、一種猛烈なものだ。第一私はこの人の顔がきらいだ。第二にこの人の田舎者のハイカラ趣味がきらいだ。第三にこの人が、自分に適しない役を演じたのがきらいだ。女と心中したりする小説家は、もう少し厳粛な風貌をしていなければならない。

私とて、作家にとっては、弱点だけが最大の強味となることぐらい知っている。しかし弱点をそのまま強味へもってゆこうとする操作は、私には自己欺瞞に思われる。どうにもならない自分を信じるということは、あらゆる点で、人間として僭越なことだ。ましてそれを人に押しつけるにいたっては！

太宰のもっていた性格的欠陥は、少くともその半分が、冷水摩擦や器械体操や規則的な生活で治される筈だった。生活で解決すべきことに芸術を煩わしてはならないのだ。いささか逆説を弄すると、治りたがらない病人などには本当の病人の資格がない。

私には文学でも実生活でも、価値の次元がちがうようには思われぬ。文学でも、強い文体は弱い文体よりも美しい。一体動物の世界で、弱いライオンのほうが強いライオンよりも美しく見えるなどということがあるだろうか。強さは弱さよりも佳《よ》く、鞏固《きょうこ》な意志は優柔不断よりも佳く、独立不羈《ふき》は甘えよりも佳く、征服者は道化よりも佳い。太宰の文学に接するたびに、その不具者のような弱々しい文体に接するたびに、私の感じるのは、強大な世俗的徳目に対してすぐ受難の表情をうかべてみせたこの男の狡猾さである。

この男には、世俗的なものは、芸術家を傷つけるどころか、芸術家などに一顧も与えないものだということが、どうしてもわからなかった。自分で自分の肌に傷をつけて、訴えて出る人間のようなところがあった。被害妄想というものは、敵の強大さに対する想像力を、強めるどころか、却《かえ》って弱めるのだ。想像力を鼓舞するには直視せねばならない。彼の被害妄想は、目前の岩を化物に見せた。だからそいつに頭をぶつければ消えて失《な》くなるものと思って頭をぶつけ、却って自分の頭を砕いてしまった。

ドン・キホーテは作中人物にすぎぬ。セルヴァンテスは、ドン・キホーテではなかった。どうして日本の或る種の小説家は、作中人物たらんとする奇妙な衝動にかられるのであろうか。

七月一日（金）

晴。暑い。仕事で前夜から完全徹夜をした。夕方、文学座へ行く。きょうはアトリエ公演のモノドラマ六本、を五時から一括してやるのである。それを見に行ったのだが、完全徹夜のあとでは、眠らずに見ている自信がなかった。もし眠ってしまったら、作者にも演者にも失礼である。思い切ってそこを出て、「死刑五分前」というエドワード・G・ロビンスンのギャング映画を見に行った。この映画は眠る暇を与えなかった。

二三日前書いた音痴の自己弁護について、書き足りないところがあった。たとえば人間精神の深淵のふちで、戯れていると云えば、すぐれた悲劇もそうである。すぐれた小説もそうである。なぜ音楽だけが私に不安と危険を感じさせるかといえば、私には音という無形態なものに対する異様な恐怖心があるのである。

他の芸術では、私は作品の中へのめり込もうとする。芝居でもそうである。小説、絵画、彫刻、みなそうである。音楽に限って、音はむこうからやって来て、私を包み込もうとする。それが不安で、抵抗せずにはいられなくなるのだ。すぐれた音楽愛好家には、音楽の建築的形態がはっきり見えるのだろうから、その不安はあるまい。しかし私には、音がどうしても見えて来ないのだ。

可視的なものが、いつも却って私に、音楽的感動を与えるのは奇妙なことである。美しい自然を見たり、すぐれた芝居に接したりするとき、私は多分音楽愛好家が音楽をきいて感じるような感動をおぼえる。明晰な美しい形態が、まるで私を拒否するかのように私の前に現われると、私は安心してそれに融《と》け込み、それと合一することができる。しかし、音のような無形態なものがせまってくると、私は身を退くのだ。昼間の明晰な海は私をよろこばせるが、夜の見えない海のとどろきは私に恐怖を与える。

何か芸術の享受に、サディスティックなものと、マゾヒスティックなものがあるとすると、私は明瞭に前者であるのに、音楽愛好家はマゾヒストなのではなかろうか。音楽をきくたのしみは、包まれ、抱擁され、刺されることの純粋なたのしみではなかろうか。命令して来る情感にひたすら受動的であることの歓びではなかろうか。いかなる種類の音楽からも、私は解放感を感じたことがない。学生時代に応援歌を歌わされると、私の心身は縮小するように思われるのであった。

さて、受動的な享楽のうちでも、映画となると、私も安心してマゾヒストでいられる。このフィルムの上をうつろいゆく仮象は、人間の発明した仮象のうちで、もっとも安全な、もっともその場限りのものである。きょうの映画で、死刑五分前にギャングどもが脱獄するありさまは刺戟的だった。しかし私は精神に毒を与えるような映画をかつて見ない。感覚を毒されるぐらいのことが、なにほどのことがあろうか。

七月二日（土）

晴。酷暑。昨夜十三時間眠り、きょうは一日家居。お向いのA医院の院長が、七十八歳で、昨夜狭心症で亡くなった。つい二三日前まで、暑い日ざかりを、のろのろ歩いていられるのに道で会ったものだ。今夜は通夜で、八時ごろ急に讃美歌の合唱が、その庭の木立のかげから起った。

少年時代から青年期のはじめにかけて、私はいつも死の想念と顔をつき合わせていたような気がする。どうして死が、急に私の脳裡から遠ざかってしまったのであろうか。

私は恩寵を信じていて、むやみと二十歳で死ぬように思い込んでいた。二十歳をすぎてからも、この考えがしばらく糸を引いた。しかし今では、恩寵も奇蹟も一切信じなくなったので、死の観念が私から遠のいた。いよいよ生きなければならぬと決心したときの私の絶望と幻滅は、二十四歳の青年の、誰もが味わうようなものであった。青年の自殺の多くは、少年時代の死に関するはげしい虚栄心の残像である。絶望から人はむやみと死ぬものではない。

私は青年期以後、はじめて確乎とした肉体的健康を得た。こういう人には、生れつき健康な人間とは別の心理的機制があって、自分は今や肉体的に健康だから、些事に対して鈍感になる権利があると考え、そんなふうに自分を馴らしてしまうのである。活動的にもなり多忙にもなったが、決してそのためだけではなくて、私には、死について考えることに対する、いわれのない軽蔑が生じた。

世間の俗人のように、いつか多忙と生とを混同しながら、一方、私の死の欲求には、ますます現実離れのした、子供らしい夢想がからまるにまかせた。丁度もう住まなくなった館に、蔦《つた》が生い茂るにまかせておくように。そうして私は死の哲学的思考から、すっかり身を引き離してしまった。

今でも私は、暇な折には、望ましい死について考えることがある。それが私には、望ましい生活について考えるのと同じことなのだ。

ある晴れた朝、私は幸福な気持で、森の中を散歩している。念のために云っておくが、私は午前中に目をさましたこともなく、散歩をしたことは一度もなく、家の近所に森などはない。さて、森の中では、誰かが銃の手入れをしている。私はもちろんそんなことは知らない。銃が暴発する。弾丸が、全く偶然に、私の背中から入って、心臓に刺さる。私はコロリと死んでしまう。自ら死ぬとも知らずに……。

流れ玉による死、ということは、この純粋な他殺のシチュエーションは、私にとって考え抜かれたことで、幸福な精神の怠惰の全的な是認としての死なのである。少年時代には私も自分の英雄的な死を夢みたこともあった！

七月三日（日）

晴。暑い。小説の資料に要るので、午後、日本楽器へ、「歌劇名曲集」（男声篇・女声篇）を買いにゆく。

スタンダール、たとえばその覚書風の短篇「ヴァニナ・ヴァニニ」をとってみてもいい。「眼の輝きと漆黒の髪とによって一目してローマのひととわかる一人の娘が父につれられて」、一八二×年の春の宵、B公爵の舞踏会へあらわれる。「その美人たちの中からそれでは第一位の美人をきめよう」ということになり、「ついに漆黒の髪と燃えるような瞳をもった先刻の娘ヴァニナ・ヴァニニ姫が、当夜の女王ということになった。」

こうした物語性は、小説における描写の価値について絶望を感じさせる。ヴァニナ・ヴァニニは、その夜会でローマ第一の美女となる。その説明は、「漆黒の髪と燃えるような瞳」のほかには何も要らない。たちまち物語は、ローマ第一の美女のまわりに辷《すべ》り出し、いかなる奇嬌な男の行動も、この前提のもとにやすやすと是認される。

二十世紀では、ラディゲがこの方法をとった。「ドルジェル伯の舞踏会」のヒロインたるマアオについて、どんな具体的な描写もないのである。

私が数年前、フランスの映画監督アンドレ・カイヤットと議論したのもこの点であった。「美女」というとき、ある男は肥った女を、ある男は痩せた女を、ある男は背の高い女を、ある男は背の低い女を、それぞれただちに想像する。小説はかくて、最小限の描写によって、かえって感覚的想像力を無限にひろげる。映画はしかし、それを限定してしまう。映画には即物的に、一人の一定の女が登場するにすぎぬ。芝居のように扮装や、照明や、観客との距離などによって、想像力の余地をのこすことをしない。映画はイメージを限定して、おしつける。だから小説の映画化には、根本的な矛盾があると云ったのだが、カイヤットは承服しなかった。

私は今でもこの理論を撤回する気持はさらさらない。しかし読者の想像力を刺戟することのような賢明な方法は、小説固有の方法かというと、そこで私はまた迷わざるをえない。映画の即物性と逆の即物性が、スタンダールやラディゲの方法には、ひそんでいるのではあるまいか。なぜかというと、「ローマ第一の美人」という風に断定されることによって刺戟されるわれわれの想像力は、そっけない歴史の記述や、単なる科学的記述から呼びさまされるそれと同種のものではあるまいか。純然たる小説的世界の中だけの人物のアクチュアリティーを保証する方法ではなくて、それは、小説的世界をいつも現実に委ね、現実的存在のアクチュアリティーを以て、それを裏側から保証しようとする、一種の歴史的方法ではあるまいか。

バルザックははるかに思い切りがわるい。

煩をいとわず引用するが、モデスト・ミニョンの、おそるべき描写。

「艶《つや》けしの金いろの髪が人目を惹く彼女は、たしかにエヴァを記念するために言うのだろうと思われるが、あの天女にもませほしいと称される金髪の、肌はといえば、肉の上にはられた絹紙が、手に眼をねたませて、見る目の太陽に当ると花やぎ、冬にあうと震えるのにさも似た繻子《しゅす》のような肌の女性の仲間に属している。こうのつるの羽のように軽く、イギリス風に捲《ま》き毛にしたその髪の下の額は、それこそ清らかな恰好をしているので、コンパスで線をひいたかと思われるばかりで、思想の光りでかがやいてはいるが、いつもつつしみ深く、静けさの極平穏なほどである。とはいうが、いつどこで、これ以上に淡白な、これほど透明な明確さをもった額をみることができたであろう。それには、真珠のように、つやがあるように思われる。灰色がかった青の、子供の眼のように澄んだ両の眼は、弓なりの眉毛の線に調和して、子供らしいいたずら気と無邪気さをすっかり見せていた。その眉毛のそりが又、筆でかいたシナ画の人物の眉の根と同じような植わり方の根によって、わずかにそれと示されているだけなのだ。こういう才智にとんだあどけなさは、その上なお、眼のまわりやそちこちのくまや、こめかみの、こういう繊細な肌色にかぎって見られる、青く網目の入った真珠母いろの色調によって、一段と引き立っている。顔立ちは、ラファエロがその聖母像のためにあれほどしばしば見出した卵形で、頬骨の、暗い、初々しい、ベンガルのばらのように甘美な色のせいで特にきわだって見える。しかもその頬骨の色の上には、透きとおった瞼の長いまつげが、光と入れまじった影をおとしていた。頸《くび》はそのとき曲げられていたが、ほとんどひよわいと言える位で、乳のような白さを帯び、レオナルド・ダ・ヴィンチの好んだ、あの陰に消えそうな線を思い出させる。十八世紀のつけぼくろのような、こまかい幾つかのそばかすが、モデストはまさに地上の娘で、イタリヤの『天使讃美派』が夢みたあの生き物ではないということを語っている。彼女の唇は、少々人をばかにしているみたいで、才気走ってもいれば厚ぼったくもあったが、肉の快楽を現わしている。別にひよわなわけではなく、柔軟な彼女の胴体は、コルセットで病的な圧迫を加えることによって成功を乞いねがうあの娘たちの胴体のように、『母たること』の脅威とはなっていなかった。綿まじりの絹織だの、はがねだの、締め紐だのは、この、風にゆられるポプラの若木の優美さにもなぞらえるべき優美さの、伸びつうねりつする線を純化しているだけで、作製しているのではなかった。真珠のような灰色で、さくらんぼいろの組紐を飾りにつけた、裁ち方の長いローブは、貞淑そうに胴の形を描き出し、まだ少々肉のうすい肩を肩衣でおおい、そのおかげで、襟足が肩につくそのつけ根の最初のまるみしか見ることが許されなかった。ばら色の鼻口のあいた、小鼻の輪廓のしっかりしたギリシア型の鼻が才気走って、何かしらん実際的なものを放っている、この、おぼろげでしかも利発そうな顔つき、神秘的と言っていい位の額にみなぎる詩情が、口もとの肉欲的な表情によってなかばその偽りをあばかれている顔つき、あどけなさと、何もかも心得た嘲笑とが、ひとみの変化に富んだ深々とした野面《のづら》を奪いあっている顔つきを見たら、観察者は、このあらゆる物音にめざませられる油断のない敏感な耳をそなえ、『理想』の青い花の匂いに向って鼻のひらかれている娘は、あらゆる日の出の周囲でたわむれる詩と日中の労働との間、『幻想』と『現実』との間で行われる闘いの舞台であるにちがいないと考えたことであろう。モデストは、好奇心も羞恥心もつよく、自分の宿命を心得、貞潔さにみちた娘だったのだ。ラファエロの処女というよりむしろエスパニヤの処女だったのだ。」(寺田透氏訳)

――何と原稿用紙四枚！

ここを読む私に思い出されるのは、旧約の雅歌や、千夜一夜物語の詩篇のような、近東風の肉体的神秘主義であって、決して十九世紀の実証主義ではないのだ。

こういう描写をするとき、バルザックは、おそろしいほど現実を信じていない。この夢想家の魂は、創造の義務と責任にかられ、何もかも自分でつくり出し、それも小説の仮構世界の内部でつくり出さなければならないのだ。こういう描写を読むと、バルザックが、まるで一定の材料でしか巣を作らない鳥のように、現実への委任を潔癖にしりぞけ、言葉だけで丹念に巣を編み上げている、その孤独な仕事が目に見えるようだ。

しかもその、まるで有機的聯関《れんかん》を犠牲に供した各細部の微視的描写は、一個の人間の肉体的魅力の解明というよりは、われわれに詩的感情をもたらす物象の組織化であり、モデスト・ミニョンの、美しい髪、額、眉、頸、唇、胴、肩、鼻、などは、徐々にモデストの所有を離れて、バルザックの思想の形象になるのである。

私はこのごろでは、だから徒《いたず》らにスタンダールによって描写に絶望するよりも、バルザックによって、小説家が描写に対してもつべき信仰のようなものを、少しずつ理解するようになった。しかしこの方法の困難は、かくもゆきとどいたイメージが、読者に何ほどの共感を起させ、又よし起させたとしても、細部にいたるまで正確に、そのイメージが読者の心のうちに持続しうるか、という問題である。

七月四日（月）
雨がときどきぱらつく。アメリカン・ファーマシイで日除《ひよけ》眼鏡を買う。六時から有楽町レンガで、矢代静一君「壁画」の出版記念会。内輪だけの、少しも気づまりでない、勝手放題のたのしいパーティー。八時にここを辞去して、湘南電車に乗り、熱海ホテルに泊る。
それが別にいつもきまった習慣というのではないが、旅へはときどき、読み古した本をもってゆく。きょうはアラン・フゥルニエの「モオヌの大将」をもってゆく。読みだすと、やめられない。

十年以上をへだてて再読する本である。筋もすっかり忘れている。忘れているというよりは、初読のとき、飛ばし飛ばし読んだものらしい。

「モオヌの大将」（水谷謙三氏訳）は少年時代の私にとって、そんなに愛着の濃い小説ではなかった。それもその筈で、今になって読んでわかるが、これは少年時代の思い出をなつかしむ人のための小説である。少年が、少年時代の思い出をなつかしむ小説を読んで、面白がるわけがない。

大人ぶった少年の物語が、当時の私の愛読の書であった。ラディゲの「肉体の悪魔」の主人公たる「僕」が、いつも自分の年齢の上に爪先立っているあの焦躁、あのほうがはるかに当時の私を魅したのだ。

コクトーが「阿片《アヘン》」の中でこう書いている。「『モオヌの大将』と『肉体の悪魔』、優等生フゥルニエ、劣等生ラディゲ。死からほんの僅に脱け出して、やがてまた直ぐにそこへ帰ってしまったこの二人の近眼の人間は、お互にちっとも似ていはしなかったが、彼等の残した小説は、植物や動物の世界以上にわれ等にとって未知の世界である子供の世界の神秘を伝えてくれる。教室に於けるフランッ、恋の痛手を負うたフランッ、軽業師の肉襦衣《にくシャツ》を着たフランッ、夢遊病者オォギュスタン・モオヌ、屋上の狂女、イヴォンヌとマルト、

怖るべき少年期によってこぼれた二人の女。」(堀口大学氏訳)

ラディゲの「僕」が鋭く分析的に書かれているのに比べ、「モオヌの大将」のヒーローは、「私」の目から、粗書《あらがき》の省筆で書かれている。少年の心に抱くヒーローは、そういうタッチでなければ描けないのだ。

そしてラディゲのえがく人物と反対に、「モオヌの大将」の登場人物たちは、一生涯奇矯な子供に他ならぬフランツはもとより、オォギュスタンも「私」も、決して自分の少年時代から出てゆこうとせず、オォギュスタンにいたっては、少年時代の誓いを果たすために、最愛の女をも捨てて旅立ってゆくのである。永遠に大人にならない少年、ピーター・パンの群。

私はこの小説を読んで、ひさびさに「出発」という言葉に、胸のときめきを感じた。

「モオヌは突然立ち上って、……

——さあ、出発だ!　と叫んだ」

私はあの短かい世界一周旅行このかた、出発という言葉の語感に、うとくなっていた自分を恥じた。

私がこの小説で最も愛するのは、(最も美しいのは勿論、謎に包まれた第一部であるけれど)、少年の夢想に徐々に現実の苦味がまざってくる第二部である。すべてが謎のままにすぎされればいい、すべてが夢想のままにすぎされればいい、モオヌの冒険が永遠に目的物に達しなければいい、という願望を、第一部を読みながら、たえず私は心に抱いた。この小説は探偵小説のような謎解きの典型的な構成を持っているのに、読者に与える効果はまさに逆であって、探偵小説が謎解きの探偵の心理で引きずるのと逆に、謎が解かれたくないという犯人の心理にわれわれをみちびく。なぜなら謎解きは、この小説で、おそるべき残酷な効果をもっている。それはそのまま、少年期の剝奪なのである。

少年の代表オォギュスタン・モオヌの、夢想と未知へのあこがれと、たえざる冒険欲と、行動への衝動……「どんな障碍を打ち越えても何事かに到達し、何処かへ到着してやれと言う途方もない希望」……正に少年期のこうした典型的な衝動が、ふしぎな古城の夢のような祝典を、モオヌに体験せしめた力であったが、その同じ力、そのやみがたいデモーニッシュな力が、今度はこの体験を夢想のままにとどめず、モオヌを謎解きに熱中させ、ついには現実に直面して、モオヌ自身が傷つくところまでモオヌを引きずってゆく。少年期というものは、こうした矛盾した構造をもっている。典型的な少年は、少年期の犠牲になる。しかしこれは少年期ばかりではないかもしれぬ。典型的な青年は、青春の犠牲になる。十分に生きることは、生の犠牲になることなのだ。生の犠牲にならぬためには、十分に生きず、フランス人のように吝嗇《りんしょく》を学ばなければならぬ。貯蓄せねばならぬ。卑怯な人間にならなければならぬ。

第二部で、とりさられた繃帯《ほうたい》の下からフランツの高貴な美しい顔があらわれ、モオヌは巴里《パリ》へ旅立ち、一人になった「私」は人生の最初の断念を学び、そこへモオヌの巴里からの手紙が訪れる……このあたりの静かな音楽的な絶望のモチーフは、ヤコブセンの見事な青春小説「ニイルス・リーネ」をのぞいて、他に比肩するものを見ない。

七月五日（火）

一日雨。南風がはげしく吹きまくる。終日ホテルにいる。

このごろ外界が私を脅やかさないことは、おどろくべきほどである。外界は冷え、徐々に凝固してゆく。そうかと云って、私の内面生活が決して豊かだというのではない。内面の悲劇などというものは、あんまり私とは縁がなくなった。まるで私が外界を手なずけてしまったかのようだ。そんな筈はない。決してそんな筈はなし、又そんなことができる筈もない。クレッチメルはこう書いている。

「分裂性変質は段階を追って進み、遂に鈍麻した冷たい方の極に達するのである。その過程において氷のように硬いもの（或は皮革のようにごわごわしたもの）は次第に身のまわりを包んできて、過敏なぐらいに感じの強いものが次第に減弱してゆく。」

皮革のようにごわごわしたもの、とは言い得て妙である。大体において、私は少年時代に夢みたことをみんなやってしまった。少年時代の空想を、何ものかの恵みと劫罰《ごうばつ》とによって、全部成就してしまった。唯一つ、英雄たらんと夢みたことを除いて。

ほかに人生にやることが何があるか。やがて私も結婚するだろう。青臭い言い方だが、私が本心から「独創性」という化物に食傷するそのときに。

七月六日（水）

曇。ときどき小雨。あいかわらず南風がはげしく、波音は高い。魚見崎の緑風閣で、天ぷらの夕食をとる。

私は天ぷらについてあまり趣味がないから、どんな店の天ぷらでも、大体旨いと思う。(ここの店のは実際旨いのであろう)。しかし世の中には、若い趣味人というものが随分ある。学生乃至《ないし》は学校を出たての人たちのなかにも、おそるべき能楽通、歌舞伎通、茶道や華道の通人がいる。こういう若い人たちの話し振りには一種の特徴があり、事自分の趣味の問題にわたると、相手に一言もさしはさむ余地を与えない。そしてその能弁にも、若さの自然の発露の代りに、歪められ、ひどく畸型化されたものがある。

思うに日本の芸道の特色は、あくまで体験的で、方法論を欠き、したがって年齢の理想は老いにあって、若い通人がこうした趣味に染まると、われしらず、不自然な老いを装うことになるのであろう。

さて、小説は近代芸術ということになっているが、文章道に関するわれわれの既成概念には、多分に日本芸道的なものがある。そこにも学生の通人の幅を利かす余地があり、若い人の小説で、われわれはたびたび、こうした通人的文章、学生歌舞伎的、学生能楽通的、学生茶人的、学生俳人的文章に出会って、それを渋いとほめたり、素直だとほめたり、達者だと感心したりしている。

私もまた、かつて、こういう学生文学通的文章を書いていたから、若い人のそんな文章に接すると、一そう恥かしく思うのである。

学生にふさわしい趣味は、おそらくスポーツだけであろう。そして学生にふさわしい文章は、その清潔さにおいて、アスリート的文章だけであろう。どんなに華美な衣裳をつけていても、下には健康な筋骨が、見え隠れしていなくてはならない。

ところで最近私は、「太陽の季節」という学生拳闘選手のことを書いた若い人の小説を読んだ。よしあしは別にして、一等私にとって残念であったことは、こうした題材が、本質的にまるで反対の文章、学生文学通の文章で、書かれていたことであった。

七月七日（木）

朝のうちは狐雨などが降って、空がけわしかったが、午後は晴れ、プールのうちそとで終日すごしたために、夜は日灼けが痛んで眠れなかった。

プルウストの人間認識にまつわるあの抜きがたい宿命論、こう言ってよければ病的な宿命論を、このごろの私は、昔ほど愛さなくなっている。すべての宿命論はリアリズムらしく見えるけれど、真のリアリズムと宿命論は本質的に相容れないものだ。

ルカーチュが、「バルザックとフランス・リアリズム」のなかで、王党派たるバルザックの思想を、バルザック自身の無意識のリアリストの目が、つぎつぎと裏切ってゆく経緯をおもしろく書いている。ルカーチュは、また、こうも言っている。「世界没落、すなわち文化の没落の幻想は常に、一階級の没落の予感に対する、観念論的にふくらまされた形式である」……これは実にうまい言い方だ。

私はルカーチュのような左翼評論家のリアリズム理論を、そのまま、宿命論に対置させようというのではない。しかし、十九世紀の宿命論、文学における自然主義理論は、あきらかに、十八世紀の古典的合理主義が打ち建てた人間の自由意志（カントの先験的自由）のアンチテーゼであった。プルウストはベルグソンの使徒の如く云われながら、真の自由にめざめるのは話者のみであって、シャルリュスはじめ光彩ある登場人物は、すべて自由を剝奪され、登場人物の演ずる恋愛はことごとく錯覚におわっている。プルウストは、人間を客観的に眺めようとするとき、十九世紀の理論のとりこになった。

人間が一瞬でも他の人間になる可能性に対して、プルウストほど、綿密な冷笑を以て報いた作家はない。シャルリュスはどんなに変貌をとげてもシャルリュスにほかならず、アルベルティヌは死を以てしてもアルベルティヌにほかならぬ。しかし、「見出された時」第二章のおわりちかく、ロベエル・ド・サン・ルウの戦死のくだりで、この金髪の貴公子に対する話者の哀悼のこころには、はからずも冷笑を忘れたかかる人間の変貌の可能性が語られるのである。

エドマンド・ウィルスンは、プルウストの読後感を、レオパルジの読後感の暗鬱な気持と比較しているが、それが短かい間でも破られるのは、サン・ルウの死の件りであって、幾多の批評家が、シャルリュスやアルベルティヌにばかり注目して、サン・ルウに注目しないのを、私はふしぎに思わずにはいられない。サン・ルウの見地からも、別の新らしいプルウスト論が書けるのだ。

「そうした最後の幾時間かは、サン・ルウは定めし美しかったに違いなかった。平生からも、坐っているときや、サロンを歩いているときでさえ、その三角状の頭のなかにある抑えられない意志を微笑で隠しながら、あの生々とした生命のなかに、常に突撃への躍動を秘めているように思われた彼、その彼がとうとう突撃したのだった。封建の塔は、文弱の書を一掃して、再び尚武の砦となった。そうしてこのゲルマントの貴公子は、一躍彼自身の姿に帰り、というよりもむしろその一族の血統に帰り、単にゲルマントの一員でしかない人間として、死んだのだった。」（井上究一郎氏訳）

あれほど人間の不幸を確信したプルウストが、ほんの一瞬でも、こうした幸福な自己放棄の死について、想像しえたことは驚嘆に値いする。明らかにこのようなサン・ルウの美しい死の可能性は、彼の理論に背馳するものであるのに！

七月八日（金）

うすぐもり。夕方帰京。一旦帰宅して着換えをして、六時、新橋倶楽部におけるヴィリエルモ氏の送別会へゆく。芥川比呂志、奥野健男、佐藤朔、吉田健一、山宮允《さんぐうまこと》、矢代静一、中村真一郎、福永武彦、桂芳久、巌谷大四ら諸氏会す。かえり矢代静一君と一時間ほど呑んで帰宅。

ヴィリエルモ氏、このおそるべき日本語の達人、漱石の愛好者、高い自恃の念とぎこちない若々しい謙譲さとの混合物、暗い衝動に押しひしがれかけながら神とおのれの美貌とをまっすぐに信じている青年、……われわれは、自分たちの周囲にこういう青年らしい青年を見たことがなかったので、すぐさま彼の友人になった。彼にとって、おそらく、日本の数年の生活は、不快なものではなかったと思う。それにしても、外国人としか、青年らしい附合のできないわれわれ日本人とは奇妙な人種である。彼はギリシア人のように、若々しい姿のうちに、死んでしまいたいとねがっていた。そして一二年年長の私をかえりみては、もうお前は死期を逸した、というのであった。

七月九日（土）

快晴。

小説作品に対する批評家の態度ならびにその心理——。

いつも自分の抱く理想的な小説の影像に照らして、裏切られることを予感しながら、その小説の戸口に近づき、最初の三行でつまずくと、もう気むずかしくなってしまう。思わせぶりな女が現われると、ははあ又あの手かと思う。読み終って、妙な不満足な感じを咀《そ》嚼《しゃく》しつつ、その小説の構成や主題についてあれこれと灰いろの考えにふける。何か佳い一行にぶつかって作品全体を買いたくなる気にもなれば、悪い一行にぶつかって作品全体を抹殺したい気にもなる。要はその作品に対する自分の態度決定の問題なのだ。これはあたかも、何も買う気がなくて、百貨店へ入る客にも似ている。この客は往々、トイレットにしか用がないのだ。そんな常習犯の目には、九階建のデパートが、一つの大きなトイレットに見えてくるそうである。

途中でいろいろと予測を立て、自分の予測どおりに運んだらこの小説は失敗だという、妙な自虐的な賭をすることもある。こんな賭は大ていい当る。つまりその小説は失敗なのである。

またその小説家の、吃りとか、左ぎっちょとかの癖を知悉《ちしつ》している場合は、どんなに予測を裏切る物語が展開されても、ただその癖の反復しか目につかなくなってしまう。あまり簡単に享楽させてくれる小説も疑わしく思い、あまりにも享楽させてくれない小説も疑わしく思う。あまり露わな主題が提示されると、小説から遊離しているように思われ、あまり主題が深く隠されていると、不十分な気がする。適度にもたちまち飽き、過度にもたちまち飽きる。一生懸命の態度はみんな滑稽に見え、なおざりな怠惰な態度は、これまた癪《しゃく》にさわる。そして合評会において、われわれの意見がうまく一致する作品は、きまって一種の「人生的な芸」とでもいうもので綴られた小説である。その実われわれはこの種の小説を、決してありがたいとは思っていないのである。

七月十日（日）

快晴で、気温は三十二・四度に及ぶ。これで見ると、今年の梅雨は、空梅雨のままで明けたらしい。

いよいよ文学座の「葵上《あおいのうえ》」と「只ほど高いものはない」の舞台稽古である。二時半から十時すぎまで、冷房のよく利いた第一生命ホールに立てこもる。しかしすでに六月の大阪公演の舞台稽古と初日に立ち会っているので、はげしい不安や興奮はない。作者にとっては自分の夢想の限界が、もうあらかたわかってしまったのである。

俳優が衣裳の可否や、メーキャップの可否を質《ただ》しに来る。舞台装置が出来てからの永い照明合せ。幕あき。辷《すべ》り出すセリフ……。

俳優というものはさてもふしぎなものである。自分の芝居の稽古に立会うたびにそう思う。

俳優とは一体何物であるか？

演ずる感情においては、或る役の人物、たとえば六条御息所《みやすどころ》であり、その感情を統制している理性においては、あくまで一個の俳優である。しかも私の文学的創造である六条御息所は、自分の激情と暗い悪の衝動を、論理的に物語る。舞台の上で演ぜられる一つの感情は、このように、作者の理性と、演出家の理性と、俳優の理性とによって、三方から蝕《むしば》まれている。しかも劇は、観客の目の前にありありと見える強烈な感情によって押しすすめられてゆく必要があり、観客の感動も、こうした感情の存在そのものに触発されて生れるのでなければならない。

舞台の上にはまさに俳優の肉体がある。劇と観客とのあいだには、目に見える、はっきりした肉体的媒介がある。ところが実はそれが、もっとも抽象的な、一個の媒体であるということを、観客はほとんど忘れている。

極度にまで理性に蝕まれた感情が、しかも強力に観客に作用して、観客を引きずってゆかねばならないとは、劇の逆説的要請であるが、感情のこういう逆説の可能になる場所が、まさに俳優の肉体なのだ。そして媒体である俳優は、白《せりふ》を諳《そら》んじ、ある白のあとで退場するというようなこまごました理性の統制に服しながら、同時にその生理的機能をあげて、顔を紅潮させて怒り、あるいは時には本物の涙を流して嘆くのである。

しかし俳優の作品は極度に抽象的で、芸術家のなかでもっとも肉体（可視的）でものを言う俳優なるものが、実はもっとも抽象的（不可視的）な作品をもっている。

その肉体は、彼の作品の不可欠の要素ではあるけれど、作品そのものと云うことはできぬ。なぜならそれは持って生れたものであり、たとえ隆鼻術で鼻を少し高くすることができたにしても、単なる医学的修正にとどまり、その顔も、長いあるいは短い足も、高いあるいは低い背丈も、まったく彼の作ったものではないからだが、もちろん肉体的にも、俳優のよき素質というものはある。

こうした外面的なよき素質とは、与えられたよき素材というほうが、当っていよう。俳優は自分の作品を作るに当って、その作品の素材として、自分の肉体という、まったく可塑性を欠いたものを相手にしているのである。他の芸術家は、これに反して、（彫刻家にとっての石や粘土は代表的なものであるが）、その作品の素材として、多かれ少なかれ可塑的《プラスチック》なものを相手にしている。俳優はちがう。俳優ほど、肉体の檻《おり》にとじこめられた彼自身の存在を意識しているものはなかろう。もちろんこの非可塑性の補いは昔から考えられ、仮面と粉黛《ふんたい》は俳優芸術の本質的なものであったが、半ば素材、半ば素質であるところの、この肉体という厄介な代物は、彼の作品に対して、おそらく宿命的な作用を及ぼすのである。

とはいえ、肉体が宿命的であるならば、精神も宿命的でないとはいえない。俳優における肉体の宿命は、あらゆる芸術家における精神の宿命と、相似のものでないとはいえない。

小説家の作品にも、作曲家の作品にも、画家の静物画にも、われわれは俳優の肉体と相似のもの、まるで肉体の宿命のようにはっきりした精神の宿命を見ないだろうか？　これらの芸術家が素材を可塑的だと思っているのは、単なる妄信ではなかろうか？

　こう考えてゆくと、私には、俳優なるもののグロテスクな定義が思いうかんで来るのである。私は仮りに、（あくまでも仮りにだが）、こう定義したい誘惑にとらわれる。

「芸術家としての俳優は、内面と外面とが丁度裏返しになった種類の人間、まことに露骨な可視的な精神である」と。

　彼は或る役を体現する。そのとき彼の内面には、彼にとっては他人の精神、劇作家の書いた白《せりふ》がいっぱい詰っている。もちろんその白は彼の心を濾過されたものでなければならないが、一たん彼の内面は他人の精神に占められてしまう。それはわれわれが書物を読んで、著者の精神に心を占められるあの状態などを、はるかにこえた苛烈な状態である。どうしてこんなことが起りうるか？　彼の精神は、彼の内面を他人にゆずりわたし、外側へすっかり出て来て、彼の肉体と一体になってしまうのではないか？　彼があんなにも次々と、他人の精神に身をまかせながら、（この点では俳優は批評家に似ている）、批評と別の方向を辿《たど》るのは、彼にとってははっきりした外面、はっきりした肉体があるおかげではないか。かくて彼の精神が可視的なものにまで達すると、舞台上の彼は光りかがやき、その肉体的存在そのものが、一つの芸術作品たりうるのである。

何はあれ、芸術概念がいろんな形で崩壊の危機にある現代において、こうした事由から、俳優芸術ほど、芸術の問題を、典型的かつ象徴的に提示しているものはなく、またこれほど健全な芸術はないと思われる。

なぜ健全か？　それは明らかに、人間的規模を離れることがないからである。たとえば映画におけるクローズ・アップの技巧は、人間の顔の怪物的拡大であり、芸術の敵であるところの人間的自然の機能的誇張に陥っているのである。

俳優芸術はあくまで肉体に、われわれと同様の人体に拘束されている。舞台を見るわれわれの目は、自分に見えるところのものを信じることができ、片側に目が二つある鰈《かれい》のような女を描いたピカソの絵を前にして、われわれの感じる当惑はここにはない。今日ともするとわれわれは、「目に見えるものからまず信じる」というギリシア人の態度を忘れている。しかし俳優にとっては、観客の目に見える全体が、よかれあしかれ、彼の個性なのだ。かくて個性は彼の当然の前提であり、個性がそれ以上のものになろうとすれば、彼の肉体がピシャリと頭を叩いて黙らせるから、俳優は健全にも、現代芸術を毒している浪曼《ろうまん》派以来の個性崇拝の迷信に犯されずにすむのである。（もちろんそれに好んで犯されたがっている拙劣な知的俳優もいることはいるが）。かくて俳優は、個性の問題をただ目に見える範囲にとどめて、その内面では他人の精神へ、超個性的なものへと、没入する契機をつかむのである。

さて、俳優の理想は、俳優何某を見せることではなくて、まさに役の人物その人が、舞台の上を闊歩《かっぽ》しているように見えることであろう。その芸術表現は、「かく見えること」にとどまらず、「かく存在すること」にまで達しなければならず、そこではじめて俳優の作品が生れ、「演ずること」は、「創造すること」に一致する。

自意識にみちた俳優の心は、水に映るおのが姿を愛するナルシスのようで、ナルシスにとっては、おのれの肉体は愛の客体に他ならないが、俳優芸術の成功をこれに喩《たと》えるなら、彼は水にとび込んだナルシス、身を以て「表現」の世界へとび込んだ精神、客体へ身を投げた主体とも云えるであろう。実際彼と役との関係は、ナルシスの心とナルシスの水に映った肉体との関係に似ており、私が表現の健全なあり方だと考えるものも、まさにこれなのである。

さてもろもろの現代芸術、わけても小説の分野では、いたるところにまだ浪曼主義の亡霊が、コルフのいわゆる「主観主義」の亡霊が影を投げかけている。コルフはこう書いている。

「主観主義にとって『人間性』とは、即ち『個性』を、非合理的な独自性を意味する。」

特徴的なことは、その結果としてあらわれた、主体と客体との決定的な乖離である。主体は表現の動機を告白にしか求めることができず、客体を媒体にした自由な表現の道筋がとざされてしまった。辛うじて主体が客体に親しむ方法として、小説における「描写」が重視されたが、描写は単なる技法として衰退の一路を辿った。作品のモデルと云っては、残されたものは個性だけであるから、作品はたちまち様式を失い、作品としての有機的一体性を喪ってしまうのである。

これに反してスタンダールの方法は、自分の愛する客体ジュリアンやファブリスへ身を投げて、身自ら、ジュリアンやファブリスを演ずることだった。彼は告白者ではない。これらの小説中のスタンダールは、肉体の桎梏《しっこく》をもたぬ俳優であり、ただ彼の精神の宿命である「情熱」の虜《とりこ》なのである。スタンダールの表現の世界は、こうした媒体を得て自由に羽搏《はばた》いた。（こういう表現の物語を、小説の中で自由に試みたものは、バルザックの「幻滅」、あのヴォートランとリュシアン・ド・リュパンプレエの物語である。あの中では、ジュリアンとちがって、何の精神ももたない美しいだけのリュシアンが登場し、一方には精神の権化《ごんげ》であるヴォートランが、その巨大な怖ろしい顔をさらけ出している。アンドレ・モォロアの「ジョルジュ・サンド」によると、ヴォートランはおそらくバルザック自身であり、リュシアンのモデルは、おそらく、ジョルジュ・サンドの恋人、プチ・ジュールであるように思われる）。

スタンダールのエゴティズムは、かかる客体を発見した。というのは、スタンダールは、自分の精神をはっきりした形（ほとんど人間の肉体のような）で見ることができた、ということである。かつてアレクサンドロス大王が、ホメーロスの描いたアキレウスの裡《うち》に、おのが精神の形態を見、彼の偉業は、つまり彼がアキレウスを演じたことに他ならなかったように。しかし近代的な主観主義は、精神の相貌を茫洋としたものに変えてしまい、誰もナルシスの水に映る影をはっきりとつかめず、はては心理の無限の沼底に埋もれてしまうようになった。

そしてようやく一九三〇年代になって、サルトルがやって来る。

この実存主義者は、こんな混沌たる沼そのものを、彼の精神の相似物とみとめるような、むだな努力を拒んだ。彼は主体と客体とのこんな相対的な対立状態からは、何ものも生れぬものと見極めをつけた。サルトルは、「実存は本質に先立つ」と云い、「主体性から出発せねばならぬ」と云う。そして「人間は他者との関連において自分を選ぶ」という教義を立てたのである。こうしてふたたび小説における表現の道筋がひらけて来る。

しかし小説にとって、他の芸術にとってと同様、いつも問題なのは、批評的指標が創造にいたるその道行である。ティボーデの有名な言葉、「『ドン・キホーテ』は小説の中で行われた小説の批評なのだ」と同じ事情が、新らしい小説を生みだすかどうか、われわれはその示唆を探している。実存主義は一種の古典主義的特色をもつ。サルトルの戯曲や小説、カミュのそれにも、明白な古典主義があり、もしヴァレリイの定義に従って、「古典派とは自己の裡に一人の批評家を擁し、これを自己の労作に親しく与《あずか》らせる作家のことである」（「ボオドレールの位置」）とすれば、実存主義こそは、一種の浪曼主義に陥った近代の分析主義の中から、批評によって選んだのである。そしてヨーロッパでは、かかる意味において、新らしい芸術には、つねに古典主義的特色が見られるのだ。
　私がこんなに俳優芸術に執着したのも、俳優芸術が根本的に批評の方法に立ち、しかもそれを創造へもってゆくために、堅固な人間的規模をもつ自分の肉体というものを踏台にしているという点に、あらゆる批評の不毛からの、脱却の示唆を見たからであった。

七月十一日（月）
快晴。午後。ピカデリー劇場へ「文なし横丁の人々」という映画を見に行ったら、仲谷昇・岸田今日子夫妻と会った。そのあと、長岡輝子さんと会って、初日のいろいろの話し合いをしながら、不安を落ちつけるために、東京会館のカクテル・ラウンジでトム・コーリンスを呑んでから、第一生命ホールの楽屋へ行った。荒木道子さんが病気のために、主役がつづけられるか危惧されているが、荒木さんはとにかく敢行する気でいる。われわれの心配は一とおりではない。
　六時から「葵上」、ついで「只ほど高いものはない」の初日である。荒木さんがどうやら元気で助かった。かえり矢代君をまじえて、四五人で、有楽町の鮨屋の二階で呑んだ。
「精神」というものには、そもそもそういう傾向があるのだが、芸術の自己否定的な傾向、芸術の反芸術的なものへの執拗な関心、には、一種不気味なものがある。この傾向に対するもっとも甘い誘惑が、コミュニズムであり、ファシズムであることは、天下周知の事実だ。

私は、奇妙なことだが、いつか能狂言の会で、「那須」の語りをきいたときも、そういう印象を抱いた。なぜ那須の与市の行為のような、厳密な一回的な行為、完全な生の一瞬、まさにもっとも反芸術的なものであり、芸術不要の一点であり、芸術の坐るべき場所を根本的に否定するような一瞬に、芸術は関心をもって近づくのだろうか？　こういう一瞬に対する芸術家の嗜欲《しよく》には、匂いの強い食物に対する狐の接近のようなものがある。

那須の与市の行為は、しかし、くりかえされうる行為でもなく、また単純な行為でもない。日常些末の行為ではない。あの扇の的の射落しは、抜きさしならぬ現実的関聯《かんれん》をもち、扇が射落されたとき、与市のその行為は、彼の現実認識と一つものになっていた。それがそのまま認識たりうるような稀な行為。与市はその行為の体験によってのみ認識に達し得たのであり、その瞬間、認識と行為とはまったく同一の目的、すなわち現実を変革するという目的に奉仕した。

さて、われわれは、こういう一瞬のために生きれば足り、爾余《じよ》の人生は死にすぎない。与市がそれによって生きたような一瞬こそ、まさに純粋な生、極度に反芸術的なもの、芸術不要の一点だ、と私は言うのである。

芸術をここへもってくれば、芸術は認識の冷たさと行為の熱さの中間に位し、この二つのものの媒介者であろうが、芸術は中間者、媒介者であればこそ、自分の坐っている場所がひろびろと、居心地のよいことをのぞまず、むしろつねに夢みているのは、認識と行為とがせめぎ合い、与市のそれのように、ぎりぎり決着のところで結ばれて、芸術を押しつぶしてしまうことなのである。そして芸術がいつもかかるものから真の養分を得て、よみがえって来たという事実以上に、奇怪な不気味なことがあろうか？

七月十二日（火）

睡眠不足のうちに、来客三人に会う。六時から、又第一生命ホールへゆく。二日目は出来がわるい。

男色について、誰もが頭を悩ますのは、その一対の関係であるらしい。男役女役、能動受身という大ざっぱな概念。

男女関係でも、女が極度にまで能動的であり、男が極度にまで受動的であることが、少なくない。男色では、つまりこうした倒錯が二乗されるわけである。男色それ自体が一種の倒錯であるから、これにそうした倒錯が加味されると、正反対の二つの結果が生ずる。つまり倒錯が二倍になるか、あるいは逆にほとんど正常に近づくかである。ここに男色関係の数学的な神秘がある。

男色では、客観的な男性と主観的な男性とが交錯する。それが男女関係のアナロジイから、さまざまな寓喩を成立たせるのである。

ここに五十歳の男と、十八歳の少年との一組があると仮定する。客観的に見るとき、この関係には二種の男女関係のアナロジイが可能である。すなわち、五十歳の男と十八歳の少女との関係。もうひとつは、五十歳の初老の女と十八歳の少年との関係。このアナロジイをもうすこしおしすすめれば、こんな二種の区別は、実に微妙であやふやなものである。一方が一方に対してより多く男であるという較差は、心理的事実にもとづくにすぎぬからだ。ある外人と日本少年との関係は、この点でもっともアイロニカルなものであった。五十歳の外人は、堂々たる恰幅の男であり、少年を男性的に庇護し、生活の糧を与え、まったく良人《おっと》として君臨していた。一方、少年は花のような美少年であり、妾のように囲われていた。しかしベッドのなかでは、少年のほうが能動的に働らいていたのである。又こんな例もある。逞《たく》ましい青年で、身の丈人にすぐれ、必ず能動的な性行為をする男があった。しかし彼の愛の対象は、年長、あるいは、男色家にあらざる男で、精神的には彼はあくまで女でありたく、生活の上でも、人に庇護されることを好むのだった。

私はわざと、頭を悩ますに足りる極端な二例をあげたのであるが、この二例と、さきほどあげた二種のアナロジイとを照合してみるがいい。そこでは、男役女役とか、能動受身とかいう概念はすっかり混乱してしまい、それよりもむしろ、一対の男が、或る神秘な平衡を求めて、自分の裡の肉体的精神的な両性の要素を、支出しあうさまが見られるのである。その上に社会的経済的な力関係が加わるにおいては、混乱はますます甚だしく、倒錯は無限の複雑さを帯びる。だから私は小説「禁色」のなかで、女装の男娼などの擬異性愛的分子を払拭して、わざと簡明な定義に従い、「男色とは男が男を愛するものだ」という平凡な主題をつらぬいた。私にはプルウストのやったような、男色家における女性的要素の強調が、論理的歪曲にすぎぬと思われたのである。

もちろんわれわれの目に映る範囲では、女性的特色をもった男色家はたくさんいる。熾烈な女装の欲望を抱いた男もあれば、男の言葉を使うことにゆえしらぬ困難を感ずる男もある。しかし無智な人間ほど、面白いことには、男色の本質的特異性がつかめず、世俗的な異性愛の常識に犯されてしまうのである。その結果、どうなるかというと、自分が男のくせに男が好きなのは、自分が女だからだろうと思い込んでしまう。人間は思い込んだとおりに変化するもので、言葉づかいや仕草のはしばしまで、おどろくほど急激に女性化してくる。田舎出の少年などは、ひとたびこの風習に染まると、それが都会のハイカラな流行だと思いちがえて、たちまち女言葉に習熟してくる。それはあたかも外国人が日本へ来て、女からばかり日本語を習って、女の言葉づかいしか出来なくなった場合に似ている。これらの変化は生理的な変化というよりも、支配的な異性愛文化の影響下にある一種の社会的変化とでも云ったほうが適当であろう。

はなはだ男性的な男が、いやが上にも男性的な男に結びついたり、はなはだ女性的な男が、いやが上にも女性的な男に結びついたりする奇妙な事例は、あの「ソドムとゴモラ」の網羅的な目録にも抜けている。

私の言いたいのは、批評家のみならず世間一般が、男色のProstitutionのみを知って、政界・財界・学界にわたる、男色関係のひそかなしかし鞏固《きょうこ》な紐帯《ちゅうたい》に、たえて気づいていないということである。

近ごろの赤退治で自殺した米国人、国連事務総長の最高法律顧問エイブラハム・フェラーの証言を引用しよう。自殺前に彼の精神分析にたずさわったG・ファンティの記録「愛と性と死」（宮城音弥氏訳）からの引用。

「この数年気づいたことですが、政界の指導人物中に男色家がじつに多い。しかしなぜそうなのか、わたしには理由がわからない。わたしは、しばしば、このことを説明しようとせずに、分析しようとしました。わたしの知っている限りでは、実際政治界における性的倒錯者のパーセンテージは、芸能界におけるそれを越えているはずです。倒錯者であるということと、政治を行うということと、この二つの要素のうちどちらが、他を決定するのでしょうか」

「いつかはわかることでしょうが、ともかく、ナチスの要人たちにみられた、あの同性愛の、決定的な影響はなんだったのですか。（わたしがウィーンにいたころ、ベルリンから出たお偉方が、当地の同僚に、かわいい稚児さんをふたりとられたというので、大笑いしたことがあります。)」

七月十三日(水)

快晴。酷暑。来客二人。散髪。六時より第一生命ホール。三日目は、今までていちばん出来がよい。東京会館ルーフ・ガーデンで夕食。

浄瑠璃をよむと、日本人の構成力もまんざらではないという気がする。「寺子屋」一段の不断のサスペンスの如き、古典小説通有の平板さと比較にならない。日本人の書く小説の構成力の脆弱さは、日本人の素質的欠陥というよりも、小説に関する奇妙な先入主、その写実主義的偏見から来ているように思われる。小説における「まことらしさ」の要請と、劇的な時間の観念とは、どうしても日本人の頭の中で折れ合わなかった。「まことらしさ」は、単調な羅列的な時間の経過だけが、醸し出すもののように思われてきた。時間は永遠の反復であり、一個の現実の事件がその現実性を保証されるには、一旦時間の内へ解消される必要がある。こうした仏教的無常観から、小説におけるまことらしさは、いつも時間の非構成的原理に立たなければならなかった。

つまり、こういうことである。一つの事件がある。それが小説の中に、小説世界の内的法則に包まれて存在していることは、まことらしさを失う所以だと考えられる。そこで事件は裸かの形で、無秩序な形で投げ出されていなければならぬ。そうすれば、小説を読むことの緩慢な時間によって、読者が自分の内的体験のうちにその事件をとり入れて再構成し、読者自らが、それにまことらしさを与えることができる。……こういう確信を私は写実主義的偏見とよぶのである。日本の小説に構成力がないと云われる理由の大半はここに在る。

さて、劇、浄瑠璃のほぼ一、二時間に限定された一段、（私は近松などの語り物に近い浄瑠璃よりも、むしろ、出雲、半二などの演劇的な浄瑠璃のことを言っているのであるが）、……それらの劇的要請は、同時に、限定された時間の要請でもある。すべてが短時間のうちに圧縮され、解決されねばならぬとする、この一段中の小規模な三一致法則は、時間の構成的原理を導入し、そこではじめて日本人の構成力も、目ざめ、輝いたのである。「寺子屋」は身替り物の例に洩れず、それも他人の子を自分の忠義の犠牲にするという不自然な物語ではあるけれど、すべては封建道徳内部の真実の人間性に則って進行する。「寺入り」のさりげない抒景的な序曲、「源蔵戻り」の圧迫感、および身替りによる劇的解放のアイロニカルな曙光、というよりは追いつめられた人間の賭けの行為、「首実検」の緊迫感と劇のいつわりの第一の頂点、このあとの夫婦の解放のよろこび、「千代の二度目の出」による最大の危機、及びそのどんでんがえし、「松王の二度目の出」によるその解決、悲劇の本当の頂点、「いろは送り」の静かな絶望と抒情的嗟嘆の終曲……こういう構成の見事さは、何度見ても観客を飽きさせない。

　だからといって、いきなり浄瑠璃を見習っても仕方がないので、明らかに浄瑠璃や歌舞伎の影響をうけた近世伝奇小説については、私も言及を避けないわけにはいかない。ただ面白いことは、頽廃期の浄瑠璃や伝奇小説の構成が、いたずらに機巧を弄するだけの、複雑さのための複雑さを追うことになったのは、おそらく、日本人の構成力が、本質的に方法論として育ってゆく芽をもたず、平面的な模様化に堕してゆく傾向をもっていたためだ、と疑われることである。こうした模様化こうした装飾主義は、六月二十六日の項でも暗示したように、写実主義的偏向の別のあらわれ、その楯《たて》の裏面にほかならず、日本のあらゆる芸術の分野に見られる悪循環の一例なのである。

七月十四日（木）

快晴。酷暑。午後父母と買物に出る。父母と別れて歌舞伎座へゆき、監事室から「神霊矢口渡《やぐちのわたし》」を一幕見る。

　お舟は新我童（旧芦燕《ろえん》）である。義岑《よしみね》は仁左衛門《にざえもん》である。頓兵衛《とんべえ》は猿之助《えんのすけ》である。

　猿之助の頓兵衛は、丈の古典劇中、唯一の佳いものだと思う。同系統の役、「珠取」の新洞でも、「実盛《さねもり》」の瀬尾《せのお》でも、この人が演ずるとまるきり滋味がない。しかし唯一つ、頓兵衛だけが佳いのは妙である。以前に見たときも佳いと思ったし、今度も佳かった。丈の癖の安手な心理表現をしようのない、単純な悪党の役で、しかも浄瑠璃にめずらしくモドリのない徹底的な悪人、金儲けのためには恩も義理も父性愛も何ものもない抽象的人物、ひたすら人形の見伊達《みだて》のあるように書かれた役。こういう役を忠実に演ずると、丈の舞台にも古色が生ずる。例の蜘蛛《くも》手《で》の引込みはすこぶる丁寧で、私を喜ばせた。

今度の矢口には佳きアンサンブルがある。仁左衛門の義岑も、東京にはこういう役をこういう風に見せる役者がもういない。新我童のお舟は勿論手に入った役である。技巧沢山で、後半の手負いになってから、髪ふり乱して太鼓に迫るところで、人形そっくりの激越な動きを見せた。

矢口は今度のように、単純に、お伽噺《とぎばなし》風に、そうしてグロテスクに演じられるのが本当である。私がこの狂言が好きなのもその点なのだ。舞台がまわってから、クライマックスにいたるまで、点綴《てんてつ》される川音の太鼓は、私の心に、幼時、菊人形の十二段返しで見た矢口渡の場のその太鼓の音を、なつかしく思い起させる。

かえり銀座テイラーで白ズボンを誂《あつら》え、並木通りアラスカで夕食をとる。八時ちかく第一生命ホールへゆく。

九時に芝居がはねてから、父母、Y氏、A君、Y君、D君とアマンドでお茶を呑む。帰宅する父母と別れ、中谷君の家で巴里《パリ》祭の集まりがあるというので、A君らにくっついて二本榎《にほんえのき》のその家へ寄る。若い俳優たちの莫迦話《ばかばなし》は大そう面白い。十二時帰宅。

七月十五日（金）

快晴。酷暑。月例の鉢の木会の日で、鎌倉の神西《じんざい》清氏に招かれている。その前に、川端康成氏と林房雄氏の御宅へ立寄る。今月の会には、北海道講演旅行中のため、福田恆存氏が欠席である。その代り、ゲストに芥川比呂志氏が招かれ、のちに林房雄夫妻も加わった。十一時半に辞去して、吉田健一氏、芥川氏と三人で、東京までタクシーで帰る。帰宅は十二時半になった。

大岡昇平氏の「酸素」を読む。

たえざる追跡と、背信と陰謀、この世の価値がただ一人の女にかかっているとしか考えようのない孤独な主人公の物語。

神戸埠頭のコミュニスト同士の連絡の蹉跌《さてつ》から、若い主人公にかかる不安が、雅子というふしぎな女に救われるや、いつのまにか彼が憲兵の犬に身を落さざるを得なくなっている仕組の巧みさ。（良吉が思わず、憲兵にむかって「よろしくお願いします」と云ってしまうまでの畳み込みの巧みさを見よ）。その良吉の保護者瀬川は、日仏酸素専務エミール・コランに背信を働らきつつ、コランはすべての上に立ってこの背信を見透かし、先へ先へと手を打ってくる。後半ふたたび、良吉は「運動」に加わるが、彼の心にはすでに深いニヒリズムが巣喰い、須磨の裏山におけるコミュニストの会合（作中唯一の秀抜な喜劇的場面）は、その心の反映のように、おそるべき戯画化の手法でえがかれる。そして第一部は、六甲山上の逆巻く霧の中で、外相のラジオ放送と、良吉と瀬川夫人頼子との最初の接吻を以て終っている。霧の中をぬけ出して、麓《ふもと》へ下りてゆく雅子と西海の後ろ姿は、この二人だけが何の悩みも抱かずに生きつづけるだろうという未来を思わせて、暗示的である。

私はこの小説を、大そう面白く読んだ。すべての人物が隠密な関係で結ばれ、照応はゆきとどき、主人公と女主人公の間には、誤解のもととなる「口に出せない秘密」が注意ぶかく配分されて、恋愛を成立たせる障碍に事欠かない。

しかしもっともよく書けているのは、瀬川であり、コランである。瀬川はおそらく「武蔵野夫人」の秋山の性格の発展であるが、単なる犬儒派の秋山に比して、瀬川は事業家であり、生活と行動の智恵には事欠かず、判断力と決断力にも恵まれ、本質的に卑しさを持ち、書かれていない部分の彼をも、いつも紙背に想像させる。小説の人物とは、おそらくこういう具合に、書かれていない部分でいきいきと生活していなければならない。コランもそうである。日本の作家によってこれほど如実に描かれた外国人は、多分鷗外の「普請中」の独乙《ドイツ》女以来であろう。コランはフランス人の智恵とシニシズムと、あらゆるものをそなえている。

瀬川とコランを描く作者の胸中には、おそらくモスカ伯爵（パルムの僧院）のイメージがあった。しかし暗愚な弱いプリンスの役は、むしろヒロインの頼子にうけつがれ、瀬川とコランがモスカの性格を、おのおの分ちあっているのである。雅子はサンセヴェリナたるには貫禄が足らず、良吉はファブリスたるにはあまりにも行動を縛られている。このファブリスは、はじめからおわりまで、パルムの牢内にいるのである。脱出の希望もなく、死するに足る幸福もなく。そしてモスカやサンセヴェリナの援助の手が、ファブリスをいつも清浄に保っているのと反対に、ここでは良吉に対する周囲の援助は、意識的にも無意識的にも、ますます彼を深い汚濁へ追いやる。ここに大岡氏の、「パルムの僧院」に対する悲痛なパロディーの意図を、見る人は見るであろう。

瀬川とコランの虚々実々の掛引は、小説的な面白味に充ちたものであるが、この二人のモスカの性格は似かよい、性格の劇的な対立というものは成立たぬ。知的な勝利に対するモスカのたえざる衝動は、もちろん我身を救うためでもあるが、一方では宮廷人に対する深い軽蔑が彼に鳥瞰的な位置を保たせ、事に処するモスカの心には、或る透明な無為ともいうべきものがあって、それがモスカを偉大ならしめているのであるが、瀬川にもコランにも念頭にあるものは利害だけであり、心を占めるものは変転きわまりなき現実だけである。

作者が侮蔑を愛していることが、「酸素」にあっては、作中人物の心に侮蔑を節約させるもとになった。作者がこの小説でえがきたかったものの、一つは果され、一つは挫折している。果たされたのは一九四〇年代初頭の日本の現実の分析である。挫折したのは、この現実の裡に置かれた人間の、強い侮蔑による飛躍の契機である。自尊心である。

私はかねがね、小説における文体と現実との関わり合いについて考えてきたが、堀辰雄の文体的完成は、見るべき現実を限ってしまって、彼はせまい文体ののぞき眼鏡でしか、現実を見ることができなかった。私が小説の理想的文体と考えるものは、今ではバルザックのような夢想家兼リアリストの文体、両刃の剣で現実をねじふせる強引な文体なのである。

大岡氏は、堀辰雄とちがって、見るべきもの、いや見なければならぬものを、その文体でことごとく見尽そうという、一種の倫理的衝動にかられている。小説家として、この態度は正しい。尾籠な例で恐縮であるが、氏は第二章の冒頭で、おそらくフランス人をえがくことの言訳のように、屋上に立つコラン氏とラルー技師の顔へ、神戸市糞尿処理場の「日本的な臭《にお》い」をふくんだ微風を、故意に吹きつけている。又、第十二章で、小市民の若林をして、毎朝女房に、自分のうんこの形を報告させている。しかし第六章で、床の間に松と鶴の掛物をかけ、陶製の布袋《ほてい》を飾っている小料理屋の描写に及ぶと、日本的現実はするりと氏の文体を抜け出し、そのわずか三行でわれわれは、氏の文体から醒《さ》めるのである。第一章冒頭の港の描写では、描かれる対象、「出入する各国の船舶のさまざまの設計、船楼と構成物、乱立するデリック、港に臨んだ船台から放たれる新造船の赤と黄、霞《かす》む起重機」などが、まさに文体と一致して、見えざる透明な文体をとおして、対象のもつ詩が、直截にわれわれの心に訴える。氏の文体がもっとも成功するのはこうした瞬間であり、正確さと詩の一致するのもこの瞬間である。しかし陶製の布袋は？　……やはり文体が、言葉が、現実の対象を選択する機能をもつことは宿命なのだ。この宿命のなかに賢明に安住した堀氏より、こんな宿命を信じない大岡氏のほうを、私がはるかに多く愛するとしても、それは事実にはちがいない。

作者が第二章で、酸素工場の機械の説明をする件りでは、われわれは小説的必要というよりも、正確さと明晰さへの、氏のやみがたい生理的な衝動に触れる。氏の文体は、かかってこのために在るかのようである。現実の対象にたいする認識のあいまいさは、氏の潔癖がゆるさず、この要求はだんだんに高じて、ついにはあいまいなもの、不確定なものに対する認識の放棄にまでいたる。

「酸素」は心理小説から、作者の行動小説、冒険小説への脱却の企図をもっていたように思われるのに、主人公良吉は、彼の置かれた現実的条件の苛酷な正確な認識から、自分のいるべき場所をますますせばめられ、行動は不可能になり、しかも心理の分析はほとんど剝奪され、官能性にいたっては、片鱗も与えられない始末になる。良吉の行動を奪ったものは、かくて所与の現実的諸条件よりも、作者の態度そのものではなかったか？　つまり行動の小説を意図した作者その人が、主人公の行動を剝奪したのではなかったか？

何か一定の環境、一定の条件下に置かれた人物にとって、その環境、その条件が絶対のものにならなければ、脱出の可能性は生ぜず、また他の環境、他の条件への演繹も不可能であり、小説世界の象徴性のひろがりは閉ざされる。冒頭からくりかえされる、酸素製造機械のあまりにも頻繁な、不可解な故障は、巧妙な伏線であるが、第十三章の良吉の手紙で、はじめてこの犯人が高松技師とわかると、それはただちに第十四章の、まことに喜劇的なコミュニストの会合につづく。この肩外しの仕方は、何か暗示的だ。高松もおそらく、心の中では、酸素製造機械にたびたび故障を起させたところで、ファシズム国家の総力戦体制には、さほどの打撃を与えないことを知っている。冷静な瀬川はこう言う。

「馬鹿な……、あんなちっぽけな酸素製造機ぐらいこわしてみたって、何の足しになるもんか」

……そして時代の圧力の前に、すべては何の足しにもならず、建設も破壊も相対的な力にすぎず、登場人物たちの環境はついに絶対性をもたない。一方からいうと、酸素工場というシテュエーションそのものが無力になってしまう。「こんなものをこわしてみたって、何の足しになるもんか」……これは苦い目と苦い心を持った、作者その人の告白ではあるまいか？

※この作品でもっとも重要な一句は、第十章の次の句だと思われる。この一句には、作者がロマネスクに対して抱いている考えが、読みとれる。「彼（瀬川）は経験から政治と経済ほ

ど人間を縛る強い絆はないと思っていた。ただ丁度その政治的理由が良吉の心を頼子（瀬川夫人）に向わせようとしていることを想像出来なかった。」

七月十六日（土）

午前中久々の雨。やや涼しくなる。

午後三時より東和映画試写室にて、「悪魔のような女」を見る。

六時、第一生命ホールへゆく。芝居がはねてから、文学座の五人と共に、すぐ隣りの日活ファミリイ・クラブの、トア・エ・モア巴里祭パーティーへゆくに、上着とネクタイを着用していないので、入場を拒否される。私はアロハを着ていたのである。

やむなく六人で田村町銀馬車へゆき、呑みかつ踊る。となりの卓に力道山が来ている。

「悪魔のような女」は純然たるグラン・ギニョール趣味の映画だった。鶴屋南北がこの映画を撮ればもっと愛嬌も詩情もある映画になったであろう。クルーゾオという監督は、いつも導入部がうまく、そして文句なしに佳いのは導入部だけである。「恐怖の報酬」でも、佳いのはいよいよトラックが出発するまでである。「悪魔のような女」でも、佳いのは女二人が犯行の予備行為のために出発するところまでである。くさりかけた鱈《たら》料理を大人がむりやりに喰わされる場面の生理的悪感はのちのちまでも残り、この映画の本当に残酷な持味はここだけであろう。

世間では心理的な残酷さと、肉体上のサディズムとをごっちゃにしている。この二つの関係はしかく単純ではない。

肉体上のサディズムには、意地悪さというものはみじんもない。サディズムは、ごく正常な能動的な性欲の、観念的な拡大、類推、敷衍のよろこびなのである。自由な客体とは言葉の矛盾であって、性欲における対象の客体化は、多かれ少なかれ自由の剝奪を意味するということは、しばしば言われている。衣服の文化の発達は、相手を裸にするというそのことだけで、いくらか無邪気なサディズムを満足させることになった。本来的に自由を欠いた存在から自由を剝奪することが何の意味をも持たないのは、この衣服と裸体との関係に似ている。それがどんなに不自由な衣裳であり、男に美しく見られたいという欲求からだけ生れた衣裳であっても、女の衣服は、女の自由と主体との表現なのであって、だから女は化粧と着物に憂身をやつして飽かない。愛される者にとっては、裸体とは瀆《けが》された自由に他ならぬ。

相手の確実に持っている自由を剝奪するというよろこび、抵抗によってますます増大するよろこびには、社会心理のごくふつうな類例から、酸鼻なサディズムにいたるまでの無数の段階がある。

性的異常は社会的異常と同じメカニズムをもち、いつも「手段と目的のとりちがえ」から生ずるが、サディズムもその例に洩れず、欲望の一要素たる相手の客体化、相手の自由の剝奪が、それ自身目的化されるにいたったもので、ひとたび目的化された手段は、たちまちそれ自体の体系をそなえるようになる。かくてあらゆる性的異常には、抽象的情熱のごときものが随伴する。哲学上の新らしい一体系は、私には性的異常の一体系と、確実に照応しているように思われる。ドイツ観念論哲学の諸体系と、ナチズムによって露呈されたドイツ人の各種の性的異常とを、ひとつひとつ照応させてみることは可能である。

さて縄や鞭打や拷問や流血の幻想に固定したサディズムには、苦痛と血が必須のものとなって来る。ここでもサディストは、一向に意地悪ではない。たとえ相手の苦痛を永びかせるための、精妙な工夫が凝らされても、意地悪さ、心理的な残酷さとは無縁なのだ。サディストの側において、相手の苦痛を見ることが快楽であるなら、相手の苦痛は、こちらの快楽の反映としてしかもはや考えられず、彼にとっては苦痛があらゆる快楽の要素なのであるから、相手も苦痛の表現をとおしてのみおのれの快楽を愬《うった》えることができる筈だと思う。これがサディストの論理である。当然、苦痛を受けて喜びの表情をうかべるマゾヒストは、サディストにとっては相手の快楽を推測するのに難いから、(つまり快楽の表現が、彼の考えるものと逆であるから)、サディストのよきパートナアではありえない。

サディストにとっては、真実の苦痛だけが必要である。ところがマゾヒストにとっても、拷問者の真実の憤怒だけが必要なのだ。

共にその幻想には、彼自身の性的快感の原因および結果に、まったく性的ならざる衝動を仮定する必要があり、かくてサディストとマゾヒストは、馴れ合いで結ばれる場合はさておき、別々に幻想を抱いて孤独に生きることを余儀なくされる。

さてサディズムに於て、自由の剝奪が、どうして苦痛へ流血へと深まってゆくかは、説明を要する。（時には、常に、対象の自殺の幻影におわるサディズムもある）。しかし、相手を客体化する者たることと、加害者たることとは五十歩百歩である。サディズムによる、殺人の過程には、相手を人間から物質に還元してしまうあらゆる快楽の段階が見られるだろう。生きている人間が、ばらばらの死屍になるまでの過程には、人間の性行為のあらゆる段階の類推が可能であろう。こんな極端な事例が、かえってサディズムと、ふつうの性行為との間の類推を可能にするのに、多くのサディズムは部分的段階的誇張であって、おのおの好む段階に膠着している。

苦痛の享楽という過程的満足に、実はサディズムの本質的な逆説があるのだ。対象の苦痛は、サディストには生のかがやきそのもののように思われる。ふつうの性行為がサディストを満足させないのは、愛の客体化があまりに安易だと思われるからで、彼は芸術家のように自ら抵抗を設定し、強いられた客体化、つまり絶対に馴れ合いではない強制された客体化の幻想をえがき、対象から、「客体化されたいという欲望」を完全に取り除きたいと夢想する。彼はかかる抵抗する客体の、精神的苦痛を肉体に飜訳して、肉体的苦痛として、わが目に見、それをはっきりたしかめたいと思う。（従って、相手の自由を剝奪した上での抵抗にだけ安心を感じるという点で、サディストは弱者である）。そして苦痛なき対象は、サディストにとっては、生気のない、半ば死んだようなものとしか見えないのである。

かくて、私はサディズムの一例から、あらゆるエロティシズムは抵抗を設定し、ついには征服不可能な抵抗を設定するにいたる、ということを言おうとしている。それはあながち、その衝動の反社会性による制約ではない。性的動機だけではその幻想をみたしえないサディストは、対象の苦痛の原因を、愛慾だと考えるよりも、刑罰だと想像することのほうをよろこぶ。決して自分が愛されないという情況の設定が、必要不可欠のものになるのだ。サディストの孤独は絶対的なものになる。

私がこんな、憂鬱な題目をあげつらっているあいだ、脳裡にはたえずナフタの面影があった。「魔の山」に登場する怪奇な中世主義者、徹底的な反ヒューマニスト、拷問の讃美者、醜い小柄な古代語教授ナフタ氏である。

あの小説のなかで、明朗なイタリア人の人文主義的合理主義者ゼテムブリーニは、論敵ナフタにくらべて、いかにも弱い。ナフタは怖ろしい口調で言うのである。

「時代が必要とし、時代が要求し、時代が実現させるであろうもの……それは恐怖《テロール》です」

ナフタの厳格主義、そのテロール待望心理は、むしろマゾヒストとしての彼を想像させるが、マゾヒストもサディストも、たえず絶対主義を夢みていることでは同じである。マゾヒストは、彼を苦しめる相手を、愛人としてではなく、何か怖ろしい絶対的正義の具現者と考えることをのぞみ、サディストも、自分が苦しめる相手を、自分が苦しめているのではなく、何か絶対的正義の苛酷な命令で苦しめられていると考えることをよろこぶのである。サディストにとっても、彼自身をその正義の権化であると想像する満足からは、何ほどの快感も得られない。サディストの虐殺のよろこびにも、マゾヒストの受苦のよろこびにも、絶対的正義、絶対的悪、などの至上命令に対する代理のうしろめたさ、あるいは仮装の不満が伴うのである。人間は愛慾によって神となることはできぬ。ただ彼自身の愛慾が、彼自身の絶対化を妨げる。同時に、人間は愛慾によって絶対的な悪に到達することも不可能なのである。サディズムの犯行が悪を装っているとしたら、それは必ず虚栄心のかぶせた仮面である。

かくて愛慾には、彼自身の衝動とは別の行使者、神あるいは悪魔が仮定される必然性のあることを、サディズムとマゾヒズムは明確に教えている。ナフタの夢みた中世紀の社会は、マゾヒストの夢想の極致、つまり神を媒体とした拷問の受苦のよろこびを表わしている。二十世紀の社会では、政治と民衆とは、神を媒介としないサディストとマゾヒストの不本意な結びつきにおわり、エロティシズムの社会的不満足が顕著な時代現象になり、あらゆる精神的危機の、根柢的な原因のひとつになった。……

七月十七日（日）

晴。暑さやゝうすらぐ。

中村光夫夫人を見舞に東大病院へゆく。

永福門院の歌集は、戦時中佐々木治綱氏の編纂によって世に出たが、その後再版の話をきかないのは惜しい。

伏見帝の妃、永福門院は、鎌倉中期の人で、玉葉集の歌人である。玉葉集の撰者京極《きょうごく》為兼《ためかね》は、伏見天皇皇后の歌道の師であった。

当時、両統迭立《てつりつ》の時代で、大覚寺統の後宇多天皇のあとをつがれた伏見天皇は、持明《じみょう》院統《いんとう》に属していた。

歌道でも、俊成、定家、為家ののち、為家の三子は、二条家、京極家、冷泉《れいぜい》家にわかれ、相対立して、殊に京極為兼は持明院統につき、嫡家である二条為世は大覚寺統につき、二つの政治権力と結びついた芸術上の対立、京極派と二条派の対立が激化されたのである。

私はこういういきさつに、大そう小説家としての興味を抱いている。一体これは芸術の政治的堕落なのであるか？　それとも政治の芸術的堕落なのであるか？

為兼の歌論の実践として撰出された玉葉集は、次の室町時代にいたって、世阿弥の詞章にまで影響を与えた。玉葉の歌人たちは、かくて万葉以来の歌道の歴史と、謡曲のふしぎなアラベスク的文体とをつなぐ橋なのである。そして一方では、京極派の敵手二条家によって、中世のもっとも神秘的な伝習のひとつ、古今伝授が、為世……頓阿《とんな》……堯孝《ぎょうこう》……東常縁《あずまつねより》……細川幽斎というふうに伝えられてゆく。すでに鎌倉末期から、京極派も冷泉派も、二条派に吸収されて、滅びてゆくのである。（横井金男氏の「古今伝授沿革史論」）

古今伝授と能楽とお伽草子と五山文学とは、公家と武家と民衆と僧侶との、それぞれの中世的表現の代表的なものであった。この四つは、日本の中世的なるものの、われわれの目に見える四本の柱である。なかでも古今伝授は、奇怪をきわめたもので、切紙《きりかみ》伝授における三鳥の口伝の一例を左にあげよう。

「婬名《いな》負鳥《おほせどり》
庭敲、此《この》鳥ノ風情《ふぜい》ヲ見テ神代ニミトノマクハヒアリ、是《これ》ニ依テ此名ヲ得タリ。（秋ハ年中ノ衰ヘ行ク境也《なり》、此零落ノ道ヲ興ス所、是帝心也、仍《よつ》テ入秋部。）今上。
喚子鳥《よぶこどり》
筒鳥、ツツトナキテ人ヲ呼ニ似タリ、依之有此名。（時節ヲ得テ人ニ告教ル心、執政ニ譬《たとへ》、帝ノ心ヲ性トシテ、時節ニ応スル下知ノ心也。）関白。
百千鳥《ももちどり》
春ハ万《よろ》ツノ鳥ノサヘツレハ百千鳥ト云、仍テ此名アリ。（万機扶翼《ふよく》ノ教令ヲ聞テ、百寮各々ノ事ヲ成スカ如《ごと》ク、春来テ百千ノ諸鳥囀《さへづる》ト云心也。）臣。」

こんな他愛もない象徴主義が、「化現の大事」であり、「至極極中の深秘、深秘秘中の極秘」なのであった。しかしここにも、歌道と政治との象徴的つながりが歴然としており、ヨーロッパの中世で政治とキリスト教が密接につながったように、日本では宗教のみならず、芸術上の神秘主義と政治との間にも連繫が生じた。能楽の神秘主義は、こうした歌道の神秘化の過程と照応して、それぞれの政治的パトロンと結びついている。ここからまさに、中世がはじまるのである。

私は永福門院を、こうした中世の到来を前にした最後の古典時代の女流歌人として考えてみる。和泉式部や式子内親王の系列の最後の一人、しかもその時代の独自性をその才能の上に高度にあらわした歌人として考えてみる。

永福門院は文永八年、太政大臣西園寺実兼の長女として生れ、十八歳で入内《じゅだい》し、中宮となった。二十八歳の時に、伏見帝御譲位により院号を賜わり、永福門院と称せられた。京極為兼が佐渡の流謫《るたく》の地から召還されてのち、女院《にょういん》は玉葉歌風に精進し、京極派歌人の中心になる。

女院の後半生は、四十六歳で尼となる年、為兼は土佐へ流され、翌年伏見天皇は崩御せられ、後醍醐帝の御代になって、二条派の勝利が確定し、孤独に包まれて送られる。六十四歳の年、建武の中興となり、時代の奔流をよそに、七十二歳で薨《こう》じたのである。

永福門院は、和泉式部や式子内親王のような、情熱の歌人ではなかった。師の為兼は万葉へ還《かえ》れと教えたが、女院が万葉からうけた影響は、抒情においてよりも、抒景においてであった。そこでわれわれは、ユニークな一人の女流抒景詩人をもつことができたのである。

永福門院の晩年の歌は、孤独のなかで、彼女自身の深奥に達したものであるが、ここには個性というよりも静謐な没個性があり、それらの歌を、建武中興のさわがしい革命時代を背景に置いて読むと、ふしぎな効果が生ずる。

彼女はカンヴァスを、擾乱《じょうらん》の時代の前に立てた。しかるに彼女の頑なな目は、風景をしか見なかった。そして今日われわれの見るその風景画には、「まだ霧くらき曙」や、「朝明の汀のあし」や、「月さしのぼる夕暮の山」しか描かれていないのに、同時にこの小宇宙の清潔すぎる秩序と、情熱をもたぬ心と、ワイルドのいわゆる「人工的な人間にだけ自明な」自然愛好心と、自分の選択したものだけを見る頑なな目と、そういうもろもろの特質から、ひとつの時代の姿が、透かし絵のように浮び出てくるのである。

大ざっぱな言い方をすると、古今集の時代には、歌人の信奉した諸観念、月、雪、花、恋、春、秋、などの諸観念は、外界の秩序との間に、完全なコレスポンデンスを保っていた。新古今集の時代になると、外的秩序の崩壊、あるいは崩壊の予感の前に、歌人はこうした観念の実在性をも疑わざるをえなくなり、言葉それ自体の秩序のなかへ逃げ込んだ。定家は言葉をさまざまにたわめて見せ、詩語による観念世界の自律性を立証した。しかし永福門院にいたって、外的秩序も内的情熱も死に絶えた。彼女は一つの世界の死の中に生き、その世界の死だけを信じた。この風景画には人物が欠けている。彼女は裸かの自然と彼女自身とのあいだに、何か人間的なものの翳《かげ》がさすのを、妬《ねた》んでいたように思われる。

私の好きな永福門院の歌。

月もなきあま夜の空の明けがたに蛍のかげぞ簷《のき》にほのめく
山もとの鳥の声より明けそめて花もむら〳〵色ぞみえ行く
河千鳥月夜をさむみいねずあれやめざむるごとに声の聞ゆる
みるまゝに山は消えゆくあま雲のかゝりもしける槙《まき》の一もと
ちるとなみ花おちすさぶ夕暮の風ゆるき日の二月《きさらぎ》の空
ほとゝぎすこゑも高根のよこ雲になき捨ててゆく曙の空
小山田のさなへの色はすゞしくて岡べこぐらき杉の一村
山本はまだ霧くらき曙のすそ野は霧の色にしらめる
朝嵐は外《と》の面《も》の竹に吹きあれて山の霞《かすみ》も春寒きころ
吹きしをり風にしぐるゝ呉竹《くれたけ》の節ながらみる庭の月かげ
むら〳〵に小松まじれる冬枯の野べすさまじき夕暮の雨
山あひにおりしづまれる白雲の暫《しば》しと見ればはや消えにけり
沈みはてぬ入日は波の上にして汐《しお》干《ひ》に清き磯の松原

七月十八日（月）

晴。風があって涼しい。

東京会館ルーフ・ガーデンで夕食。

「リオの情熱」という日本映画を見に行った。リオ・デ・ジャネイロのロケイションの場面を見たかったからだ。私の泊ったコパカバナ・パレス・ホテルのテラスも、壁のない市内電車も、コルコバードのキリスト像も、モザイクの鋪道もそのままである。リオの風光がどうしてこんなに強く心に愬《うった》えるのかわからない。思い出の中のリオはますます燦然として来るので、たとえ機会があっても、私は二度と現実のリオを訪れようとは思わない。

映画そのものはすばらしい愚劣さだった。人間が出てくると、とたんに私は欠伸《あくび》を催おし、欠伸をすれば涙が出て来て、涙を拭わなければならないが、それがいつもいつも、愚劣な催涙的場面にぶつかるので、私をよほど感傷的な男だと思った隣りの観客は、しばしば私の顔をのぞき込んだ。

七月十九日（火）

雨ふり、又晴れ、又曇る。颱風の来襲が近い空模様である。来客二人。

ジュネーヴで四巨頭会談がひらかれている。トニー谷の子供が誘拐された。

われわれは「知的」な、概観的な時代に生きている。これはほとんど巨人時代で、世界像がこんなにひろがりを失ったことはなく、航空の発達、通信の迅速は、太平洋もひとまたぎと思わせる。もしその上、われわれが巨人の感受性にめぐまれていたら、水素爆弾の実験も線香花火のごときものであろう。

例のビキニの実験における補償問題でも感じたことであるが、その実験を非人間的といい、反人道的というときに、われわれの人間なる概念は、すでに動揺を来している。私は政治的偏見なしに言うのであるが、水爆の実験をした国の人間が、被害国の人間に補償を提供するということの行為には、国際間の問題とか、人種的偏見の問題とかを超えて、人間の或る機能が、人間の別の機能に対して、慈悲を垂れているという感を与える。「知的」な概観的な世界像に直面している人間が、自分の一部分であるところの、そういう世界像と無縁な部分に、慈悲を垂れるとは何を意味するか。私は人間相互の問題というよりも、人間一般の内部の出来事、というふうに理解するのである。

たとえばわれわれは、水爆を企画する精神と無縁ではない。われわれが文明の利便として電気洗濯機を利用することと、水爆を設計した精神とは無縁ではない。科学はそういう風に発達して来て、精神の歴史にも関わって来たのであり、火薬の発明と活字の発明は、かつて手をたずさえて、封建制を打破したのであった。

現代の人間概念には、おそるべきアンバランスが起っている。広島の原爆の被災者におけるよりも、あの原爆を投下した人間に、こうしたアンバランスはもっと強烈に意識された筈であった。被災者は火と閃光と死を見った。それを知的に概観的に理解する暇はなかった。相手が原爆であろうと、大砲であろうと、小銃であろうと、被害者はいつも原始的な個体に還元され、死がさらに彼を物質に還元してしまう。しかし原爆投下者はどうだったか？　彼は決して巨人の感受性にめぐまれていたわけではなかった。彼の肉体は小刀にも血を流し、うすい皮膚の下には、こわれやすい内臓が動いていた。しかし彼には距離があり、はるか高みから日本の小さな地方都市を見下ろしていた。人間の同一の条件についての意識は隠蔽された。むしろ彼はそれを押しかくした。おそらくいくばくの技術と科学知識にめぐまれていた投下者は、巨大ならざる自分の感受性を、あの知的な概観的な世界像の下に押しつぶすことを知っていたのである。そしてこういう小さな隠蔽、小さな抑圧が、十分あの酸鼻な結果をもたらすに足りた。

ところがこうした投下者の意識は、今日われわれの生活のどの片隅にも侵入していて、それが気づかれないのは、習慣になったからにすぎないのである。われわれは、新聞やラジオのニュースに接したり、あるいは小さな政治問題にひそむ世界的な関聯《かんれん》に触れたり、国際聯合を論じ世界国家を夢想したりするときのみならず、ほんの日常の判断を下すときにも、知的な概観的な世界像と、人間の肉体的制約とのアンバランスに当面して、一瞬、目をつぶって、「小さな隠蔽」、「小さな抑圧」を犯すことに馴れてしまった。瞬間、われわれは巨人の感受性を持っているような錯覚におそわれる。私が諷《ふう》して巨人時代というのは、このことを斥《さ》すのだ。

かくて例の水爆実験の補償は、私の脳裡でふしぎな図式を以て、浮んで来ざるをえない。いずれも人間の領域でありながら、一方には、水爆、宇宙旅行、国際聯合をふくめた知的概観的世界像があり、一方には肉体的制約に包まれた人間の、白血球の減少があり、日常生活の生活問題があり、家族があり、労働があるのだ。この二つのものをつなぐ橋が経済学だけで解決されようとは思われぬ。この二つのものは、現代に住む人間の条件であり、アメリカの富豪にあっても、焼津の漁夫にあっても、程度の差こそあれ、免れがたい同一の条件なのである。ただ例の補償の場面では、この二つのものが典型的な現われ方をし、典型的な衝突に陥って、人間にとっていずれも不可欠な二条件の、一方の条件が一方の条件に対して慈悲を垂れ、金を払ったのである。そして慈悲を垂れることが侮蔑を意味するなら、この現象は、人間が人間を侮蔑し、人間の或る価値が他の価値をおとしめつつあることに他ならぬ。人間内部の問題だと云ったのはこのことである。

さて、こうした「巨人時代」が来てから、巨人的な精神というものは、徐々に必要でなくなり、半ば衰滅しており、政治の領域でさえ、四巨頭会談という用語は、首をかしげさせることになった。世界の国々をめぐって飛行機旅行をした人には、実感のあることであるが、そのひどく無機的な旅の印象には、われわれの統一や綜合をめざす精神の動きは入りこむ隙のない感を与えられる。われわれはただ地上を地図のように考え、与えられた概観に忠実であることによってしか、世界を把握することができぬ。現代は、丁度こうして、常住飛行機に乗っているようなものである。諸現象は窓のかなたを飛び去り、体験は無機的になり、科学的な嘔吐と目まいは、われわれの感覚を占領してしまう。

精神はどこに位置するのか、とわれわれは改めて首をかしげる。巨人的な精神とは、一個の有機体であって、こんなものを容れる隙が世界にはなくなった。巨人的な精神とは、精神それ自体の法則に従って統一と綜合を成就したものであるから、その肉体的制約と世界像の間には、小宇宙と大宇宙のような相互の反映があって、しかも堅固な有機的基礎に立っていた。そういうものが人間と称されていたのに、人間概念は崩壊したのである。人間愛はかくて侮蔑的なものになった。なぜならそれは、人間が人間を愛することではなくて、誰も信じなくなった人間概念を信じているようなふりをすることであり、ひいては人間の自己蔑視に他ならなくなったからである。

それでもなおかつ、精神がどこに位置するか、という問は、さまざまな形で問われている。私がさっき挙げた二つのもののその後者、その肉体的制約のうちに、精神をおしこめて、そこから出発しようという思考の形は、二十世紀初頭からいろいろと試みられた。こうした傾向は、明らかにもう一つの傾向、つまり知的概観的世界像が形づくられようとしている時代の予感に対抗して生れたものである。その結果、二十世紀におけるほど、精神が肉体の形をなぞり、肉体に屈服したことはなかったのである。精神固有の形態は、かくてすでに十九世紀末に崩壊し、ふたたびギリシア時代が再現して、肉体と精神の親密さが取り戻されたかのようであった。しかし根本的なちがいは、ギリシアの精神が美しい肉体から羽搏《はばた》き飛立ったのに引きかえて、二十世紀では、精神がおそれおののいて、肉体の中へ逃げ込んだのである。

一方では、通信交通の発達から、精神のゆっくりとした統一と綜合の作用は追い抜かれ、哲学の使命である世界把握は、普遍的な概観的世界像によって追い抜かれた。今日、嶄新な哲学は、ニュースによる世界把握の上に組立てられ、哲学のみが世界像の把握に到達する唯一の小径であったような嘗ての状態は消滅した。そしてこの世界像を更新し、拡張してゆく作業を、今では科学が受け持っているのである。

精神はどこに位置するか？　精神は二十世紀後半においては、人間概念の分裂状態の、修繕工として現われるほかはない。統一と綜合の代りに、あの二つのものの縫合の技術が、精神の職分になるだろう。それがどんなに不可能に見え、時にはどんなに「非人間的」に見えても、精神はこの仕事のために招かれているのである。その縫合の結果が誰に予見できよう。もし再び、肉体的制約の中へ人間が確乎として立ち戻り、科学のあらゆる兇暴な進歩を否定することになろうと、それが簡単に精神の勝利だと云えようか？　また、万一、各人が肉体的制約を離れて、まさしく巨人の感受性をわがものにするようになろうと、それが簡単に精神の敗北だと云えようか？　精神は縫合をすませれば、いずれは本来の動きに戻って、しゃにむに統一と綜合へ進むだろう。

さて、芸術は、もっとも頑なに有機的なもののなかに止《とど》まりながらも、もし精神がそれを命ずれば、どんな怖ろしい身の毛のよだつような領域へも、子供じみた好奇心で、命ぜられたままに踏み込んでゆくにちがいない。

七月二十日（水）

快晴。午後逗子へゆき、渚ホテルを根拠地にして、海水浴をする。

ラシーヌの「フェードル」とエウリピデスの「ヒッポリュトス」との比較。

ラシーヌも自分で言っているように、アリスィー姫を登場させたことが、根本的な相違になっている。このことがイポリィト（ヒッポリュトス）の性格を、すっかり変えてしまい、劇の題名も、「ヒッポリュトス」から「フェードル」へ移行し、中心も移行する。

エウリピデスの作では、最初にアフロディテーの預言がある。若い武骨なヒッポリュトスは、恋の女神アフロディテーをさげすみ、処女神にして狩猟の女神アルテミスをのみ尊崇して、「此のトロイゼーンの地の市民等の中只彼一人妾《わらわ》を神々の中最も賤《いや》しき者と称し、婚姻を侮蔑し、娶《めと》ることをせぬ」がために、神罰を受けねばならず、そのカセとして、パイドラーの心に、神意によって、あやしき恋心が植えつけられたのである。

私にはラシーヌの作り変えの、二つの難点があると思われる。エウリピデスの作では、ヒッポリュトスはこんなに粗暴な少年であるから、パイドラーの恋慕を知ると、荒々しく面罵《めんば》する。この粗野な怒りと単純な正義感を見れば、パイドラーならずとも、父王への告口を予期して、対策を講じなければならぬ。ここでこういう強め方をしておかなければ、又後半の悲劇は引立たぬ。しかるにラシーヌのイポリィトは、十分都雅に、しかしあいまいな態度でフェードルの恋の告白をきき、きいているあいだから逃げ腰で、ききおわると本当に逃げ出してしまう。エノーヌの白《せりふ》ではないが、「何かと言うとすぐ逃げようとするあの恩知らず」である。こんな礼儀正しいイポリィトでは、フェードルが、彼の父王への告口を怖れようにも、ただ彼が父の名誉を重んずるから、というくらいの理由しか見当らない。「フェードル」を読むたびに、ここの大事な転調が、私には不自然でもあり、力を欠いているようにも思われる。これが第一の難点である。

次に、エウリピデスの作では、パイドラーがタイトル・ロールでないせいもあるが、劇半ばで自殺してしまう。その死を賭けた讒言《ざんげん》は、ただ遺書として残されているだけであるから、テーセウス王は、他人を詮議するいとまもなく、この遺書を鵜呑みにして、まっこうからその讒言を信じることが、すこしも不自然ではない。しかるにラシーヌの作では、フェードルがタイトル・ロールであるから、最後まで生きていなければならぬ。このためテゼ王の讒言の信じ方は、ひどく単純にも軽佻にもなり、こんな理性の失い方は、王たる者にふさわしくないように見える。いかにテゼの目が、妻への愛のために盲目になっていようとも、息子の弁疏《べんそ》を一言も耳に入れないテゼは、愚かしい小人物としか見えないのである。これが第二の難点である。

希臘劇《ギリシア》は単純な構成で、人物のデッサンも粗書であるが、心情の自然さで、（あんなに奇怪な予言どおりに事件が進行するにもかかわらず）、ラシーヌを凌駕している。ラシーヌは整然たる幾何学的構成、美しい詩句、を持ちながら、登場人物の力学的関係を、同一次元で展開した結果、右のような難点を残すことになったのである。

ラシーヌがアリスィー姫を登場させたという制作心理には、人間の本来的邪悪を信じるジャンセニスムが介入していて、イポリィトの無垢を、ヒッポリュトスのような神的な完全な無垢にまで高めまいとする配慮があったのではあるまいか？　イポリィトの無垢は、「フェードル」では、ただ道具に使われている。すなわち、フェードルはまず、おのが恋の叶わぬ理由を、「誰彼の差別なく女性というものに」彼が抱いている宿命的な憎悪にしか見出ださず、「それならわらわは、恋敵に負かされることもない」と揚言するのであるが、彼のアリスィーへの恋慕を発見するとき、フェードルは今度は絶望的な嫉妬にかられる。そういう心理のどんでん返しのためにだけ、この無垢の伝説が利用されているにすぎない。かくてイポリィトは、観客の目に、最初の場面から、その超越性をはぎとられて現われるが、エウリピデスのヒッポリュトスは、超越的絶対的存在、何ものも汚すことのできぬ若さと無垢の半神なのである。

七月二十一日（木）

前夜より完全徹夜。午後読売新聞社へ小説の調査にゆく。

七月二十二日（金）

快晴。きのうから案ぜられていた豆颱風も悉く消え、トニー谷の子供も無事に帰った。海上保安庁の観閲式というのに招かれたので、朝六時半に起きて、八時半竹芝桟橋発の宗谷という船に乗り込んだ。丁度、田中澄江さんも同船で、船が午後五時に帰航するまで、好い話相手ができた。

午前十一時、横浜港外で観閲式があったが、受閲船は十隻あまりであった。

「一番船CS一七山菊、二番船CS〇五皐月《さつき》、海上保安庁の小型巡視船であります」

とマイクが報ずる。

宗谷と平行に通るその巡視船の甲板には、チェスの駒のように、灰青色の制服の乗組員が同じ間隔で並んでいて、姿は不動だが、胸もとの紺のネクタイだけが、海風にひらめいている。

そのあとで、ヘリコプターによる遭難者救助作業というのが行われ、港内にぽつりと浮いている遭難者の上に、まずヘリコプターは浮袋を投げた。大そう暑い日で、この遭難者の役は、涼しく安楽にみえた。やがてヘリコプターはもう一旋回して来て、サーカスのブランコのようなものをするすると下ろし、それに遭難者が腰かけると、ブランコは引き上げられて、空中にひらいた二つの足が、まわりながら上昇して、ついにはヘリコプターの機体に吸い込まれる。みんなは拍手したが、おそらく水泳の達者なこの遭難者はひどく物馴れていて、何か脱脂したあとの牛乳のように、遭難、椿事、救助、というような烈しい言葉から、エッセンスがまるで脱けていると謂《い》った、妙な見世物である。

……船首の上甲板で、金いろの吹奏楽器をまばゆく夏の日にかがやかせて、海上自衛隊から借りられてきたブラス・バンドが演奏をはじめた。

……それにしても、どうして私はこうまで船が好きなのかわからない。

七月二十三日（土）

一日曇。甚だしいむしあつさは、九号と十二号の颱風の谷間に入ったためだという。

夜、二階の窓から多摩川の遠い花火を見た。青と紅の乱れ柳は美しく、空いちめんにひろがる薬玉《くすだま》のような花火もあった。仕掛花火のときは、音だけがして、そのほうの空の裾が、銀箔《ぎんぱく》を張ったように明るみ、やがて煙に包まれた。八時ちかく、俄《にわ》かに窓下の笹の葉が雨音を立て、雨になった。

七月二十四日（日）

晴。風あり。雲多し。午後、国立第一病院に中村光夫夫人を見舞う。

六時より文学座千秋楽。カーテン・コールのとき、舞台へ出て、花束をもらった。かえり長岡さん、宮口氏などと、アストリアで少々呑んだ。

叙事詩というものを考えると、私にはまるで硝子《ガラス》張の人体のように、行為する人間の心が、外側からもはっきり見えるという仮構が、叙事詩を成立たせる唯一の条件だったと思われる。今日では事実の領域は不可知論の中に埋もれ、社会がひろがればひろがるほど、その謎は深まってくる。一つの事件に立ち会った人々の証言は、喰いちがってくるのがならわしであり、大きな社会的事件は、必ず永遠の不可解を秘めている。しかし人間世界で起る事件である以上、事件の核心には必ず人間の心がある。その心が外側からもはっきり見えるという仮構が、近代社会では成立たないだけである。強いて言えば、オリンピック競技の勝利の一瞬などというものは、その稀な一例かも知れないが、スポーツは叙事詩の素材となりえない。古代希臘のスポーツは、武技としての終局の目的を戦場に持っていた。叙事詩は戦場を描けば足りたのである。

叙事詩を読んで今日われわれのおどろくことは、そこに語られたあらゆる行為が、少しも不可知論の影を帯びていないことである。しかし戦いであれ、犯罪であれ、人間がひとたび行為へ躍り込めば、判断は単純化され、心は外側からもはっきり見えるほどに、簡素なものになることは、現代も古代もかわりがない。しかし近代社会は行為の信仰を失ったから、たちまち人間の心は目に見えぬものになり、行為の惹き起す結果たる事実は、不可知論に埋もれることになった。近代法律学の問題にするものは、犯行ではなくて、犯意の有無である。犯罪ではなくて、犯罪構成要件である。スポーツも亦、純粋行為というよりも、無動機性の約束の上に立った近代社会のさまざまな遊戯の一つになった。

敵に対する剣の一撃は、明瞭に敵意を推測させる。叙事詩の心理法則はすべてそこに係っている。だが、近代社会の心理主義も、ようやく底をつき、叙事詩の法則が要請される時代が来ている。それは古代とは逆な事情からではあるが、心と行為とが、極端に離れ合うような事情が起ったからである。一都市を壊滅させるような爆弾を炸裂させるボタンを遠隔地から押す人間の心には、敵意というものがあるだろうか？　犯罪も亦、同じような傾向をもつ。ドイツの或る犯罪で、電話帳で引いた見知らぬ人名宛に、爆弾入りの小包を送った男があった。心を持たない行為が、独立して横行闊歩するようになれば、それをあくまで人間の問題として引きとどめるために、人間に出来ることは、行為そのものの中に善や悪の心を透視するという仮構を信じることとしかないのである。

さて、行為から透視される人間の心について、近代の発明したもう一つの擬制は社会であり社会機構である。一つの行為は、かくて無数の責任の遡及の連鎖のうちに埋もれる。叙事詩の人物は男らしく自分の行為を、自分の上に引受けるが、行為は今や堂々めぐりをして、誰が真の行為者か不明になった。むしろ擬制としての社会機構が、それを引受けることが便利になったのである。

こうして事実の世紀と呼ばれる現代では、行為の代りに事実が繁茂している。ジャーナリズムは決して表現を試みない。事実が行為を吸収している時代では、表現の契機はつかむことがむずかしい。不可知論に埋もれている事実の領域で、ジャーナリズムの試みることは、事実の世界と事実の世界の仲介の仕事だけであり、伝達可能の範囲で伝達にいそしんで満足している。しかし表現の真の機能は、伝達不可能のものを伝達することなのである。

叙事詩の行為、……真の行為というものは、本質的に不可知論と無縁のものなのである。一つの行為を前にして、ジャーナリストが表現の力を失うのは、行為がたちまち目の前で分解して、心は無限の心理の沼へ、行為の責任は無限の遡及へと、ばらばらに散り失せ、かくてそれを事実の範疇でつかまえるほかはなくなる、まさにその時である。これに反して表現がはじまるのは、明晰さの困難から、だけである。

硝子張の人体のように、行為する人間の心が、外側からはっきり見える、……このどう仕様もない明晰な状況だけが、芸術家に表現の契機をつかませるのだ。なぜなら行為は、厳密に人間の個人的な体験である。芸術家は明白にこの行為に対して他者であって、叙事詩人には、近代のジャーナリストのような何でも「われわれ共通の問題」に還元してしまう手品の技術の持ち合わせはなかった。表現の法則、芸術の法則を、真の行為はおのれを後代にのこすために、要請し、呼びもとめる。叙事詩人の任務がはじまる。彼はその行為を、英雄個人の経験主義的法則から離脱させて、英雄にとってその経験が与えられたが如くに、人間の情念の普遍的法則に従って、一般人にその経験と同質の情念を与えようとする。事実の世紀ならぬ表現の世紀では、かかる伝達不可能なものだけが、伝達するに足りたのである。そしてわれわれが叙事詩からうけとる教訓は、こうした伝達不可能なもの、しかし鞏固《きょうこ》に明確にそこに存在するもの、行為の本質というべきものに、直面する契機をつかむことが、芸術家の任務だという教訓であろう。行為はまだ死に絶えてはいないのである。

七月二十五日（月）

快晴。風は強いが、むしあつい。午後三時より「夏の嵐」試写会。暑い試写室で、イタリア風の油っこい恋愛心理劇を見せられて、暑苦しい。おわって、「芸術新潮」が、その批評を、庄野潤三氏と、山岡久乃さんと、私にさせる。庄野氏はすっかり肥って、中村光夫氏と見ちがえるほどよく似て来た。

東宝劇場へゆき録音室で、中幕のレビュー式所作事《しょさごと》「春夏秋冬」を見た。家へかえると、机に置いて出た日除眼鏡を、猫と犬が共同で嚙《か》みやぶってしまっていた。

この眼鏡の玉は合成樹脂でできていたので、何か特別の味がしたらしい。

七月二十六日（火）

酷暑。三十四・五度にいたる。午前十一時から、演舞場へ文楽の出開帳《でかいちょう》を見にゆく。「夏祭」「千本の道行《みちゆき》・四《し》の切《きり》」「野崎」などである。

夏祭は本来人形のものだが、人形で見たのははじめてである。しかし人形の演出にも、歌舞伎の演出が、相当逆輸入されているものと思われる。いつ見てもこの芝居は、単純明快で、スピーディーで、闊達で、面白い。

千本の道行は、二十一挺《ちょう》二十枚の豪華版で、静《しずか》の人形を文五郎が遣った。次の四の切の河連館《かわつらやかた》で、静が鼓を打つ、

「手じなもゆらに打鳴らす」

の件りでは、私の背筋をふしぎな戦慄が走った。英国人は沙翁《さおう》劇のある箇所で、フランス人はラシーヌ劇のある詩句で、同じような戦慄を感じるのであろう。

こういう瞬間、耳から入る日本語が、まさに言葉それ自体として生きているのを感じるのは、喜ばしいことである。子供のころから、狐の化現の物語に馴染んでいる日本人の私には、こんな些細《ささい》な一句、丁度魂呼《たまよ》ばいの梓弓《あずさゆみ》の弓鳴りのように、狐を呼ぶ鼓の音を思わせる一句が、伝習の深い記憶と、音韻の美しさと、二つのものの神秘な複合体として心

に浮ぶのである。「てじなもゆらにうちならす」. i音とa音とu音との微妙な配合のうちに、鼓を打つ静の恐怖の手が、打ち迷うさままでがうかがわれ、鼓が決然と鳴る前の、手さぐりの音のたゆたいまでが感じられる。

意味のほとんど不明な言葉で、ときどき私の記憶のなかに突如としてひびきわたり、あとまで恐怖に似た妖《あや》しい感銘をのこす一句は、これだけではない。

「百石讃歎《ももざかさんたん》」という古讃の一句がそうである。

「百石に八十《やそ》石《さか》そへて給ひてし
乳房の報い今日ぞわがするや、今ぞわがするや、
今日せでは、何《いつ》かはすべき
年も経ぬべし、さ代《よ》も経ぬべし」

この古讃の表面上の意味をはなれて、初読の折、その「乳房の報い」という一句からうけた、怖ろしい感銘は、この古讃全部の感じを、爾後《じご》まるで別箇のものに変えてしまった。私は註釈も何もなしに、「乳房の報い」という言葉から、ただちに賽《さい》の河原の陰惨な情景を聯想《れんそう》したのである。そしてこの明るいはずの宗教的な讃歌は、血みどろの母胎や、孤独にとりのこされた黒ずんだ乳房の歎《なげ》きや、子供たちに課せられた劫罰《ごうばつ》や、どろどろした暗い陰惨な罪業のイメージを私の心に喚起してやまない。それは殆ど呪いのようにきこえる。

「……たまひてし乳房の報い……」

古い母国語がその意味のあいまいさで、現代のわれわれに及ぼす異様な力には、一筋縄では行かぬものがある。伝承のあやまりにも、民族的なイメージの屈曲のうちに、或る意味がひそむにいたるのである。「潟《かた》を無《な》み」が「片男波」という具合に、明白な誤まりを犯して伝承される場合にも、一たん意味を失った言葉の音楽的要素だけが、別の意味に仮託され、それがまた新たなイメージを、言葉の上に富ますにいたったことは、中世以後の懸詞《かけことば》の流行と共に、日本文学の不可思議な、謎のような伝統の一支流を形づくった。言葉の附会や仮託から生れるイメージの転換は、ヨーロッパの超現実主義よりずっと昔から、東洋の御家芸の一つであった。

たとえば、中国の文字は一字一音一義であるのに、同じ字を重ねる「重言」や、上下の二字の子音をそろえる「双声」や、上下の二字の母音をそろえる「畳韻《じょういん》」によって、さまざまな熟語が作られるにつれ、意味内容とは離れた対偶の美が求められて、駢文《べんぶん》というものが生れることになる。

ヨーロッパのようにジャンルの分化が行われず、絶対音楽も純粋絵画も生れなかった東洋では、ついこの間まで、言葉のなかに、音楽からの要請も、絵画からの要請も、やすやすとうけ入れられるのが常であった。ある場合には言葉は音符のごときはたらきをなし、ある場合には言葉が絵具の役割をうけもった。意味内容を離れた言葉のこのような越権を、みとめなくなってからすでに久しい筈だが、今なお、われわれが言葉の異様な力に魅せられ、そのとき、半ば妖精的ではあるが、言葉がまさに生きていると感じるのは、古語のこうした越権の作用そのものに、魅せられていることが多い。

私はここで、読者の心にも、同じような神秘な感銘を与えるために、伴信友《ばんのぶとも》の「鎮魂伝」から、怪奇な鎮魂歌を引用しよう。

「あちめ　おおおお　おおおお　おおおお　あめつちに　きゆらかすは　さゆらかふ
かみわかも　かみこそは　きねきゆう　きゆらかす

あちめ　おおおお　おおおお　おおおお　いそのかみ　ふるのやしろの　たちもかと
ねかふそのこに　そのたてまつる

…………………。

あちめ　おおおお　おおおお　おおおお　みたまかり　いにましましかみは
いまそきませる　たまはこもちて
さりたるみたま　たまかやしすやな」

「歌の始に、アチメ、オ、と云へるは、神楽歌《かぐらうた》に唱ふる、例の詞《ことば》なり。其《それ》を阿知女ノ法とて、古本の神楽譜に見えたり」と、伴信友は註している。

七月二十七日（水）

快晴。酷暑。前夜、胃痛で寝不足。午後、海へゆき、十時すぎ帰宅。

コンスタンの「アドルフ」こそは、再読三読に堪える小説である。

最近、永らく埋もれていたコンスタンのもう一つの小説「セシル」が、窪田啓作氏によって訳された。多忙にまぎれて、私はその訳書をなかなか読まなかった。やっと読んだ。これを機に「アドルフ」も再読した。

とんでもない比較だが、アドルフの弱さと太宰治の弱さとは、何たるちがいであろう。私がアドルフの弱さを愛してやまないのは、それと正反対の文体の強さのためである。弱さを表現し、自分の内面のこの病菌に頑強に耐え、自分の弱さをひとつも是認せず、しかもその弱さを一瞬も見張ることをやめない精神！　こういうものと、太宰のふにゃふにゃな文体の暗示するものとは何たる相違であろう。しかし私が太宰の悪口を言い出したらキリがなくなるから、ここでやくたいもない比較文学（！）に耽ることはやめにしよう。

「アドルフ」……多忙な政治家によって書かれた小説、しかも作者自身によって重んぜられず、後世の評価によって古典の位に昇った小説は、それ自体、いかにも数奇《さっき》な偶然によって生み出され、遺されたものと謂《い》った印象を与える。これはカツカツの、ぎりぎりのところで芸術作品として成立ったもので、アドルフの明敏がもう少し度を過ぎ、その無能力がもう少し甚だしかったならば、芸術作品としての像を結ぶ機会は、永久に失われたのではないかと思われる。ティボーデが、だからアミエルを想起しているのは正しい。しかしそもそもコンスタンにとって、「アドルフ」のごとき珠玉の作品を成したことが、アミエル的孤独からの些かの救済を意味したかどうかは疑われる。ティボーデはいみじくも、「この偉大なヴォー出の人物は、自らの裡に絶望的に見守っていた知力と無気力との複合物を著作に表現した」と書いているが、「アドルフ」はおそらく、また「セシル」はそれにもまして、著作と日記乃至《ないし》覚書とのすれすれの線上にあり、こんな裸かの小説は空前絶後であり、どんな小説家もコンスタンと比較すれば甘く見えることは必定である。

しかし「アドルフ」や「セシル」の読後に襲われるいいしれぬ陰惨な感銘は、その甘さの完全な欠如と共に、小説としては異様なものであるが、しかし一般的にさほど特異だというわけではない。ラ・ロシュフコオやレオパルジの読後感の陰惨さがこれに匹敵する。ただ不思議は、なぜこれほども夢想を知らない分析が、随想やマキシムの体《てい》を成さず、ひとつの芸術作品に成ったかということなのである。「アドルフ」の稀有な点は、当時においても今日においても、およそ表現に達しない性質のものが表現されたという点にあり、いささか不まじめな比喩だが、ついに捕われずに死んだ大泥棒が書きのこした告白とでもいうような特質を帯びていることである。これもおそらく文学史の犯す気まぐれの一つで、後世たまたまこうした傾向が、別種の傾向の反動として盛んになったとき、「アドルフ」がその象徴ともなり典型ともなって再評価され、それがむりやり小説として古典の座に祭られてしまったにすぎず、それでも依然として「アドルフ」は、方法論的に不可能な生産物であり、同時代のシャトオブリヤンを尻目に見下して、今日なお生きた古典たりつづけているのである。そしてそのことには、コンスタン自身固有の病的性格と信じたアドルフのような性格が、今日では全世界に一般化されたことも役立った。ハムレットとアドルフ。「アドルフ」にしろ、「セシル」にしろ、たえず裏切られる情熱の不満は読者について離れず、こういう小説が十九世紀末のペシミストに与えた満足のほども察せられるが、コンスタン自身、アドルフの優柔不断が、いかにも非小説的な逆転を行うところでは、作中しばしば「人はこれを信じるだろうか？」と註している。「アドルフ」では第九章のおわりちかく、「セシル」では、訳書で第七期の、ブザンソンから一里の地点で、風雨をついて来るセシルに対する「私」の態度に、こういう逆転の劇的効果が見られる。コンスタンを熟読すると徐々に気のつくことだが、コンスタン自身こういう劇的効果を明白に意識している。これも亦《また》「小説の中で行われた小説の批評」と言えぬこともなく、「アドルフ」や「セシル」では、主人公の反浪曼的な態度、この神のごとく自分の感情の真実に忠実な男が、読者の期待を裏切って、もう一歩で成就される解放の前から、思いがけなく引返すという態度が、そのまま、この二作品のロマネスクを成しているのである。そしてこのサスペンスは、すべて主人公の性格に帰せられているので、何度濫用されても涸れることがない。かかる主人公の突然の心変り突然の引返しは、それを宿命づける周到な分析を先立てているにもかかわらず、少くともその瞬間においては分析不可能なものであり、作者自身「人はこれを信じるだろうか?」と註しているとおり、分析の限界を超えている。この突如として背《そびら》を返すアドルフの姿には、一種の行為のごときものが感じられる、(スタンダールの主人公の行為との何たる相違!) 自由意志による行為の代りに、同じく人間にとって本質的な、屈従への意志による行為の小説。しかももっと逆説的なことには、一旦背を返して、鉄のような女に対する屈従のもとへいそぐあいだ、少くともそのあいだだけは、アドルフ、この逆説的行為者の身には自由が溢れているのだ。

コンスタンの小説的配慮は、第十章のエレノールの死の前に、彼女が必死で自分の書いた手紙を探し、死後もそれを読まずに焼いてくれと、アドルフにたのむ件りに窺《うかが》われる。これはいかにも十八世紀的な小説家の配慮である。もしコンスタンが、メリメ(気質的にまさにコンスタンの双生児)のように物語的世界の造型に、何ほどかの慰籍《いしゃ》を見出していたら、アドルフの代りにサン・クレールを描き、「エトルリアの壺」を書いたであろう。しかしコンスタンの裡の批評家は自分の作った物語的世界をも、打ち壊してしまう。彼は必ずその欄外から、明敏な第三者をして、批評の鉄槌《てっつい》をふり下させるのである。

「アドルフ」の末尾についている「刊行者への手紙に対する返事」のなかで、

「かつ私は、筋道さえたてばそれでいいと思い込むような男の自惚《うぬぼれ》が嫌いです。自分がなした悪を語りながら、実は自分自身のことを語り、自らを描いては人の同情を獲《え》るのだと自負し、女の苦しみの跡を平然と見下しては、悔いはせず、自己分析をするあの『虚栄』、私はああした『虚栄』が嫌いです」

さらに「セシル」において、ピエチストの従兄からは、「アドルフ」と「セシル」に対するもっとも簡潔な、もっとも怖るべき批評が、一言のもとに下される。

「あなたに必要なのは、あなたの意思と事件とが、一致することです」

この一言は、「アドルフ」と「セシル」の文学批評上の自己否定とさえとれるのである。まだ「セシル」を読まないうちの私は、「アドルフ」におけるあのような無能力の分析も、政治的能力ある作者の、客観視された一面の拡大であり、真率の自己分析であるとともに仮構の自伝であり、さればこそ、アドルフはエレノールの死後も、生涯為《な》すなき生活をつづけ、作者は身をひるがえして、「自由主義の使徒」としての生涯を送るのだ、と考えていた。なぜならアドルフに欠けている最大の徳は自己放棄であって、かくも明敏なアドルフも、このことについての反省はしないのである。もっとも恥ずべき告白に際してすら、平静さの矜持がアドルフを支え、どんなに罵詈雑言を吐いたあとでも、女が窮境に陥れば騎士道精神を発揮する。アドルフはいつもそれを自分の弱さだというが、この弱さには、たえて卑しさの影がなく、必ず女は彼よりももっと弱者なのである。……私は読み進みながら、何度アドルフは、この弱さの言訳のもとに、おのれの男性的美徳を衒《てら》おうとしているのだ、と疑ってみたか知れない。人が雄弁によって虚栄心を満足させるところを、コンスタンは極度の簡潔さによって、そうする。たとえば「私たちは決闘した。私は彼に深手を負わせた。私自身も傷ついた。」と殊更たった一行で書くコンスタンに、私はこういう衒気《げんき》を感じた。

しかし「セシル」を読むに及んで、「私」が心の底では半分軽蔑しながら、もっぱら精神の平静の便宜のために、敬虔主義者《ピエチスト》に近づく件りで、アドルフの唯一の盲点も亦、明々白々たる光線のもとに、くつがえされているのを見るのであった。

今度私がコンスタンのうちに新たに見出したものは、そのいかにも十八世紀風な、暗澹たるユーモアである。(「アドルフ」は十九世紀初頭一八〇六年に書かれた)。決して「恋」と言わず、「恋に似た昂奮」と書くところのユーモアである。一八〇四年十二月二十八日、「私」がセシルに再会する件りでも、「私は想っていたよりも感動しなかった」と書くコンスタンはわれわれを微笑ませる。この「想っていたより」というユーモラスな一句が、「アドルフ」と「セシル」の尽きざるリフレインなのである。

ティボーデはこう書いている。

「しかも(「アドルフ」は)ナポレオンと同時代人の手に成っているのだ。というのは、『アドルフ』は同時に合意の隷属の小説であり、自由への天賦をそなえた人間によるこの隷属の分析であるからだ」

「アドルフ」の背後には、フランス革命とナポレオンがいる。エレノールのモデルと目されるスタール夫人は、アンシャン・レジームの最後の改革者ネッケルの娘である。そして「アドルフ」が書かれる六年前に、ナポレオンはフランス革命にピリオドを打つ次のような言葉を参議院で吐くにいたるのである。

「われわれは革命のロマンを終結した。革命の諸原則の適用において、現実的なもの、可能なものだけを見なければならない」

　ナポレオンは革命の幻滅のうちに出現したが、自由主義者たり立憲王制主義者たるコンスタンは、ナポレオンによって自由の理念の幻滅を味わった。一七九九年、ナポレオンが第一執政官になると、一旦コンスタンは護民官に任ぜられるが、やがてナポレオンの専制的計画に反対を唱えて、その地位を追われる。

「アドルフ」の中に、百ぺんもあらわれる「自由」という言葉には、自由の汚辱の観念がつきまとって離れない。コンスタンの性格と時代の政治の間に存在したこのふしぎな暗合が、「アドルフ」という簡素な心理小説に、あたかもフロオベルの「感情教育」のような、時代病の背景を与える。スタンダールは、コンスタンよりも十六歳年少であった。こんなわずかな時代の差が、（時代の差だけではないことは勿論だが）、「赤と黒」のジュリアンの背後には、あのように天翔《あまが》けるナポレオンの英姿を、揺曳《ようえい》させることになるのである。

　ジュリアンはアドルフに比べれば、はるかに甘い。その魂ははるかに若々しい。真の芸術家の特徴をなすこのような天真さ（Naivität）を、おそらくコンスタンは、終生追い求めて、わがものとすることができなかった。

七月二十八日（木）

晴。暑い。昨夜半、しばしば雨があった。

東京会館ルーフ・ガーデンで夕食。

スランプに対する私の考えは否である。

何も私は自分に才能があるとかないとか云っているのではない。しかしいわゆる芸術的スランプなるものは、十中八九、生活に原因があると私は診断する。三文映画や三文小説に登場する芸術家の役は、髪をかきむしり、書けない書けないと絶叫し、原稿用紙や画紙や五線紙の屑をまきちらすに決っている。霊感に関する迷信、独創性なるものに関する迷信、浪曼派的天才の迷信が、かくまでも深く根を張り、通俗化していることには、おどろくの他はない。なまけものの芸術家という観念発生の根拠を知るためには、ゴオティエの「ロマンチスムの歴史」は、最適の文献である。余談だが、「なまけものの芸術家」という観念ほど、芸術愛好慾《よく》、あるいは芸術家愛好慾へむかって、婦人を鼓舞したものはなかった。これほど、婦人をして、自分のことを芸術家の霊感の泉、制作の鞭撻者《べんたつしゃ》と誤解せしめたものはなかった。この種の誤解につけ込んで、永年にわたって甘い汁を吸い、カイヤヴェ夫人の督励によっていやいやながら四十をすぎて制作の道に進んだアナトオル・フランスは、狡《ずる》い男だ。

さて、スランプとは、はじめはおそらくスポーツ用語であろう。あれほど摂生を重んじるスポーツにさえ、こうした不振《スランプ》が生ずるということは、まるでスランプというものが、宿命的であるかのような感じを与える。他面、それほど肉体的条件の吟味と精神的条件の吟味とに手ぬかりのない場合にだけ、スランプの不可避性も判然とする。逆の場合の比喩ではあるが、確乎たる理性の統制のもとに、摂生にこれつとめ、外的内的条件の吟味と調整に手をつくした末、なおかつ選手がスランプに直面するのは、知的な計算の究極に、芸術家が一種の霊感の状態を知るのとも似ていよう。

われわれがスポーツ選手の生活を知れば知るほど、試合前数週間の彼らの神経質な禁欲主義には、ともするとわれわれの精神よりも肉体のほうが、もっと手に負えない、もっと懐柔困難なものではないかと、考えさせる力がある。けだし理性を以て肉体を支配するほうが、理性を以て精神を支配するよりも、欺瞞のたすけを借りるのがむずかしいに相違ない。

芸術におけるいわゆるスランプは、こうしたスポーツの摂生に比べると、その殆んどが癒やしがたい肉体蔑視の考えに基づいているようにみえる。肉体蔑視は生活蔑視とは全く別物であり、生活に対する甘え、放任、あなたまかせの態度と結びついている。無意味な不節制、過飲、覚醒剤の濫用、これらのものからスランプに陥った芸術家は枚挙にいとまがない。他方、生活の枠をつぎつぎとひろげ、ついには膨脹する生活費のためにだけ仕事をして、芸術家たることを放棄するのも、一種のスランプと呼び得ようか。しかし前者も後者もスポーツ選手のような純粋なスランプとは程遠く、ただ弱さの罪過にすぎぬ。

芸術家における生活とは、奔馬のごときものである。要するに芸術家の必要悪（das notwendige Übel）である。どうしても御し了《おお》せなくてはならぬ。しかしあくまで、芸術のために生活を御するので、人生のために生活を御するのではない。スポーツ選手と同様、記録を更新するために生活を御するので、記録を維持するために御するのではない。作品は結果的に云って、達せられた一つの均衡であるが、その制作の行為は、古い均衡の打破なのである。芸術家の生活は、かくて均衡の実現と共に一旦死ぬが、その死からまた蘇らぬものは、芸術家ではなくて、今度は生活人として生きつづけるほかはないであろう。人生のために生活を御する芸術家は、その地点で死ぬのである。このドラマを完璧に演じた人が、あの志賀直哉である。永きにわたる志賀氏の沈黙も純粋なスランプとはいえず、芸術の目から見れば、ただ強さの罪過にすぎぬ。

何でもかんでも、スポーツの類推ですませるわけには行かない。芸術の衛生学はもっと微妙で逆説的で、禁欲主義だけではどうにもならぬ。スポーツの摂生法は、教訓にとどまる。

芸術制作上の良きコンディションとは、複雑で不定で、各人各様のものであるが、世のあらゆる事物と同様、どんな混乱した偶然の集積にも一種の法則があって、その法則に通《つう》暁《ぎょう》することが、芸術家の生活の知恵でなければならない。しかしAなる作品の制作のために妥当した法則は、次のBなる作品の制作のためにも妥当するかどうかわからぬ。芸術家の明敏さとは、三つのものから成立つというのが私の考えである。第一に素材（主題と云いかえてもよい）についてすみずみまで吟味し知悉《ちしつ》すること、第二に制作の方法論について完全に通暁していること、第三に自分がそれを書く上の精神的肉体的諸条件について十分な推測のもとに立つこと、この三つである。かかる明敏さは、芸術家たるものの道徳でもあり、それのみが持続と、作品各部の均質化を可能にする。キーツのような詩人が、「エンディミオン」のような詩作に際して、毎日毎日、朝食後、二時から三時ごろまで、必ず五十行ずつ書いたことを想起されよ。……しかも上にあげた三つのことは、ただ思弁的に理解され、支配されているだけでは、何の意味もない。芸術家にとってはかかる明敏さそのものが、すでに一種の抵抗でなければならぬ。その抵抗が弱ければ、よく出来た通俗的作品に堕してしまう。かくて三つの明敏さは、そのまま三つの抵抗の必要、と言いかえることもできよう。第一に、素材（主題）に対する抵抗、第二に制作の方法論に対する抵抗、第三に生理的諸条件の調整に対する抵抗。……なぜなら芸術の制作は、多少とも未来へむかって賭ける行為であり、どんな明敏さも、その明敏さをみずから罰する方向へ進まねばならないからである。

かくて第三の抵抗が、芸術家のいわゆるスランプの最大の言訳になる。コンディションの調整のためにも、最大の難点になる。

私はわずかながら乗馬をやったことがあるが、乗馬のあとの、肉体的健康の意識、その爽快さ、その行くとして可ならざるなき感じ、その快い疲労、なかんずくその解放のよろこびは、制作のために確実に害となることを知った。たしかにスポーツのよろこびは、その無償性、その労力の消費とエネルギー解放のよろこび、あらゆる点について芸術に酷似している。芸術とスポーツほどよく似たものはあるまい。そこでそのあとでの制作は、重複に他ならなくなるのである。

制作には、肉体的健康と同時に、何か或る種の肉体的精神的不健康が必要とされる。晴朗と共に鬱屈が、煩らわしさを免かれた感じと共に別の憂鬱が、平静な幸福と共にくすぶった怒りが、激越でない喜びと共にやはり別種の悲しみが必要とされる。およそ人力でこのような薬品の微妙な調合を、企てることができようか。しかしそれに一歩でも近づく努力は無駄ではなく、その努力の完全な放棄が「なまけもの」、霊感を待ちながらいつまでも足の爪先を木にかけて逆様に眠っている動物を作るのである。

スランプを招来しないためには、芸術制作の明らかに重要な部分を占める、手仕事の精神を忘れてはならない。ドイツ語でいう「日々の仕事」（Tagewerk）の市民的原理を忘れてはならない。芸術の素材がいつも市民的なものからとり入れられるように、芸術家の生活も、市民的なものから良き養分をとり入れなくてはならぬ。そして日々の持続的な仕事の思いがけない効果は、芸術家の心的機制に一種のオートマティズムを生ぜしめて、実生活の生《なま》の悲しみを精練された悲しみに代え、激越な苦悩を理性的な創作の衝動に代え、あるいはまた反対に、日常生活の些細な喜びから、創作の力強い主題をなすような、巨大な歓喜を作りだし、あらゆる感情の奔流が、ダムのごときものに堰《せ》かれて、その抵抗のエネルギーを寸分もそこなわぬまま、電力に変えられるように、われわれを馴らすにいたるのである。

……しかし又しても芸術の困難さは、かかる心的機制に阻まれて、実生活のそもそもの生《なま》の感動が磨滅される危険にあるが、この点については神々の手にゆだねるほかはなく、芸術家に本来的な肉体的不安を賦与したり、適当な時期に芸術家を悲運に投げ込んだりする、あの「芸術家の聖寵《せいちょう》」と呼ばれるものに、期待するほかはないのである。

スランプに関するもっとも適切な、かつもっとも月並な教訓。

「人事を尽さずして、天命を待つこと勿《なか》れ」

七月二十九日（金）

晴。酷暑。午後来客。銀座服部時計店へ、修理された時計をとりにゆく。東京会館ルーフ・ガーデンで夕食。

私は自作「潮騒」のなかで、自然描写をふんだんに使い、「わがアルカディヤ」を描こうとしたが、出来上ったものは、トリアノン宮趣味の人工的自然にすぎなかった。

その意味で極端なもの、もっとも観念的な心象の自然描写は、ヘルデルリーンの「ヒュペーリオン」に見られる。冒頭からして、

「愛する祖国の地は、ふたたび私に哀歓をもたらす。

頃日《けいじつ》、私は朝な朝な、コリント地峡の山上に立つ。花間の蜜蜂のように、わが魂はしばしば、大洋のあなたこなたを飛びめぐる。その海は右に左に、灼熱の山々の足もとを冷やしている。」(拙訳)

また長詩「アルヒペーラグス」の冒頭の一節には、海神オケアーノスへの呼びかけとして、

「鶴はまたお前のもとへ帰ったのか？　おまえの岸へ
船はまた船路を辿《たど》るか？　順風は、
おまえの和める波濤《はとう》の上に吹きめぐるのか？　深みから誘い出されて
海豚《いるか》は新らしい光りに背をさらすのか？
イオニヤは花ざかりか？　その花時《はなどき》か？　春ともなればいつもいつも
生《しょう》ある者の心臓はよみがえり、人みなの初恋と
黄金《こがね》の時代《とき》の思い出は目ざめるから。

私はおまえのもとに来て、おまえの静けさの中に礼《いや》をする。老いたる者よ！」（拙訳）
……………。

およそ海風の吹きめぐるなかで読むのに、ヘルデルリーンほどふさわしいものはなかろう。私はかつてアクロポリス丘上に立ったとき、「ヒュペーリオン」を携えて来なかったことを大そう悔んだ。

さて私は、絶対に心象にかかわりのない自然、いわば物的な自然、というごときものを仮定して、これと対蹠《たいせき》的なものにヘルデルリーンの例をあげたのである。

それについて面白い詩がある。ジュール・シュペルヴィエルの「知られぬ海」という詩である。

「誰も見ていない時
海はもう海でなく
誰も見ていない時の
僕等と同じものになる。
別な魚が住み
別な波が立つ。
それは海のための海
今僕がしているように

夢みる人の海になる」（堀口大学氏訳）

しかし古代人ならこのような場合、「海のための海」などを考えずに、すぐさまそれを擬人化したであろう。古代人にとっては、「誰も見ていない時の僕ら」とか「誰も見ていない時の彼ら」などというものは、想像の外であり、一旦擬人化してしまえば、どんなに未知の神秘の力を蔵していても、その海は他の人間たちと同じように、存在の仕方において既知のものになるのである。

古代希臘《ギリシア》のみならず、古代のあらゆる民族のあいだでは、多神教的な自然の擬人化が、唯心論的自然観を形成していた。というのは、古代人の唯心論には、協同体的な意識の裏《うら》附《づけ》があり、そもそもこの世界の混沌未分なころの状態（カオス）を作り出した運動の原因すら、プラトンによればプシュケにほかならず、まして秩序をコスモスを作り出した力は良きプシュケに他ならないのであるから、自然の擬人化が自然に心を賦与したことであるならば、自然はただちに人間の唯心論的秩序に組み入れられたことになる。カオスやコスモスを作ったプシュケも、人間のプシュケも同質のものだからである。

ギルバアト・マレイはその「希臘宗教発展の五段階」の中で、こんな風に言っている。

「総《あら》ゆる古代思想の大きな弱点は、――ソォクラテェス的思想もその例外ではない――、客観的実験に訴えずして或る主観的な適合感に訴えた事にあるとは、既にツェラァの述べた至言である。」（第四章）

自然の偉力が多大であり、自然が畏怖をもたらした時代ほど、自然と人間との対立感は、こうした「主観的な適合感」のうちに、融和される必要があった。

たとえば地震がある。家が倒壊し、大ぜいの人が死ぬ。人は自然的原因によって死んだのであるが、唯心論的自然観は、これを物理的原因とみとめたがらない。プシュケがプシュケを殺したのである。この点で、戦争も地震も、何ら本質的にことなることはなく、どちらも災難であり、プシュケがプシュケを殺したのである。そしてその死は、同様に自然の理法に叶っている。

自然が客観的に、物として見られることは、ただちに、自然と人間との怖ろしい決定的な対立をみとめることである。古代人はこのような恐怖に耐えられなかった。こんな対立をみとめるようになったのは、人間が科学を生み、自然に対する安心できる武器を手にして以来である。自然の征服という観念には、物として自然を見、対象として自然をみとめることが前提になっている。科学はかくて、人間と自然との対立をわが身に引き受ける。そして人間主義なるものは、こうした自然科学的人間解釈の上に立った十八世紀の啓蒙主義にいたって、完全な形姿をあらわすのである。

今日われわれが考えるような「人間性」乃至《ないし》「人間主義」なるものは、ギリシアにはなかった。しかしギリシア的な生の意識は、コルフによれば、「上昇してゆく人間態（Menschentum）の誇らしき自己意識、自身の力に対する信頼、人間一般に対する信仰」であった。コルフによれば、「人間性」の概念はローマのキケロにはじまったが、この人間主義は、キリスト教に対する抵抗の意味をもたないゆえに、ルネッサンス以後の人間主義とまるでちがう。そしてキリスト教なるものには、『人間性』の理念と理想との入り込む余地が全然ない、或いはあるにしても全く周辺の余地しかない」のである。

私はこうして、いわゆる人間主義の自然観に対比させて、古代希臘の世界包摂的な自然観と、キリスト教の世界逃避的な自然観との、ただ唯心論的類似を指摘しようというのではない。キリスト教は、世界と人間とから逃避しつつ、同時に自然からも逃避した。キリスト教の根本的な信念は、もっとも反自然的なものを「精神」と呼ぶことにある。ところが啓蒙主義的人間主義は、まったく唯物的な人間主義である。自然科学だけが、このような人間主義を教え、自然を物とみなし、自然を征服せしめ、自然を道具に分解し、……やがて人間をも物として見るように誘導した。なぜなら自然を物として見ることは、やがて人間をも物として見ることを意味するからである。

人間は人間をも物として見る。他人を物として見るばかりか、人から見られる自分をも物として見る。ついには人間は、誰からも見られていない時だけしか、シュペルヴィエルのいわゆる「知られぬ海」の状態にある時しか、彼自身たりえない。

近代的人間のこういう孤独の救済のために、二つの方法が考えられる。キリスト教によって再び、自然から世界から人間から逃避するか、古代希臘の唯心論的自然観のうちにふたたび身をひたすか。ヘルデルリーンは後者に従ったが、もとよりギリシアはすでに死んでおり、彼の行く道は、浪曼派的個性の窄狭《さくきょう》な通路しかなかった。このミザントロープは、おのれの孤独の救済のために達した唯心論的自然における孤独さから、発狂せざるをえない。

さて私が「潮騒」の中でえがこうと思った自然は、「ダフニスとクロエ」に倣った以上、こうしたギリシア的自然、ヒュペーリオン的孤独を招来せぬところの確乎たる協同体意識に裏附けられた唯心論的自然であった。私は自然の頻繁な擬人化をも辞さなかった。それにもかかわらず、「潮騒」には根本的な矛盾がある。あの自然は、協同体内部の人の見た自然ではない。私の孤独な観照の生んだ自然にすぎぬ。一方、登場人物はと見ると、彼らは現代に生きながら政治的関心も社会意識も持たず、いわゆる「封建的な」諸秩序の残存にも、たえて批判の目を向けない。しかし私は現実に、そのモデルの島で、こうしたものすべてに無関心な、しかも溌剌《はつらつ》たる若い美しい男女を見たのである。たしかにこういう彼らの盲目を美しくしているものは、自然の見方、自然への対し方における、古い伝習的な協同体意識だと思われた。もし私がその意識をわがものとし、その目で自然を見ることができたとしたら、物語は内的に何の矛盾も孕《はら》まずに語られたにちがいない。が、私にはできなかった。そこで私の目が見たあのような孤独な自然の背景のなかで、少しも孤独を知らぬように見える登場人物たちは、痴愚としか見えない結果に終ったのである。

七月三十日（土）

晴。三十四度。今夜の両国の川開きへ人に招かれたが、近くで見る花火は殺風景なだけであるから、行かなかった。私には大体あんな果敢《はか》ないものを、酒を呑んでわいわい言いながら見物するという心理がよくわからない。

稲垣足穂氏の仕事に、世間はもっと敬意を払わなくてはいけない。武田泰淳氏と話したときに、稲垣氏の話が出たが、武田氏は高く評価していた。そのエッセイ的小説、小説的エッセイは、昭和文学のもっとも微妙な花の一つである。

七月三十一日（日）

朝八時五十分、米国より帰国の中村光夫氏を羽田空港に出迎える。吉田、大岡、神西、福田、吉川の諸氏に空港で会う。

私はしばしば自分の中にそういう悪癖を感じるのだが、人に笑われまいと思う一念が、かえって進んで自分を人の笑いものに供するという場合が、よくある。戒めなくてはならぬ。社会生活というものは、相互に自分の弱点を提供しあい、相互にそれを笑うことを許し合って成立している。いかにも弱者の社会だが、それもやむをえぬ。そこで意識家のお先走りは、自分の意識しない滑稽さが人に笑われることほど意識家の矜《ほこ》りを傷つけることはないから、もし新たな弱点、新たな滑稽さを自分の中に意識し発見すると、それが人に発見されるよりさきに自分が発見したということを他人に納得させるために、わざわざその弱点を公共の笑い物に供して安心するというような悪癖に立ちいたる。

他人が私に対するとき、本当に彼にとって興味のあるものは私の弱点だけだということも、たしかな事実であるが、ふしぎな己惚《うぬぼ》れが、この事実を過大視させ、もう一つの同じ程度にたしかな事実、「他人にとって私の問題などは何ものでもない」という事実のほうを忘れさせてしまうことが、往々にしてある。そういうところに成立する告白文学ほど、醜悪なものはない。

人をして安心して私を笑わせるために、私も亦、私自身を客観視して共に笑うような傾向も、戒めなくてはならぬ。さまざまな自己欺瞞のうちでも、自嘲はもっとも悪質な自己欺瞞である。それは他人に媚びることである。他人が私を見てユーモラスだと思うような場合に、他人の判断に私を売ってはならぬ。「御人柄」などと云って世間が喝采する人は、大ていこの種の売淫常習者である。

意識家の陥りやすいあやまりは、自分を硝子《ガラス》の水槽のようだと思い込んでしまうことだ。ところがやっぱり、彼は硝子の水槽ではないのだ。この錯覚はなかなか複雑な構造をもっていて、実は意識家ほど、他人の目に決して見えない自分を信じている者はなく、しかしそのぎりぎりのところまでは、逆に他人にむかって、自己解剖の明察を誇りたく、このたえず千変万化する妥協を以て、自分の護身術と心得ているのである。だから意識家は必ず看板をぶらさげ、その看板も亦、手のこんだ多様さを持っているのであるが、自分を意識家として他人に印象づけることにぬかりがない。その一等見やすい看板が、自嘲とか自虐《ぎゃく》とかいうものなのである。私はかつて、真のでくのぼうを演じ了《おお》せた意識家を見たことがない。

傷つきやすい人間ほど、複雑な鎖帷子《くさりかたびら》を織るものだ。そして往々この鎖帷子が自分の肌を傷つけてしまう。しかしこんな傷を他人に見せてはならぬ。君が見せようと思うその瞬間に、他人は君のことを「不敵」と呼んでまさに讃めようとしているところかもしれないのだ。

意識家の唯一の衛生法は他人を笑うときに哄笑を以てすることである。ニイチェも言っている、「吾《わ》が年若き友よ、汝等《なんじら》若《も》し徹底的に飽迄厭世家《あくまでえんせいか》たらんと欲するならば、笑いを学ばなければならない」(「自己批判の試み」)

八月一日(月)

晴。微風。きのう羽田の往復に乗った、S社差廻しのクライスラー・インペリアルは、冷房のよく利いた贅沢な車であったので、早速風邪を引いたが、ピリベンザミン二錠を嚥《の》んで快癒。

父方の祖母は旗本の娘で、言葉のことをやかましく言った。「大変」などという言葉は、お家の大事のときだけに使うべきもので、茶碗を引っくりかえして「大変、大変」などというと、叱られた。また祖母は、「とてもきれいだ」とか、「とてもうれしい」とかいう現代風の語法をきらって、「とても」の下には必ず打消をつけさせた。寝間着のことを「御《お》寝召《ねめし》」といい、夜寝るときになると、良人《おっと》にむかって、「もう御寝《ぎょし》なされませ」と言った。「たのしいです」などは大辻司郎の漫談語で、「たのしゅうございます」と言わなくてはならぬ。女中のことを「女共《おんなども》」と言った。「全然」という言葉を、下品だと言って、むしょうに嫌った。

都会の人間は、言葉についていては、概して頑固な保守主義者である。或る作家たちが、小説のなかで、やすやすと流行語をとり入れているのを見ると、私はレオパルジ伯の「流行と死との対話」という対話篇を思い出さずにはいられない。そこでは流行と死は姉妹分ということになっており、この姉妹に共通な傾向、共通な作用は、「たえず世界を新規にして行く」ということなのである。

八月二日（火）

暑気猛烈。暑気中《あた》りか、腹工合がわるく、気分が悪かったのに、夕方から外出したらケロリと治った。

ニイチェの簡素な美しい小さな詩の拙訳。私のことだから、誤訳は避けられぬ。

新らしきコロンブス

「友よ」コロンブスは語った「身を委《ゆだ》ねるな、
もうどんな新らしい逸楽にも」
彼はつねに彼蒼《かのそう》へ身をそびやかす――
最《い》と遠いものは彼を誘ってやまぬ！
「地の果ての果てのものこそ私の大事。
ジェノア……その市《まち》は沈んだ。消えた。
無情であれ、心よ！　手よ、放すな舵《かじ》を！
わが前には大洋《おおうみ》。――陸地は？――陸地は？――――――

われらは足を踏んばって立つ。
引返すことは叶《かな》わぬ！
見よ、かなたよりわれらに会釈する
一つの死、一つの誉れ、一つの幸《さち》！」

(Der neue Columbus)

八月三日（水）

午後海へゆく。午後四時、東京は大雷雨。一時間のうちに、気温は三十四度から二十四度へ、十度下降した由である。

私は戦争中から読みだして、今も時折「葉隠」を読む。犬儒的な逆説ではなく、行動の知恵と決意がおのずと逆説を生んでゆく、類のないふしぎな道徳書。いかにも精気にあふれ、いかにも明朗な、人間的な書物。

封建道徳などという既成概念で「葉隠」を読む人には、この爽快さはほとんど味《あじわ》われぬ。この本には、一つの社会の確乎たる倫理の下に生きる人たちの自由が溢れている。その倫理も、社会と経済のあらゆる網目をとおして生きている。大前提が一つ与えられ、この前提の下に、すべては精力と情熱の讃美である。エネルギーは善であり、無気力は悪である。そしておどろくべき世間智が、いささかのシニシズムも含まれずに語られる、ラ・ロシュフコオを読むときの後味の悪さとまさに対蹠《たいせき》的なもの。

「葉隠」ほど、道徳的に自尊心を解放した本はあまり見当らぬ。精力を是認して、自尊心を否認するというわけには行かない。ここでは行き過ぎということはありえない。高慢ですら、（「葉隠」は尤も、抽象的な高慢というものは問題にしない）、道徳的なのである。「武勇と云ふ事は、我は日本一と大高慢にてなければならず。」「武士たる者は、武勇に大高慢をなし、死狂ひの覚悟が肝要なり」……正しい狂気、というものがあるのだ。

行動人の便宜主義とでも謂《い》ったものが、葉隠の生活道徳である。流行については、「されば、その時代々々にて、よき様にするが肝要なり」と事もなく語られる。便宜主義は、異様な洗練に対する倫理的潔癖さにすぎぬ。「そげ者」であらねばならぬ。「古来の勇士は、大方そげ者なり。そげ廻り候《さうらふ》気情故《ゆゑ》、気力強くして勇気あり。」

あらゆる芸術作品が時代に対する抵抗から生れるように、山本常朝《つねとも》のこの聞書も、元禄宝永の華美な風潮を背景に持っていた。「三十年来風規相変り、若武士共の出合の節に話すことの、皆な金銀の噂《うはさ》、損得の考へ、内証事の話し、衣裳《いしやう》の吟味、色慾《しきよく》の雑談のみにて、此《この》事なければ一座しらけて見ゆるは、誠に是非もなき風格になり行き候」

かくて常朝が、「武士道といふは、死ぬ事と見付けたり」というとき、そこには彼のウトーピッシュな思想、自由と幸福の理念が語られていた。だから今日のわれわれには、これを理想国の物語と読むことが可能なのである。私にも、もしこの理想国が完全に実現されれば、そこの住人は、現代のわれわれよりも、はるかに幸福で自由だということが、ほぼ確実に思われる。しかし確実に存在したのは、常朝の夢想だけである。

葉隠の著者は、時代病に対する過激な療法を考えた。人間精神の分裂を予感した彼は、分裂の不幸を警告した。「物が二つになるが悪しきなり」単純さへの信仰と讃美をよみがえらさねばならぬ。どんな種類の情熱でも、あらゆる本物の情熱に正しさを認めずにはいられぬ彼は、情熱の法則について知悉《ちしつ》していた。

「又この前、寄り合ひ申す衆に咄《はな》し申し候は、恋の至極は忍恋と見立て候。逢《お》うてからは恋のたけが低し。一生忍んで思ひ死する事こそ恋の本意なれ」

「星野了哲は、御国衆道の元祖なり。弟子多しといへども、皆一つ宛《づつ》伝へたり。枝吉氏は理《ことわり》を得られ候。江戸御供の時、了哲暇乞《いとまごひ》に、『若衆好きの得心いかゞ』と申され候へば、枝吉答に、『すいてすかぬ者』と申され候。了哲悦び、『その方をそれだけになさんとて、骨を折りたり』と申され候。後年枝吉にその心を問ふ人あり。枝吉申され候は、『命を捨つるが衆道の至極なり。さなければ恥になるなり。然《しか》れば主人に奉《たてまつ》る命なし。それ故好きですかぬものと覚え候』由」

次の一節は、あたかもエピクロスの哲理を思わしめる。

「端的只今の一念より外はこれなく候。一念々々と重ねて一生なり。こゝに覚えつき候へば、外に忙しき事もなく、求むることもなし。こゝの一念を守つて暮すまでなり」

この行動主義者は、告白というものを信じなかった。次にあげる二節のうち、後の一節は現代の読者を愕《おどろ》かすだろうが、この二節は同じ思想から出、いずれも人間の外面に対する行動家の信頼から生れたものだ。要するに常朝は、行動の原動力としての心をしか信じなかった。あとのものは切捨てた。そこでもし外面が、内面を裏切るような場合があれば、告白を敢てするよりも、粉黛《ふんたい》を施したほうが正しいのである。

「武士は、仮にも弱気のことを云ふまじ、すまじと、兼々心がくべき事なり。かりそめの事にて、心の奥見ゆるものなり」

「写し紅粉を懐中したるがよし。自然の時に、酔覚か寝起などは顔の色悪《あ》しき事あり。斯《か》様《やう》の時、紅粉を出し、引きたるがよきなりと」

人間の陶冶と完成の究極に、自然死を置くか、「葉隠」のように、斬り死や切腹を置くか、私には大した逕庭《けいてい》がないように思われる。行動家にとって行動が待たれているさまは、人間が「時」に耐えねばならぬという法則を、少しも加減するものではなかった。「二つ一つの場にて、早く死ぬかたに片付くばかりなり」というとき、この選択には、どんな場合でも自己放棄は最低限度の徳を保障する、という良識が語られているにすぎぬ。そして「二つ一つの場」はなかなかやって来ない。常朝が殊更、「早く死ぬかた」の判断をあげ、その前に当然あるべき、これが「二つ一つの場」かという状況判断を隠していることには意味がある。死の判断を生む状況判断は、永い判断の連鎖をうしろに引き、たえざる判断の鍛錬は、行動家が耐えねばならぬ永い緊張と集中の時間を暗示している。行動家の世界は、いつも最後の一点を附加することで完成される環《わ》を、しじゅう眼前に描いているようなものである。瞬間瞬間、彼は一点をのこしてつながらぬ環を捨て、つぎつぎと別の環に当面する。それに比べると、芸術家や哲学者の世界は、自分のまわりにだんだんにひろい同心円を、重ねてゆくような構造をもっている。しかしさて死がやって来たとき、行動家と芸術家にとって、どちらが完成感が強烈であろうか？　私は想像するのに、ただ一点を添加することによって瞬時にその世界を完成する死のほうが、ずっと完成感は強烈ではあるまいか？

行動家の最大の不幸は、そのあやまちのない一点を添加したあとも、死ななかった場合である。那須の与市は、扇の的を射たあとも永く生きた。「葉隠」の死の教訓は、行為の結果よりも、ただ、行動家の真の幸福を教えたのである。そしてこの幸福を夢想した常朝自身は、四十二歳のとき、鍋島光茂の死に殉じようとして、光茂自身の殉死禁止令によって、死を阻まれた。彼は剃髪《ていはつ》出家し、葉隠聞書を心ならずも世にのこして、六十一歳で畳の上で死んだ。

八月四日（木）

昨日につづき涼し。

今までつけてきた私の日記のさまざまな題目は、私が気随気儘《きずいきまま》に書いて来たものであるが、意地悪な人から見れば、現代日本の文化的混乱の好箇の見本とも見えるであろう。私は全く自分の趣味に従ったのに、個人的趣味のなかにさえ、このような混乱と矛盾撞着が渦巻いている。単なる社会現象に興味のない私は、マンボ風俗なるものにも、スマート・ボールがパチンコに変った現象にも、一切触れないで了ったが、それでも混乱はかように露呈され、何人もそれを覆うことはできない。私は「アドルフ」を読み、その足で文楽の出開帳《でかいちょう》をききに行く。時には、フランス美術展を見た足で、プロ・レスリングの試合を見に行ったり、マンボを踊って帰って、昆布の茶漬を喰ったりしかねない。

ために社会的矛盾も単なる矛盾の一種と思われかねないほど、われわれの家常茶飯はありとあらゆる矛盾のなかに繰り返される。そしてこういうことは、気むずかしい社会評論家も、夙《と》うに語り飽きた問題である。

しかし現代に生きながら、もし仮りに鳥瞰的な目を与えられれば、この混乱もそのまま混乱として映るとはかぎらない。この文化的混乱と呼ばれるものは、単に、古今東西種々雑多な文化的所産の、享受の態度について言われるにすぎない。すでに作られた作品、作られた思想が、幾多の作用反作用をわれわれに及ぼす態様の、矛盾撞着について言われるにすぎない。外国の文学者が日本の片田舎へ来て、一農村青年から、実存主義について質問され、面喰った、などという挿話が笑い話にされる。この優越的な知的な笑いは、農村青年の生活に、実存主義などは必要でない、という考え方、一種の文化政策的な考え方から来ている。しかし実存主義が思想であるならば、そもそも生活に必要でない思想などというものがあろうか？

たしかに軽薄さは忌むべきである。が、軽薄さはある場合には、生れつつある文化の母胎であり、未整理のエネルギーである。生産的（ゲーテのいわゆる produktiv の意味）な文化は混乱を喰って生れ、われわれにとってはまだ予感もされないところの、未曽有の様式を形づくりつつあるのかもしれない。

私はいわゆる文化的混乱を、文化的享受の混乱だと規定した。このことから起る弊害は、むしろ人々が心配しているのと別な局面にあらわれる。つまり人々は、この混乱に禍いされて、完結的な思想の魔力をのがれられないのである。われわれが思想と呼ぶものには、すべて論理的秩序と、完成された法則と、どんな瑣末な現象をも解釈づける一貫した体系、普遍妥当性がそなわっている。こういうものばかりに囲まれているわれわれは未来の了見を失うのである。生れつつある思想、生れつつある文化も、すでに出来上ったもの同様の、一貫した体系を持たねばならぬような錯覚に陥ってしまう。しかしこうした弊害は、われわれが単一の、完成された文化の中に包まれているときも同様だと言われるかもしれない。そうではない。ローマにおけるキリスト教の場合のように、単一な、完成された文化の中の住人は、新たな未完成なもの、まだ体系をなさぬものに対して、われわれより敏感であり、より嗅覚が利くのである。

文化が新たな形態へむかって急ぐ運動は、今までとは全く別な形式をとり、全く新らしい目標に従うために、正にその渦中にいてもわれわれは容易に気付かない。その文化は、何ら統一的な理念を持たず、法則性を持たず、救済的な象徴を持たず、まさにわれわれが文化と呼ぶものの特質を一つも持たないことをその特質とするものかもしれない。文化というものが、一個の堅固な構造と理念を以て現われることは、もう二度とないのかもしれない。

ただ一つたしかなことは、現代日本の文化が、未曽有の実験にさらされているということである。小さいなりに、一つの国家が、これほど多様な異質の文化を、紛然雑然と同居せしめた例も稀であるが、人が気がつかないもう一つの特徴は、「日本文化にとって真に異質と云えるものがあるか」という問題に懸っている。日本文化は本質的に、彼自ら、こうした異質性を欠いているのではないか。私はせっかちな啓蒙家のように、日本文化の独自性は皆無で、模倣能力だけが発達している、と云おうとしているのではない。日本文化は、ともすると、稀有の感受性だけを、その特質としており、他の民族の文化とは範疇を異にしており、質の上で何らの共通性を、従ってその共通性の中に生れる異質性を、本質的に持たぬのかもしれないのだ。

どんな宗教的紐帯《ちゅうたい》にも、思想的紐帯にも、完全に繋縛《けいばく》されることなく育ってきた日本文化は、しばしば云われるとおり、無思想性、無理念性を特色としている。どんな道徳も美的判断に還元され、思想のために生きるかに見えてもその実おのれの感受性の正確さだけにたよって生きてきた日本人は、永いあいだ、生活の中へ美学を持ち込み、美学の中へ生活を持ち込んで恬然《てんぜん》として来た。前者は、すべての芸術にしみ込んでいる装飾主義であり、後者は、同じ程度にしみ込んでいる写実主義である。あたかも女の肉体と精神とが、分れ目のはっきりせぬままに、同じ次元でつながっているように、美が思想を補い、思想が生活を補い、また生活が美を補いつつ、この果てしもない堂々めぐりのうちに、精神の卓越を誇示するゴシック精神も、生活そのものにかかわる合理主義精神も、かつて実を結んだことがなかった。今後も決して、完全に実を結ぶことはなかろう。

しかし日本文化の感受性は稀有のものである。これこそ独自の、どんな民族にも見当らぬほどに徹底したものである。私にはふと、第二次大戦における敗戦は、日本文化の受容的特質の宿命でもあり、また、人が決して自分にふさわしからぬ不幸を選ばぬように、もっともこの特質にふさわしく、自ら選んだ運命ではないか、と思われることがある。なぜなら、敗北は受容的なものである。しかし勝利は、理念であり、統一的法則でなければならぬ。日本文化は、このような勝利の、理念的責務に耐え得たかどうか疑わしい。しかしそれと同時に日本の敗戦は、理念が理念に敗れたのではなく、感受性そのものが典型的態度をとって敗れたにすぎなかった。そこへゆくと、ナチス・ドイツの敗北は、完全に理念の敗北であって、日本の敗戦とその意味はまるでちがっている。ナチスの敗北は、勝利の理念と法則から、敗北の感受性と無法則性への、日本では想像も及ばぬ、堕地獄的顚落《てんらく》であった。

さて日本文化の稀有な感受性のはたらきは、つねに、内への運動と、外への運動とを、交互に、あるいは同時に、たゆみなくつづけて来たのである。内への運動は、その美的探究の、極度の求心性にあらわれた。この感受性はかつて普遍的な方法論を知らず、また、必要とせず、感受性それ自らの不断の鍛錬によって、文化の中核となるべき一理念に匹敵する、まことに具体的な或るものに到達した。日本文化における美は、あたかも西欧文化の文化的ヒエラルヒーの頂点に一理念が戴《いただ》かれるように、理念に匹敵するほど極度に具体的な或るものとして存在している。そこでは、理念は不要なのである。なぜなら、抽象能力の助けを借りずに、むしろそれと反対な道を進んで、個別から普遍へと向わず、むしろ普遍から個別へ向って、方法論を作らずに体験的にのみ探究を重ねて、しかも同じように絶対（この「絶対」という用語も、仮に比喩として使ったのだが）をめざして進む精神は、理念の代りに、それの等価物たる或る具体的存在にぶつからざるをえない。私がこれを美と呼ぶのは、あくまで西欧的概念にすぎず、他に名付けようのないものに、仮りにその名称を借りたにすぎぬ。私は、このことについては他所《よそ》でもたびたび書いたのだが、日本の美は最も具体的なものである。世阿弥がこれを「花」と呼んだとき、われわれが花を一理念の比喩と解することは妥当ではない。それはまさに目に見えるもの、手にふれられるもの、色彩も匂いもあるもの、つまり「花」に他ならないのである。

一方、日本文化の外への運動については、政治的措置にすぎぬ鎖国のかげで、その感受性の受容能力は、日本および支那の古典と、現実の風俗のみに向けられて、これが今日、あやまって「日本的」と呼びなされる、偏頗《へんぱ》な特質、似て非な独自性を形づくった。もともと感受性というものの無道徳性は、あらゆる他民族の文化の異質性をも融解してしまう筈のものなのだ。それはどんな放恣《ほうし》な娼婦よりも放恣であるべき筈なのだ。江戸文化は、こうした感受性の外への運動を制約されて、日本の内部で、遠心力と求心力を働らかさざるをえなかった。その前者は、西鶴、後者は、芭蕉に代表される。

今や、しかし日本文化がこれほど裸かの姿で、世界のさまざまな思潮のうちに、さらされたことはなく、現代日本の文化的混乱は、私には、感受性の遠心力の極限的なあらわれと思われる。

ローマ人テレンティウスの有名な一句「私は人間である。人間的なるものは何一つ私にとって疎遠ではないと思っている」をもじって言えば、「私は感受性である。感じられるものは、何一つ私にとって疎遠ではない」かのように、ギリシア思想も、キリスト教も、仏教も、共産主義も、プラグマティズムも、実存主義も、……また、シェイクスピアの劇曲も、ドストエフスキーの小説も、ヴァレリイの詩も、ラシーヌ劇も、ゲーテの抒情詩も、李白や杜甫の詩も、バルザックの小説も、また、トオマス・マンの小説も、……どれ一つとして、この稀有な、私心なき感受性にとって疎遠ではないのである。一見混乱としか見えぬ無道徳な享受を、未曽有の実験と私が呼ぶのは、まさにこんな極限的な坩堝《るつぼ》の中から、日本文化の未来性が生れ出てくる、と思われるからだ。なぜならこうした矛盾と混乱に平然と耐える能力が、無感覚とではなく、その反対の、無私にして鋭敏な感受性と結びついている以上、この能力は何ものかである。世界がせばめられ、しかも思想が対立している現代で、世界精神の一つの試験的なモデルが日本文化の裡に作られつつある、と云っても誇張ではない。指導的な精神を性急に求めなければこの多様さそのものが、一つの広汎な精神に造型されるかもしれないのだ。古きものを保存し、新らしいものを細大洩らさず包摂し、多くの矛盾に平然と耐え、誇張に陥らず、いかなる宗教的絶対性にも身を委ねず、かかる文化の多神教的状態に身を置いて、平衡を失しない限り、それがそのまま、一個の世界精神を生み出すかもしれないのだ。

　文化の内容と形式とは不可分のものである。ギリシア文化は、ギリシア的内容と形式に厳然と守られ、キリスト教文化もそうである。しかしここで私が、文化形式と呼ぶものは、内容を規定し、選択し、ついにはそれ自ら涸渇するところの、死んだ形式ではなく、内容を富まし、無限に包摂するところの生きた形式である。日本文化の稀有な感受性こそは、それだけが、多くの絶対主義を内に擁した世界精神によって求められている唯一の容器、唯一の形式であるかもしれないのだ。なぜなら、西欧人がまさに現代の不吉な特質と考えて、その前に空しく手をつかねている文化的混乱、文化の歴史性の喪失、統一性の喪失、様式の喪失、生活との離反、等の諸現象は、日本文化にとっては、明治維新以来、むしろ自明のものであって、それ以前の、歴史性と統一性と様式をもち、生活と離反せぬ文化体験をも持つ日本人は、この二つのものの歴史的断層をつなぐために、苦しい努力と同時に、楽天家の天分を駆使してきたので、こういう努力の果てに、なお古い文化と新らしい文化との併存と混淆《こんこう》が可能であるような事情は、新らしい世界精神というものが考えられるときに、何らかの示唆を与えずには措かないからである。

尤も、右のような傾向はまだ予感にすら達せず、われわれはあと何十年かのあいだ模索を重ねて生きるだろうが、とにかくわれわれは、断乎として相対主義に踏み止《とど》まらねばならぬ。宗教および政治における、唯一神教的命題を警戒せねばならぬ。幸福な狂信を戒めなければならぬ。現代の不可思議な特徴は、感受性よりも、むしろ理性のほうが、（誤った理性であろうが）、人を狂信へみちびきやすいことである。

裸体と衣裳——日記

昭和三十三（一九五八）年二月〜三十四（一九五九）年六月

昭和三十三年二月十七日（月）

午後三時ペン・クラブへゆき、「東洋短篇集」の編纂について助力をおねがいする。これは昨秋、ニューヨークの小型本叢書の一つであるＤＥＬＬから委嘱されたものであるが、アメリカ人の東洋という概念には、日本から埃及《エジプト》までみんなすっぽり入ってしまうのであるから、この仕事の完璧を期するのは実は不可能に近い。結局、英訳のあるものの中から選ぶことになろう。

さて今日は格別のたのしみがある。ニューヨークのタイムス・スクウェアの土産物屋で、ゴムで出来ている人狼《ウエアウルフ》のお面を買って来たのだが、それが実によく出来ていて怖ろしい。それを持って出て、ペン・クラブのかえりに文学座へ行って、中村光夫氏の処女戯曲「人と狼」を福田恆存氏が演出している稽古場をのぞくと、稽古の幕間で一段落というところである。丁度好機であるから、廊下で外套を逆様に着て、牙をむき出した醜怪な人狼の面を頭からすっぽりかぶって、まず福田さんのところへ行き、肩をつっついたら、一向愕《おどろ》かない。それから中村さんのところへ行って、「人と狼！　人と狼！」と怒鳴ったら、平然として、ああ宣伝か、というような顔をしていた。がっかりして、若い女優連のほうをおどしに行ったら、こちらは効果十分で、皆キャーキャー言い、岸田今日子などは怖がって倉田まゆみの膝に突伏してしまった。あとで面をぬぐと、まゆみは姐御《あねご》ぶって、「全くあんたは、アメリカへ行っても、ちっとも育たないね」と言った。

六時すぎから新橋金田中で、講談社々長の招待で、吉田健一氏の新潮社文学賞受賞祝賀の宴が催される。そこでも人狼のお面で芸者をおどかし、キャーキャー言いながら、廊下へ逃げ出す芸者のあとを追っかけて行ったりして、面白かった。

かえりのタクシーで、福田氏を文学座の前で下ろし、それからじっと黙っていて、タクシーが外苑の暗がりへ入ったころを見計らい、やおらお面をかぶって、うしろから運転手の肩にグイと手をかけたら、ふりむいてアッと叫んだ。

こういう風に人を脅かして、人のおどろく顔を見るというたのしみは、たのしみの極致を行くものである。おどしやタカリの味を覚えた愚連隊のたのしみが想像される。彼らはそのために一生を棒に振り、私は一日を棒に振っただけであるが、それも自分に裨益《ひえき》するところは少しもなく、ただ他人の反応だけを目的にした行為であって、悪というものは多かれ少なかれ、これほどに献身的なものである。

二月十九日（水）

きのうも座談会二つで草臥《くたび》れた。帰朝以来一度に義理を済まそうというので、こういうことになるのである。今日は東宝の藤本真澄氏と菊田一夫氏と長谷川演劇部長の招宴で、紐育《ニューヨーク》のミュージカルについてききたいというので、知っているだけのことを話した。

帰って、戯曲「薔薇と海賊」のつづきを書く。数日前序幕を書き了《おわ》り、今、二幕目を書いている。一杯道具の三幕物である。

いざ作品を書き出してみると、書く前に立てたプランが不可抗的に次々と裏切られてゆくことは、作家のいつも経験することで、いまさらそれに愕く私ではないが、今度は実に鮮明にこの法則を思い知った。というのはニューヨークにおける閑日月に、決して原稿を書くまいと決めていた私は、ひたすらこの戯曲の腹案を練っていたので、構成はすでに考え抜かれ、細部の工夫も十分に凝らされ、あとはそのプランどおりにすらすらと書ける筈だったのである。にもかかわらず、書きはじめると匆々《そうそう》、あれほど精密に見えたプランは隙間だらけのガタガタのものだったことがわかって来、主要なテーマをのぞいては、何もかもはじめからやり直さなければならない始末になった。こうして又いつもの如く、その夜の仕事を了って床に就いてから、次々と新らしい着想が浮んで来て、枕もとのスタンドを何回もつけたり消したりして、明日の仕事のためのメモを補足するという、睡眠不足の生活に戻ってしまった。

福田恆存氏に一昨日その話をしたら、例の簡潔な表現で、「やっぱり書いてみないと、視野がひらけて来ないんだね」と答えられたが、視野とは巧みな言い方である。思想家は作家とちがって脳裡に広い視野を持っているのであろうが、筆を離れて思案だけに耽っているときの作家の頭というものは、意外に窄《せま》い展望をしか持っていない。そして一旦筆を下ろすと、盲人が視力を得たように、俄《にわ》かに広大な展望がひらけて来るのである。そのときの感動は、（殊に劇作の場合にそうであるが）、何と云ったらよいかわからない。

戯曲を書いているとき、或る重要な個所が書かれ終ると、その個所が重みを持って、鉛の錘《おも》りのように垂れ下って、おのずと別の重みによって均衡のとられることを要求する。次に軽い挿話が入ると、又、それと均等の重みの軽い挿話があとに欲しくなる。こうして力学の法則がはたらいてゆき、俳優の出場《でば》の軽重によって、主題そのものも、重くなったり軽くなったりする。いくら長く書いてもいい小説とはちがって、戯曲には上演時間の制約があるから、もし主題が軽くなりかかると、それを救う重みの必要が、まだ書かれない結末のほうから押し寄せて来る。

こう説明したらわかりいいかもしれない。戯曲の上演時間がほぼ二時間半として、それに要する枚数が百五、六十枚とすると、最初から画面の大きさの決っている画家の仕事と似ているようであるが、画家は一定の大きさの画面を目の前に置いて、構成を立ててゆくことができるけれど、われわれは百五十枚の原稿用紙の任意の場所から筆を下ろすといううわけにはゆかない。そこでたとえば最初の五十枚が書かれたとき、まだ書かれない百枚の白紙の重圧感は、ほとんど筆を凍らすようである。まだ書かれない白紙の部分は、作者にむかって、種々雑多の要請や陳情をして来る。「ああ、まだそこでそんなに笑ってはいけない」とか、「まだそんなに駈け出すのは早すぎる」とか。こうして白紙の部分に対していろいろ折衝をつづけながら、ようやくその折衝が妥結に運ぶのは、ほぼ三分の二を書きおわったころであるが、妥結直前において、白紙の部分の諸要請のやかましい叫び声は最高度に達して、耳も聾せんばかりである。一旦妥結すると、あとは辷《すべ》り台を辷り下りるのと同様、言われるべきことはもう決っており、それを言い了えさえすればいいのである。

私は殊に戯曲では、途中で消え失せる人物というものを好まない。途中で一寸《ちょっと》顔を出すだけの副人物はなかなかいいものだが、この間見たハウプトマンの「寂しき人々」の、序幕の幕あきに出て、二度と姿を現さない乳母役のごときは、作者の手落ちのように思われる。

さっき私は、「一旦筆を下ろすと、俄かに広大な展望がひらけてくる」と書いたが、あの表現には少し誇張があった。この最初の広大な展望は一種の幻影や蜃気楼のようなものにすぎず、次の瞬間には又裏切られる。展望は修正され、せばめられ、壁が立ちふさがる。その壁をたち割ると、又向うには広大な展望がひらけるが、それは以前の展望とよく似ているようで一向似ていず、それもまた幻影の一種であることがわかるのである。こうして何度も錯覚を繰り返しながら、徐々に戯曲の堅固な構造が作者の目にも明らかになるのであるが、書き出す前の腹案には、このような、ひらけゆく展望とせばめゆく修正とのスリリングな交代がなく、ただ冷たい劇的構成の鉄骨の姿だけが、目の前に立ちふさがっているのである。

作家が自分の作品について最初の客観的判断を持つことができるのは、書きはじめてのちのことであって、一見自由な立場にあるかの如く見える執筆前の状態は、実はもっとも拘束された状態であって、客観的判断に適さない。作品がまだ一行も書かれないときには、その作品は主観的状態ともいうべきものに置かれ、情念は拘束され、論理は論理にとどまり、たとえ構成が立てられても、その構成の物的位置は不明なのである。私は今、「物的位置」という熟さない言葉を使ったが、作品の制作は、構成にはじまって作品の物的位置の設定に終るように思われ、制作の行為およびその発見とは、作品が外界の中に置かれる位置の発見であり、福田氏が「視野」と言った言葉は、作品の外《そと》の世界を透視する能力のことだと思われる。しかしいずれにしても、混濁した不愉快な状態における構成の摸索は、世にも不的確なあいまいな行為ではあるけれど、必要不可欠な準備である。

二月二十七日（木）

きのうの五月下旬の暖かさはまた冴返《さえかえ》って、きょうはうすら寒く外套が要る。「映画の友」の速記原稿の直しができたので、映画世界社へ立寄る。そこでジェームス・ディーン狂の小森和子さんの噂が出る。小森さんは毎年ディーンの年忌はもとより、誕生日のお祝いまでして知友にちらし寿司を配るそうである。今ディーンの墓参を目的とする米国旅行のために貯金に精を出しているそうである。

かえり近藤書店で「古代殷帝国」を買い、六時半ケテルスでボクシングの小島智雄氏と石橋選手とを待合わせる。石橋選手は私の外遊中に全日本バンタム級チャンピオンになり、世界第八位にランクされた。遅ればせながら、そのお祝いの晩餐を、東京プラザでとる。石橋選手はチャンピオンになっても一向気取らず、飄々乎《ひょうひょうこ》としていて面白い。今夜ははやばやと家にかえって入浴したが、それは小島氏も石橋選手もお酒を嗜《たしな》まないからである。

石橋広次選手はリング上で決して昂奮しない人である。ボクシングにおけるほど、観衆の熱狂と選手の冷静が見事な対照をなすものはない。闘争を見ることとの熱狂は人間の本性に根ざしているが、ボクシングはもっともよく出来た闘争のフィクションである。スポーツの中でもっとも現実の闘争と似た外観を呈していながら、そのスポーツとしての技術性科学性（私のいうフィクション性）は高度である。私にそれがジャンルである小説は、それだけ起させる。映画をのぞいては芸術中もっとも現実と似たジャンルとしての小説を想に一層高度な技術を要求されるが、ボクシングの試合を見て現実の喧嘩と混同する観衆の無邪気な熱狂と同じものが、今日素人小説家の無数の輩出を惹き起している。ボクシングなら叩かれれば痛いから自分の非にすぐ気がつくが、こういう連中は痛さを知らないから始末がわるい。

大玄人、大和尚、武田泰淳氏の「おとなしい目撃者」（日本）を感心して読む。氏にしてはめずらしくオチの利いたキリッと締った短篇で、はじめのうちはどこまで話がひろがってゆくか不安になるが、末尾の数行で、たまたま社会的政治的大事件の目撃者となった男女が、自分たちの幸福を守るためには人間としてのシンセリティーを犠牲にしなければならぬという結論に達するが、小説としての旨味《うまみ》は、個人の恋愛の誠実さとは何の関係もない秘密を若夫婦の双方に持たせ、そのお互の秘密がいずれは夫婦の個人的な人間的信頼にもヒビを入れさせるであろうという未来の暗示で終っていることである。個人的幸福を守るために社会から強いられた不誠実が、いずれはその個人的幸福をも崩壊させるだろうという卓抜なアイロニイ。

ガルシア・ロルカの選集がユリイカから出たので、早速その一巻を取り寄せて、人形芝居「ドン・クリストバル」と、名のみ高くて未読であった「血の婚礼」とを読んだ。以前に「イェルマ」と「ドン・ペリリンプリンとベリサの庭の恋」を読んでいるから、これでロルカを四篇読んだことになるが、読後の感想は、やはり一等最初に読んだ「イェルマ」にとどめを刺すということであった。

「イェルマ」を読んで以来、ガルシア・ロルカの名は私の心を離れなかった。旧臘《きゅうろう》マドリッドに着いた私がまず人に訊《き》いたことは、「ロルカの芝居をやっていたら見たい」というのであったが、当然のことながら、こんな無知な期待は、「フランコが生きてるかぎり、マドリッドでロルカの芝居は見られません」という返事で裏切られた。はじめて見るスペインの田舎の荒涼たる風光は私の心に触れた。ロルカの描いたような原始的な農民の生活はまだ目のあたりに生きていた。或る人はスペインを、ヨーロッパのアフリカと呼ぶのであった。

「血の婚礼」は三幕物で、婚礼が流血沙汰に終るように運命づけられた花婿の話であるが、話の主人公はむしろ、不実な花嫁と、その元許婚《いいなずけ》であり今は別な女の良人《おっと》でありながら、花嫁の婚礼当夜、彼女を引きさらって逃げるレオナルドとである。

よく出来ているのは第一幕第二場で、レオナルドが昔の許婚の縁談を伝えきいて又愛しはじめ、馬でその女のもとへ通っているのを妻に感づかれる場面の、悲哀に充ちた子守唄の効果や、舞台にはあらわれない馬の扱いであり、又、第二幕第二場の婚礼の場である。

そのどちらにも共通しているのは、徐々に醸成される不安の効果で、しかもその不安は、登場人物すべてが素朴な意識的でない人々であるだけに、その人たちには気づかれずに一種の気分としてのしかかる不安であり、且つ観客はこれら素朴な、宿命論的な、無意識的な登場人物に対して感情移入をすでに強いられているので、観客も亦、分析すべからざる不安に締めつけられるように仕組まれているのである。こういう不安の効果は決してロルカの独創ではなく、夙《つと》にメーテルリンクの象徴劇やアイルランド劇の或るもので、われわれはこれに親しんでいる。ただロルカの場合は、あたかも舞台の背後に、たえずスペイン独特の不安な神経的な、月のおもてを翳《かげ》らして足早に次々とすぎる薄雲にも似た、あのギターの伴奏がきかれるような気がする点で特色がある。彼の劇はすべてギターを伴奏にしたバラードの趣きを持っている。

こうした不安の効果は、私にはあまり高くない劇的技法のように思われる。というのは、素朴な登場人物への感情移入を通して、素朴ならざる近代的観客が襲われる「分析すべからざる不安」は、それぞれの観客の内的生活乃至《ないし》は教養に応じて、イーストの利いたパンみたいに、いくらでも膨らまされ、類推され、演繹され、他のものに移し替えられ、より高度の形而上学的不安の比喩としても用いられ得るからである。劇作の狙う効果は、厳密に云えば、あらかじめその効用が測量され限定されたものでなければならぬ。ラシィヌ劇やシェイクスピア劇には、この種の分析されざる不安は顔を出さない。作家は自分の主題を、自分の飼犬を鎖でつなぐように、しっかりと鎖でつないでおかなければならぬ。この種の芝居におけるこの種の不安が舞台に顔を出すと、私は、飼主の手を離れた犬が観客に嚙《か》みつこうとしているように思われてならない。

しかしいずれにしてもガルシア・ロルカは一流の詩人であり一流の劇作家である。これには疑いがない。ただ彼がスペインの民衆の生活、その土と血の匂いをわがものにしていたかどうかという点になると、一点の疑問なきを得ない。彼は衰弱した近代的神経の持主のようにも思われる。

民話劇を書いていれば、何が何でも健康的で、民衆の生活感情に接しているように世間から見做《みな》されるのは、何もスペインに限ったことではない。

三月九日（日）

朝十時起床はおそろしく辛い。起きてすぐ家を出る。横浜で横須賀線に乗りかえる。北鎌倉東慶寺で神西さんの一周忌法要がある。一年前のこの日と同様、東慶寺の庭には早春の日ざしの下に、白梅が的皪《てきれき》たり。

帰途、長谷へ行って、川端さんをお訪ねする。幸い在宅された。きのう見たロッカビリーの話をしているうちに、今テレヴィジョンでやっているというので、川端夫妻と一緒にそれを見る。川端さんは一度劇場で見たいと言われる。テレヴィジョンの音が小さくては感じが出ないので、やたらに大きくしてきいていると、そこへお客が一人見えて、

「御門の外までとんでもない音楽がきこえるので、お宅をまちがえたかと思いました」

と言う。川端家からロッカビリーがきこえてはおかしかろう。

大磯の福田恆存さんの家でこれから鉢の木会だというと、川端さんが車を下さった。途中、富士と西日とが相並んで、連山の浮絵の只中に、富士の薄紫の浮絵がくっきりと見え

た。

鉢の木会全員が集まる。今日神西未亡人の挨拶にあったように、神西さんも山ふところの墓から下りて、タクシーを飛ばしてここまで来られるのは、わけもないことのような気がされる。

帰り、吉田健一さんと二人で湘南電車でかえる。いつも鎌倉、大磯の鉢の木会のかえりは、吉田さんと二人で東京へかえるわけであるが、そのとき出る話題は決っていて、怪魚とか一トンもある大蛇とか前史時代の怪物とか、そういう話ばかりである。私が、ラム夫妻の「失われた都市を求めて」の一読を吉田さんにしつこくすすめる。それから、黒沼健氏の読物が出なくなったら「オール読物」を読む気がしない、という点で、意見が全く一致する。十一時四十分帰宅。

家へかえって思ったが、ロッカビリー歌手をタックルするファンの狂態から、現代のオルフェウスとオルフェウスを八つ裂きにするバッカスの巫女たちとのモダン・バレエの台本を誰か書かないものか。

三月十日（月）

晴。午後からの暖かさは蜜のようである。

毎日、書下ろし長篇「鏡子の家」を書き出そうと思いながら、なかなか怖くて書き出せない。千枚となると脳裡の摸索は何にもならぬ。月島のさきの晴海町あたりの景色をプロローグに使いたいので、タクシーに乗って行ってみる。丁度午後三時、勝鬨橋《かちどきばし》の上る時刻である。これは使える、という直感があって、車を下りて、橋の上るさまをメモをとる。いよいよ晴海町へ行くと、数年前「幸福号出帆」（完全に失敗した新聞小説であるが、自自分ではどうしても悪い作品と思えない）を書くためにここへメモをとりに来た時と比べて、完全に一変した景色に一驚を喫する。あんまりメモをとる感興が起らない。さらに晴海埠《はるみふ》頭《とう》の対岸の東雲《しののめ》の突端まで行く。海に向って数人の男が相談している。密輪の相談にしては、声は高く、海はうららかで、それらしくない。その中の一人に十年ぶりで会う学習院の同級生をみとめ、両方からびっくりして懐かしげに近寄って、さて彼のさし出す名刺を見ると、海上保安庁と書いてある。そこでは海上保安庁へ納品される舫《もや》い索投射機の実験をしていたのであった。

夜、長篇を書き出そうとするが、やはり書き出すことができない。明日から奈良二月堂のお水取を見に関西へ旅立つから、書き出すのは帰京後のことにしよう。

三月十一日（火）

大阪行の空の旅も、過去一年飛行機に乗りすぎたせいで何の感動もない。伊丹空港から梅田に着き、駅の雑沓を通り抜けながら、何か大事なことを忘れたような気がする。そうだ、飛行場で金を替えるのを忘れて来た。……ばかだな。ここはまだ日本で、円がちゃんと通用するのに。飛行機を降りるたびに金を替えていた習慣が、ついに癖になってこびりついてしまったとみえる。しかしこんな錯覚を起した瞬間、駅の中の大阪市民の群衆が、ほんの一刹那、みしらぬ外国の人たちのように見えたのは面白い感覚的体験だ。

さて、私はつらつら思うのに、妙な気取を持っている。私は自分が小説家であるということを、テニスの選手や将棋の名人やアルピニストや、そういうものと同一視されたいとつねづね思っている。私は概して技術的質問をされることを喜ぶ。小説家の友人同士とのごく専門的話題を喜ぶ。誰もテニスの選手に人生相談をもちかけるものはあるまいから、人生相談的な手紙をもらうと、そのお門ちがいにびっくりする。と云って私は、しんから自分の職業をテニス選手と同一視しているのではない。自分を一個の技術的人間と見做すことが私の気取なのである。他人の及びがたく窺知《きち》しえない技術的秘密の持主で私があるのかどうか、そんなことは私にもわからない。ただ私はできればそんな風に装いたく思うのである。

こうした気取を分析してみれば、われわれ小説家の対社会的姿勢の困難を避けようとする気取であることはすぐわかる。誰もスポーツ選手に直接の社会的効用を要求するものはあるまい。スポーツはそういうものをすっぽり免れている。一方、技術的人間は、技術の性質如何にかかわらず、社会がよって以て立つべき有機的要素である。私はこの両方の得なところをわがものにしたい。疑いようのない技術人でありつつ、もろもろの社会的要請を免れていたい。

　昔、そうなることは職人と自分を規定することによって容易であった。しかしいかに小説家が職人を気取ろうとも、すでに職人的社会は崩壊したのである。厳密に個人的な技術は、芸術家とスポーツ選手にだけ残されるにいたったが、小説家はその仕事の性質上、自分の個人的技術の社会的孤立を意識しすぎて、自ら墓穴を掘ったきらいがある。近代的小説家の社会的孤立がどうして由来したかは、私には思想的問題というよりは、技術的問題、小説特有の技術的問題であるように思われる。なぜなら小説の技術とは、職人的社会の協同作業的な技術から脱却した芸術家の、個人的技術の孤立と危機の意識をその本質とするものであって、そういう技術的問題をくぐり抜けて来ない小説は、いわゆる近代小説とは云えないからである。

　現代の小説の危機は、小説そのものの成立ちのこうした矛盾にもとづいている。近代社会における個人的技術の孤立が、小説家の精神の社会的孤立を支えるに足りなくなって、技術と精神とはおのおの別の道行をたどって、再びおのおのの連帯を求めだしたからである。ある小説家は、精神を社会的孤立からのがれさせて、それによって、技術の個人的特質を保障しようとする。ある小説家は技術を社会化しうると信じて、それによって奇妙な多分に詐術的な方法で、おのれの精神の社会的孤立を忘れていようとする。大ざっぱに云えば、前者が進歩的小説家の芸術家としてのアポロジーの根拠であり、後者が中間小説家のエクスキューズである。

しかし私にはまだその他に、いささか韜晦《とうかい》めくが、別の身の処し方がありそうに思われる。それは小説家が、ひとえに社会的要請を免れて自由であるために、おのれの精神の孤立を全く個人的技術の保持者のまぬがれ難い運命と考えて、すべてを技術のせいにしてしまい、ますます高度な、他人の及びがたく窺知しがたい技術の保持者を気取り、……さて、（たとえ自分の売っているものが毒薬であろうとも）、それをできるだけ高価に社会へ売りつけることである。そして社会の目に私自身の姿を、透明な、純粋技術の権化のように見せかけてしまうことである。

さて、そこで私が淋しくならないためには、再びテニスの選手や将棋の名人を見習い、彼らと同一範疇の人物であるかの如く気取らなければならない。なぜなら、テニスの選手や将棋の名人は、こうした個人的勝負の緊張感によって、おのれの精神の社会的孤立を、当然の前提として、ほとんど無意識のうちに受け入れてしまっているからである。こうした生き方、こうした身の処し方こそ、スポーツの最大の教訓であり効用であるが、小説家は精神の衛生術のために、こういうことを少し剽窃《ひょうせつ》しても悪くない。

銘記すべきことの最大なものは、個人的技術の保持者は、空虚と戦う前に空虚を呑み込んでしまうように、はじめから運命づけられているということである。

――しかし贋物というものは仕方のないもので、駅前の喫茶店から新大阪ホテルへ電話をかけて、一字一句、念入りに私の名を告げていると、そばのカウンタアの女の子が、いきなり顔をあげて私をちらと見るなり、「あら、嘘言ってるわ」と言うのであった。

三月十八日（火）
春特有の埃《ほこり》っぽい風が、昼間は大そう暖かかったのが、夕方から身にしむ冷たさに変る。午後床屋へゆくと、凝りに凝りはじめて一時間半もかかり、その間何度も椅子からとび上って逃げ出したくなる。五時、銀座テイラーで洋服仮縫。かえり中央公論社へ立寄る。この日、夏蜜柑大の米海軍バンガード弾の成功が告げられる。

動物文学について。

今まで見たところ大江健三郎氏の小説には、最近作「鳩」にいたるまで、ひんぱんに動物があらわれる。いわゆる動物文学とは、多かれ少なかれ、動物の擬人化にもとづいたものであるが、大江氏のはそれと反対で、人間の擬動物化ともいうべきものであり、われわれのうちにひそんでいる人間の奴隷化や殺戮の欲望が、動物を相手に充たされている。状況がゆるせばもちろん人間そのものの動物的奴隷化が可能になるので、「飼育」や「人間の羊」はその好例である。これを私は新しい動物文学と名附けよう。

「あいつが鼠のように哀れな姿で」という比喩が語られるとき、われわれはすぐ穢《きたな》いこそこそした鼠の姿にたとえられるその人の哀れな姿を思いうかべるが、鼠的人間は悲惨であっても、鼠そのものは悲惨でも何でもない。中学教師がしばしば、象や豚や猫にたとえられても、巨大で肥満しているのは象の特徴であるから、教師のほうが人間の例外的特色をもっていても、象のほうは一般概念にとどまっている。逆に、「まるで人間みたいに利口な犬だ」とほめられるときには、人智という一般概念が当然の前提になっている。いうまでもないことであるが、比喩はこのようにして、別の一般概念を以て或る特殊概念を解説するものである。

さてわれわれは人間であるから、動物に大した個性を求めず、概してかれらを一般概念の内にとじこめ、動物の世界をのぞくときは、あたかも動物園の檻《おり》のようなものを隔てて、一般概念の岸のこちら側から観望するのである。そしてその中から馴らされたものが、徐々に家畜になって、子供のない夫婦の愛玩物になったりすると、甘ったるい擬人的個性を与えられる。

大江氏の小説の特色は、いろんな点で小説の近代的特色を根本的に欠いているところにある。氏は登場人物の近代的個性というものを重視しない。氏の作品に登場する人間は、たかだか一般概念以上のものを要求されないのだ。そしてそこに登場する動物群にも、個性的な擬人化された動物は出て来ないので、一般概念としてとどまっている。だから大江氏の小説は、比喩でもなく寓喩でもない。アレゴリーの根本条件が欠けているのである。

ましていわんや諷刺ではない。強いて言えば、メタモルフォーシスの小説ということができよう。「人間の羊」は羊のような人間を描いた小説ではなく、人間が羊に変貌する物語であり、「飼育」は動物のように飼われる黒人兵を描いたものではなく、飼われる動物、強い耐えがたい体臭を放つ家畜に変貌した黒人兵の物語である。

氏の小説のサディスティックな嗜欲《しよく》は、かくて一般概念としての動物を、一般概念としての人間と対置し、人間が動物を飼育したり殺したりするのを、汎性的な対等の関係でながめている。鼠のような、また羊のような人間の悲惨さと弱さは、比喩としてではなく、容易に、人間そのものの常態として語られる。日本人のお尻をバスの中でまくって叩く米兵と、叩かれる日本人とは、かかる関係において対等であり、死体とこれを見る青年（死者の奢り）との関係も、鳩とこれを殺す少年との関係も、黒人兵とこれを飼育する少年との関係も、同様に対等であって、あらゆる政治的寓喩や人間的諷刺を峻拒している。そこには縛られた強者と残酷な弱者、あるいは残酷な強者と殺される弱者があるだけであり、最後に死体と、殺された鳩の屍《しかばね》とが残される。なぜなら死とエロティックにおいてだけ、人間と動物とは一般概念によって同一化されるのであり、個性を持っていた筈の人間が一般概念に変貌する際の色情的かつ獣的な美しさを存分にえがいた「飼育」は、殺された小動物の美を暗い背景の前に鏤《ちりば》める「鳩」に達する。色情的なものは、一般概念に近づくほど増大するのが常で、A子はA子であるよりも女くさい女、単なる女であればあるほど色情的なものに近づき、精神的個性的なものから遠ざかり、同時に観念的なものに無限に近づく。観念こそもっとも猥褻なものである、という信念にもとづき、ラクロは「危険な関係」を書いた。
「鳩」の小動物たちは、それぞれ鼠やモルモットや鳩を呈示するにすぎないが、その宝石のように凝《こご》った血によって、鼠一般、モルモット一般、鳩一般の荘厳な象徴と化し、色欲的観念の具現となるのである。そこにはサディストの究極の夢があり、われとわが手で殺した小動物は、動物であるがゆえに、永遠に一般概念の彼方にとどまり、精神や個性の片鱗をひらめかすことはない。そこでこの殺戮行為は、黒人を飼育するよりももっと純粋なエロティックな行為として終るのである。それはアニミズムからもっとも遠い文学である。

三月二十二日（土）
長篇の書き出しのときに襲われる重い不快な気持。あまつさえ朝から曇っていたのがやがて雨になる。
六時にハウス氏夫妻を夕食に招いてある。キーン氏の友人で、さきごろ結婚して、夫妻同伴で研究のために日本へ来ている。「花の木」で、蝸牛《かたつむり》と鶉《うずら》とスフレの夕食。食後日劇ミュージック・ホールへ夫妻を案内する。家へかえれば仕事が待っている。どうしても家にかえりたくない。

三月二十三日（日）

一日家にひきこもって仕事をする。長篇はやっと緒についた。仕事の捗るときほどの幸福感、その仕事の出来上ったときほどの幸福感がこの世にあろうとは思えない。多くの人は、理性でたしかめられない状態を幸福と名附けている。しかし芸術家の幸福感は、理性で百度もたしかめられた幸福の意識であって、もし幸福が夢だとするなら、それは覚めながら見る夢というより、最も覚めている状態にしか現れない夢とでもいうべきものだ。

悲惨や苦悩を紙上に定着するときの作家の幸福感は、必然的に、作家の世間並みの誠実さを裏切る。ゲーテの肖像画を見て、ヘルマン・ヘッセが洩らしたという言葉、「閣下、あなたにはまるで誠実さというものが見当りません」という言葉には、戯画以上のものがある。私は誠実そうな顔をした作家が、自分の読者を相手にして、誠実に人生的教訓を垂れたりしているのを見ると、彼は自分の制作の幸福感を偽善的に隠しているのか、それとも彼はそういう幸福感を味わったことのない不幸な作家なのか、と疑わずにはいられない。彼はおそらくよく心得ているのであろう。世間で実際に人生の苦悩を味わっている人たちにとっては、このような幸福感は正に敵なのだということを。作家はこれを工房の秘密としてとどめておけばよいのだということを。

芸術とその享受者とのあいだには、大きな隠されたギャップがある。世間の人たちは自分たちの苦悩の体験を大切にし、その体験の純粋さを大切にする。しかし自ら語ろうとすると吃り、人と語り合おうとすれば、たとい相似た体験の持主を相手にしても、その表現の不十分と不純さゆえに、真の慰藉《いしゃ》が得られない。というのは、お互がお互の苦悩の体験を大切にし、肚《はら》の底ではお互の苦悩の大きさを競い合っており、要するに苦悩に於《お》いて敵同士になっているからである。かくて、こういう人たちが真に共感し、真に愛し、真に慰藉を与えられるのは、作家によって表現された苦悩、(制作過程においてきわめてあやしげな)、幸福感によってはぐくまれた苦悩を前にした時だけである。そのときかれらは、自分たちの苦悩にとっての最も卑劣な敵に身を売ったのだ。

私にとっては作家の真の誠実とは、おのれの制作の幸福感に対する、あらわな、恥知らずの誠実に尽きると思われる。少くともゲーテはあたりはばからずこのエゴイスティックな誠実を開陳しつつ生きたが、これこそはおそらく唯一の、臭味を伴わぬ誠実なのであった。

三月二十四日（月）

モオリヤックの「仔羊」を読む。

いかにも傑作らしい傑作。ひょっとするとモオリヤックの全作品中、「テレエズ・デケイルウ」をさえ抜く傑作かもしれない。

ここでは「カラマゾフの兄弟」のあの清純無垢のアリョーシャが、ロシアの泥を払われて、完全に幾何学的な仏蘭西《フランス》庭園の中に移植されており、アリョーシャに関するかぎり、未完の「カラマゾフ」は、モオリヤックによって完成されたと去っても過言ではない。

作中人物は作者の愛するラシイヌの人物とそっくりな荘重な動きを示し、ミルベルはネロンのように、グザヴィエはブリタニキュスのように行動する。「仔羊」の人物に比較すると、多くの近代小説の人物は何とちょこまかしていることであろう。「仔羊」の人物たちの動きは、よく云えば星辰《せいしん》の動きのようであり、わるく云えば古典劇の役者のようである。しかしさすがにこの作品は一篇の心理小説たるにとどまらず、救霊の主題によって、小説における偶然の効果、小説の現実性を弱めもすれば強めもする使い方のむつかしい薬を見事に使い、リアリズム小説以上のふしぎな現実感を作品に与えることに成功している。私に興味のあったのは、この作品がモオリヤックの全作品の謎解きのような作であることである。自己満足にひたって他人の霊魂をかえりみない良人を、故意か偶然かみわけのつかないような行動で死に至らしめる女テレエズ・デケイルウは、一見「仔羊」の若い聖人グザヴィエと正反対のように見えながら、どちらも自己満足に対する烈しい戦い手である点で、遠くふしぎな照応を示している。

作中ロランというひねくれた孤児は、実によく描かれている。こうした子供をえがくモオリヤックの筆致には一種の凄みがある。そしてミルベルが自分の分身のようなロランを憎むその憎しみも描かれずしてわかり、ミルベルは最も近代的な怪物の一人になり了《おお》せている。

フランス文学中おそらくもっともドストエフスキー的で、同時に現代フランス文学中もっともフランス的な小説。交響楽の主題を室内楽で言いくるめてしまった作品。何とも、いいようのない、味の濃い作品ではあるけれど、私は少々この種のフランス的完璧主義に飽きの来ていることを告白せねばならない。

小説というものはふしぎなもので、これほど精緻な完璧な作品になると、また、小説というには何か足りないような気を起させる。外気を吸いたくなり、戸外を馳駆《ちく》したくなる。戯曲の長所となるものが小説の欠点になり、小説の長所となるものが戯曲の欠点になる。戯曲にあってはならない隙間が、小説には要るものらしい。温度の上昇による膨脹にそなえて、レールの継目を少しあけて敷設するように、一晩の使用に堪えればよい戯曲とちがって、夏も冬も一年中使いつぶされなければならぬ小説には、温度の変化を見込んだ何ほどかの隙間が要るものらしい。ところでモオリヤックの潔癖は、そういう隙間を抹殺してしまう。ほとんど無意識に理想的な「隙間だらけの完璧」を成就した小説家はというと、今までのところスタンダールしか見つからないのである。

四月十一日（金）

日大の小島智雄氏と七時から国際スタジアムへ拳闘を見に行く。日本へかえってはじめて見る試合で、且つひいきの石橋選手の試合を見るのも帰朝後はじめてである。その石橋選手は風邪が治り切っていず、川崎との八回戦に判定で勝ちはしたが、あまり潑剌《はつらつ》たる試合とは云えなかった。メイン・エヴェントは東洋バンタム級タイトル・マッチであって、矢尾板選手はついにエスピノザを倒すにいたらなかったが、十二回戦の最後まで善戦した。リングサイドで見ていると、エスピノザの黒い剽悍《ひょうかん》な肉体と凄まじい顔が、コブラのようなシュッシュッという呼吸音と共に、目にもとまらぬ速い的確な左を出しながら迫って来るのが、いかにも凄味があり、迫力がある。猫科の猛獣に追いつめられるときの感じはああいうものであろう。

帰って仕事。

「鏡子の家」はまだ第一章が終らない。というのは、私の長篇に共通の欠点であるオペラの序曲みたいな派手な第一章を今度は抑制して、なるたけさりげなく渋く出ようとしているからであるらしい。それから今まで私は下手なトランプ遊びのように、第一章で持札の全部をあんまりちらつかせすぎた。そういうことでは先が思いやられる。できるかぎり淡々たる序章を心掛けねばならぬ。これらすべてが私の派手好きの性分に抵抗を与えるのである。

さきごろフロオベエルの「感情教育」を熟読玩味して思ったことだが、主人公が念願の遺産を獲《え》て、恋人との花やかな生活を夢みながら、母一人を郷里にのこして、大いそぎで巴里《パリ》へかえるところの、あの道中の写実主義的描写は全く煩わしい。馬車のとまった途中の意味もない家屋の細叙などには、この作家の写実主義のオブセッションが極度に出ている。フランスで今や小説における描写の必要が全くかえりみられなくなったのも、こんな悪見本を見ると首肯できる。

しかし日本人は何もそれに追随することはない。現代フランス作家には、描写を避けるべきだという虚栄心がまず顔を出すであろう。その虚栄心がまず描写しようとしかかる彼の手首をグイと押えるであろう。日本の作家がこういう虚栄心に附合うのは愚かで、日本で作家たることは、一面、現代小説のあらゆる技法上の虚栄心を免れているということであり、彼らに比べてわれわれは一段と自由なのである。体質上の淡泊さもあって、私の知る限り、日本の自然主義文学には、悪写実のお手本たりうるほどの粘液質のエネルギーは見当らない。われわれはまだ飽きもしない御馳走を飽きたふりをする必要はないので、写実に飽きた顔をしなくてもよいのである。行きがかりや義理を捨て、自分の食欲のままに料理を作ることが大切。幸いにしてわれわれの胃は、まだ健全な食欲を失うにいたっていない。

四月十六日（水）

雨のち晴。三時半から、国際文化会館における林房雄氏令息と河盛好蔵氏令嬢との結婚披露に列席する。それから歌舞伎座へゆき、私の編纂する本に、歌右衛門の娘道成寺《むすめどうじょうじ》のつづき写真が必要なので、特写の腕章をつけた松崎カメラマンが、道成寺一幕を撮るそばにいて、台本片手に補佐をすることになった。六時十五分に道成寺の幕があく。二階上手の舞台寄りの客席のあいだで、まず花道の道行を撮ることにする。観客の観賞の邪魔になってはいけないと考えて、カメラを少しずらし、うしろの米人の中年夫婦に、なまじ「お邪魔ですか」なんぞと訊いたのがいけなかった。忽ちこの田舎者らしいじじいは、「邪魔も邪魔でないもあるものか。俺たち夫婦はただこの一幕を見に来て、そのために何と二千円も払ったんだぞ。二千円も払ったからには、この一幕は、われわれお客のもので、貴様たちのものじゃない。それを何ぞや、人の折角の鑑賞を、そういう真似をしおって邪魔しくさる。二千円も払ったんだぞ。二千円……」

とあんまりうるさいので黙って聞き流しているうちに、幕があいてお迎え坊主が出て、やがて白拍子花子の出になる。こうして好い瞬間をとらえようと写真機を向けていると、テンポがのろい筈の歌舞伎舞踊も、瞬間の美の連続で、何度か美しい形を撮り損う。金冠《かぶ》りの件《くだ》りを撮り道行がすむと、今度は二階正面通路の最前列に移って、しゃにむに、シャッターを押り進む。有名な型、あるいは美しい型の寸前に松崎氏の背中をつついて、大事なところでフィルムのしてもらうのである。しかしフィルムの枚数は皮肉なもので、取り換えを余儀なくされる。それが一度は金冠りの途中であり、二度目は眼目の「恋の手習」のクドキのところである。松崎氏は冷汗を額にうかべて奮戦しているし、私も気が気ではない。何とか幕が下りると、グッタリして、体中がしこっていた。

俳優が写真をとられるのをきらうのも尤もで、歌右衛門丈は踊りながら、シャッターの音の一つ一つを聴いたそうである。

すんだあとで、謙虚な、己れを語らない松崎氏が、「踊りのことなら大てい知っている」というので、氏が知らないものと決めてかかってお節介を買って出た私は、ダアとなった。

久々に西鶴を読む。

西鶴の詩的頂点は「男色大鑑《なんしょくおおかがみ》」だというのが私の説である。殊に前半の武家の衆道に取材した四巻には、清澄な詩があふれており、「墨絵につらき剣菱の紋」（巻一）のごときは比類のないロマンスである。衆道には詩を成立たせるものだけがあって、本来、小説や劇を成立たせることのできないのを、西鶴はおそらく洞察していた。

（余事ながら、「助六由縁江戸桜《すけろくゆかりのえどざくら》」の「しんぞ命の揚巻」云々の「しんぞ」の意味が、これの「身替りに立名も丸袖」（巻四）を読むうち、「神《しん》ぞ〳〵」であるとわかったのは、勉強の功徳というべきか）

四月十八日（金）

一日雨がふったり止んだり。午後一時半、福田恆存氏と新潮社へゆき、佐藤副社長に面会する。三時、岩波書店図書室で、河野与一氏の「天使の認識」という話をきく。話そのものも実に面白かったが、先生の風貌話術が滋味にあふれており、古名優の演技に接するようである。歌舞伎にはすでに、こういう淡々として滋味のある名優というものはなくなった。六時から、中村光夫氏、吉川逸治氏、福田氏と四人で、ローマイヤで今度出す新雑誌の題名を相談する。結局まとまらない。七時から花の木で、七月公演の拙作「薔薇と海賊」の演出者である松浦竹夫氏と夕食を共にする。それから新宿へ出てぶらぶら歩いて、松浦氏がパチンコ屋の二階にある娯楽センターというところへ案内してくれる。占領軍払下げの娯楽機械と昔ながらの金魚掬いとが同居しているのがふるっている。そこで元改造社の稲葉氏にぱったり逢い、みんなで「和」という酒場へ呑みにゆき、十二時に帰宅する。今日はよく動いたものだと感心する。大体私にとっては、こういういかにも文壇生活的な一日というものはめずらしい。こんな生活を小説にしようとしたら、一体どんなことになるか。もっともその私も十八歳のころには、文壇生活に熱烈に憧れていたものだった。このごろでは他人の生活に対する憧れというものが全くなくなった代りに、不可能なことばかり考える。たとえば今、私が再び十八歳になって、ジャズ歌手かなんかになっていたら、どんなに面白かろう、ということなど。賢人の言ったように、「希望は過去にしかない」のであり、どうやら私の中に小説家がやっと根を据えて来たらしい。もはや他人である過去の私、その私の内にあったもろもろの可能性に化身するほかはなくなったのである。

どの小説家も抱いている或る感じ、自分の書いた小説のなかで、あるいはその小説を通じて、はじめて自分の人生に本当に対面したような気のするという或る感じ、これは彼の実際に日々生きている人生の像を、幾分かぼやけた不確かなものにすることは争えない。認識の手間をはぶいて表現することによって、作家は生《なま》の人生を幾分かのこしておかなければならないが、今日の河野先生の話ではないが、小説家は厳密に言うと、認識者ではなくて表現者であり、表現を以て認識を代行する者である。作家が小説を書くことにより、表現してゆくことにより、はじめて認識に達するという言い方は正確ではない。作家の狡《こう》猾《かつ》な本能は、自分に現前するものに対して、つねに微妙に認識を避けようとするからである。殺して解剖しようとする代りに、生《い》け擒《ど》りにしようと思っているからである。

もちろん生かしておいて認識するという手もある。卓抜なエッセイストはそういう人種であって、猛獣使いのようなものであろうか。

さて、作家が自分の生に対していつもあいまいな放任の態度を持しているとき、彼はいわば、それが認識の素材になることを免れさせているのである。トオマス・マンの云うように、「作家の幸福は、感情になり切り得る思想であり、思想になり切り得る感情」（ヴェニスに死す）だとすると、彼の生は、まだ思想にもなりきらぬのみか、感情にもなりきらない部分であり、そうなることを無意識的に抑制されている。感情の中にも思想の中にも安住できない人間が、幸福になる方法は、おそらく表現することだけで、このやみくもな行為に耐えるには、明敏なだけでは足りない。もちろんバカなだけでも足りないが……。そして表現したあげくの、創造の喜びというやつは、又しても彼を認識者たることから遠ざける。なぜなら認識にとって歓喜ほど始末に負えぬ敵はないからである。

四月十九日（土）

金環食。（美しい名だ！）但し東京では部分食。（情ない名だ！）

私はだんだんと、小説のさりげない文体、さらには、精力的な雑駁さにあふれた文体というものが好きになった。しかしいざそういう文体で書いてみたいと思っても、泳げない人間がプールに跳び込むほどの決心を要する。何故なら無気力や放任と結びついた雑駁さは実に得やすいが、精力や充実感と結びついた雑駁さは、凝った文体の何層倍もむつかしいからである。むつかしいけれども、或る作家たちはやすやすとそれを成就しているように見える。しかし個性的な感性からそのまま生じたこういう文体は、小説の文体に必要な抽象的な普遍性をしばしば欠き、個性の面白さに倚《よ》りかからせることになる。日本の作家の場合、文体の面白い雑駁さは、必ず個性的魅力への退化の兆であり、一見いかに精力的に見えても、結果として無気力や個性の放任の兆であることが多い。私が求めているのはそういう文体ではない。古めかしい文学的気取りのすぐかたわらに平談俗話が平気で同居しているバルザックの文体の模範的雑駁さを見よ。

小説の中で用いられる会話について、私はすでにかなり、日本的潔癖を脱却してきたつもりだ。会話によって間接に人物の性格や気質や生活感情を浮き出させるこまかい技巧を日本の作家は好むが、人物の性格や気質にかかわりなく、内容だけで読ませる会話、ついにはその長い会話が地の文と同じテンポに融解するような会話は、ゲーテの小説の、ひいてはドイツの小説の特殊な味わいである。意味内容において、日本の小説の会話は概して空疎であるが、会話の内容を空疎にしておくことが、日本の小説家の芸術的潔癖なのであって、その極致が、アメリカで会話《カンヴァセイション・》小説《ノヴェル》と称された「細雪」である。

文体や会話について、こうして好みの変って来つつある私だが、やっぱり小説の細部の魅力への信仰は捨てかねる。バルザックが、小説は荘厳な虚偽であるから細部の真実に支えられなければならぬ、と云ったのは、私の言う意味とは少しちがっていて、私のは、登場人物が、急に駈け出すときにどんな駈け方をしたか、とか、泣きそうになって涙を抑えたときにどんな表情になったか、とか、彼女の微笑に際してどのへんまで歯が露われたか、とか、ふりむいたときに衣服の背の皺《しわ》がどんな風になったか、とか、そういう些末な描写に対する不断の関心と飽かぬ興味が、読者としての私の中にも牢固《ろうこ》として根を張っているからである。こういう点では、外国の作家でモオリヤックほど日本人の好みに合う作家はあるまい。

こんな細部の魅力は、必ずしも細部の真実ということと同一ではない。むしろ荘厳な虚偽というのに対して、細部の精緻な虚偽とでも云ったらよかろう。しかし日本の小説の読者で、こういう細部の虚偽の出来不出来に敏感でない人はよほど例外であって、アメリカ小説が日本で大して受けないのは、この種の魅力に乏しいからである。川端康成氏の小説はこれの集大成と云っていい。人の顔色を読むことにかけては敏感な日本人らしい文学的好みであって、今それを急にどう変えるということもできない。もし「女がこちらを向いて急ににっこりした」というような時の描写を、明治以来の全作家の小説から抜萃して並べてみたら、そのヴァラエティの豊富さはおどろくべきものがあろう。しかもそういう細部に対する賞讃こそ、どんな賞讃よりもわれわれの心に媚《こ》びるのである。小説家であっても、われわれの芸の理想は、依然、六代目菊五郎にあるのであろう。

四月二十一日（月）

七月の暑さ。第一生命ホールで、スーザン・ストラスバーグとヘンリイ・フォンダの「女優志願」という映画を見てから、田村町ジョージスで夕食。

「女優志願」には、私が紐育でその周辺をうろついていた劇壇風景の実際がよく出ていて、特殊の興味があった。

文学運動や演劇運動という概念はもう古くなったと私は考える。そういうことを言い出す人を見ると、私は日露戦争の従軍談をきいているような気がする。もう威張った指導者や旗差物の時代ではなくなったので、久保栄氏の自殺はその象徴的事件である。

　戦争のやり方が一変したように、運動というものの性質も一変したのである。歩兵や騎兵の勇壮な集団の陶酔の代りに、航空兵の孤独が先頭に立つようになった。人間の宇宙旅行の実験に供された米兵士は、一週間も金属の箱に密閉されて暮さなければならなかったが、われわれの仕事場もだんだんこの金属の箱に似て来るにちがいない。その先駆がプルウストの有名なコルク張りの部屋である。

四月二十二日（火）

　今日も二十五度以上の暑さで、庭で海水パンツ一つになって日光浴をし、さて髪に指をつっこんでみるとむうっとして蒸れているようなので、あわてて床屋へ飛んで行って元の船員刈《クルウ・カット》にしてもらって、ほっとする。七時から、「はん居」で、還暦で東大を引退された呉茂一先生をかこむ会が催される。

　席上、野上弥生子女史が、

「ねえ、三島さん、あなたの小説はずいぶん愛読しているのだけれど、何分まだあなたは子供だから、下手なところがありますね。わたしがもしお母さんだったら、よっぽどその都度、そこはいけないって教えてあげるんですけどね。まだ本当にあなた、子供だから。

今度うちへいらっしゃい。教えてあげますから」

「奥許しも下さるんですか」

「ええ、巻物で伝授して上げますよ。でも月謝を忘れちゃだめよ」

口の悪い面白いおばあさんだ。

――精神分析学の発達以来、われわれは敢てそれを支配すると云わないまでも、識閾下《しきいきか》の世界にすっかり通暁しているという迷信を抱くようになった。われわれはフロイトのいわゆる症候行為に自分でよく気づき、ちょっとした言いまちがえや上品な洒落についても、自分でその隠された原因を知っているという恐怖から、差控えるようになり、一等安心な性的な露出的な冗談に精を出すようになった。産制方法の進歩が人間の性生活に与えた変化とよく似たものを、精神分析学は人間の精神生活に与えたのである。性慾の領域においては、無意識的に動かされているという感じを全然持てなくなり、広汎な汎性慾的衝動の、今どの一ヶのスイッチをひねったか、自分で承知しているような具合になった。いわゆる無意識界の青写真が意識界へ盗み出され、そのミニアチュアが意識界にとりつけられるに及んで、われわれは性慾の機能化と、部分的器官化を得たのである。こうして意識された性慾は、もう昇華に適さなくなってしまい、完全に分業化して、それによって動かされるときの不快な感じは、部分によって全体が動かされると感じる不快に他ならなくなった。つまり精神分析学の意図（もしそういうものがあるならば）とは反対に、性的昂奮の全体感が失われたのであって、現代の性的ヒステリーの特徴は、大ていこういう不快感に基づいていることである。というのは、古代では、性的昂奮が全体感への復帰の捷径《しょうけい》であったのに、それが断絶されて、しかも、どこかに、性慾とは無関係な、もっと精神的な且つ政治学的な全体感があるべきだ、という焦躁を感じさせられるからである。フロイディズムの発祥の地ドイツで、ナチズムが勃興したのは偶然ではなかろう。

四月二十八日（月）

快晴。午前十時から十一時半まで日光浴をする。

十二時半から、アイヴァン・モリス氏の、「金閣寺」訳稿の完成を祝って、モリス夫妻とマッカルパイン夫妻をプルニエの午餐に招いた。この人たちと居ると、自分の下手な英語も一向気にならない。

三時から文学座で、松浦竹夫氏、黛敏郎氏、真木小太郎氏と「薔薇と海賊」の打合せ会。このごろ、布にアルミニューム粉を塗った生地があって、紗《しゃ》よりも舞台効果が上る、などという新知識を授かる。

演出は松浦氏の領分だから何ともいえないが、私は新劇では、実際にセリフに語られる音楽以外の音楽を使いたくない。つまりセリフで、「隣りのギターはやかましい」とか、「あのふしぎな音は？」とか、語られる場合だけしか、音楽を使われたくない。（但し拙作の「近代能楽集」は例外。）幕あき幕切れの音楽などというにいたっては、言語道断である。音楽でむやみとムードを醸成したがるようになったのは、ラジオ・ドラマの悪影響である。新劇の台本に、「抒情的な音楽やがて高まって、……幕」などというト書を見ると、眉をしかめたくなる。幕切れのトドメのセリフが、セリフ劇の重点であって、そのセリフの重味だけで、何の補助手段もなく幕を切るべきなのである。幕あきも同様で、無愛想に幕がスーッと上るところに、セリフ劇のはじまるという快い予感があるので、その前に音楽で気分を作ってもらうのは有難迷惑である。すべてこういうことが、このごろはルーズになっている。……私も何やかと、芝居に携わるうちに、小言幸兵衛になってきたらしい。

五月九日（金）

杉山家と結納をとり交わす。

「結婚」という観念が徐々に私の脳裡に熟して来たのは、一昨々年ころからのことと思われる。それまで私は小説家たることと結婚生活との真向からの矛盾をしか見なかったが、私も年をとり、矛盾をすこし高所から客観視するようになったのである。この世の慣習や道徳に与《くみ》し、その中に一応生活して、すべての慣習や道徳を疑ってかかる仕事をつづけてゆくのは、ずいぶん明白な論理的矛盾だが、論理的潔癖というものをむりに支えるには、しゃっちょこばった若さを維持して行かねばならず、却《かえ》ってこんな努力のほうが仕事を阻害することになりかねない。それに、真に自由になるには、まず自分を縛ってかからねばならぬという人生上の智恵を、私はおそらく人より永い年月をかけて、徐々に学ぶにいたっていた。游泳者が全身を脱力して、のびやかに浮身をするように、私は矛盾の海水の上に、浮身をする術《すべ》をおぼえるべきだとさとった。

私の人生と文学との関係は、いかにも相互扶助的なものであった。ずっと若いころ、私は人生を文学のために、そのためにのみ、組織化し、再編成しようという考えにとらわれていたが、その結果、私のやったことはというと、文学を、自分の生きるよすがに使ったにすぎないとでも云えそうである。大体私の作品には、人生いかに生くべきか、などという問題は扱われていないが、もしこの世に私と全く同じ条件の人間がいたら、私の書いたように書き、私の生きたように生きることは、おのずから、人生いかに生くべきかという命題の、ひとつの解答を語っていはしないかと思われる。

小説や戯曲における決して停滞せぬ流れの要請、性格と事件とのとどまるところを知らぬ発展の要請、それは小説家としての私にとって、人生上の一つの綱領にもなった。私は精神の発展などというものを、どうしても信じることができなかった。精神は頑固に書斎に坐り、頑固に監視しているべきで、壺に入れられて育てられる支那の怪奇な因果物師の作品のように、大人になった頭部だけを壺の口から出して、おそろしい目で昼も夜もみつめつづけていなければならぬ。精神を人生の規範とすることは、殊に芸術家にとっては、生を畸型化し、そのあらゆる発展、あらゆる流れを遮断することである。作品を生むこの本源的な不気味な力を、自分の人生から能《あた》うかぎり追い出し、それを作品の中へだけ追い込み、封印し、かくて自分の生の規範を、作品における非創造的な部分、あらゆる芸術作品が人生から借り来《きた》った模写的な法則に置こうとすることが、（つまりひたすらに流れや行動の発展に忠実であろうとすることが）、私の生きる努力の焦点になった。私は主題の欠けた人生に倣《なら》おうと努め、年毎にますます深く、凡庸さを熱愛した。夢遊病者が一つのドアをあけて、その又次のドアを、永遠につづく無数のドアの幻を見るように、私は世の人が生れてから死ぬまでにあけるドアを、のこらずあけてみたいという欲望にとらわれた。もちろん一方では、制作の不開《あかず》の間《ま》を確保しながら。

　私にとってはドアの一つ一つは重かった。今も重い。人が鼻唄まじりにあけるドアを、私はいろいろ考えた末、ゆっくり時間をかけて、多大の努力を以て、じわじわとあけて来たような気がしているが、今後もそうだろう。たしかに私には、人生に一等必要なエネルギー、あの考えないことのエネルギー、無意識のエネルギーが欠けていた。しかしその結果、人とはちがう道行をたどって、私にも一つの確信が生じた。意識はこれを鍛えれば、ほとんど無智の強さに匹敵するほどになるという確信である。

　キェルケゴールの有名な「あれかこれか」の一節は永いこと私を魅していた。

「結婚したまえ、君はそれを悔いるだろう。結婚しないでいたまえ、やっぱり君は悔いるだろう。」

それはもと、ギリシアの哲人ディオゲネース・ラエルティオスが、ソークラテースに言った言葉だそうである。

私は又、晩年のフロオベエルが公園を散策しながら、乳母車を押してゆく家族づれを見て、「私もああいう生涯を送ることもできたのだ」と述懐したという挿話をもよくおぼえていた。

人生が一人宛たった一つしかないということは、全く不合理な、意味のない事実である。殊に小説家にとっては、自分の創造の条件に対する侮辱とさえ思われる我慢ならない事実である。これに対する解決は何も見当らないが、これをなだめすかす慰藉《いしゃ》の方法がないわけではない。ディオゲネースのあの定言的な言い方を崩すには、たった一つの方法しかない。事実が決定的であり、人生が一個であるならば、これをうけとめる人間一般の感情の法則を、せめて自分だけでも免れようとすればよかろう。「結婚したまえ、君はそれを悔いるだろう。結婚しないでいたまえ、やっぱり君は悔いるだろう」……それなら、ままよ、後悔しなければいいのである。

キェルケゴールの提示した「悔い」の性質は、人生が一人宛たった一つしかないという事実に対する、自由意志の側からの永遠の不満であった。「結婚」という言葉は、ただこの事実の一象徴たるにすぎないから、キェルケゴールはこれを敷衍して、さらにこう言っている。

「……結婚しても、しないでも、孰《いず》れにしても君は悔いるだろう。……一人の娘を信じてみたまえ、君は悔いるだろう。信じないでみたまえ、やっぱり君は悔いるだろう。首を縊《くく》ってみたまえ、君は悔いるだろう。縊らないでみたまえ、やっぱり君は悔いるだろう。縊っても縊らないでも、孰れにしても君は悔いるのだ。諸君よ、これはすべての世間智の本質である。」

このような悔いは自由意志の幽霊のようなもので、或る作為あるいは不作為が一個の人生を決定してしまうのを見た自由意志自身の不安なのである。自由意志は無限の選択をするのではない。選択は百のうちから十、十のうちから三つ、三つのうちから二つ、二つのうちから一つという具合に、徐々に限られて来て、最後に自由意志は、それをするかしないかということだけを選ぶために現れる。しかしここまで追いつめられた選択と、自由意志の本質とは必ず矛盾する。自由意志は、選択の機能を本来帯びていなかった自分に気がつくのである。自由意志は決断のために使われるべきではなく、作為と不作為との間《かん》に常に追いつめられている人間の、可能性の問題なのだということに。……自由意志にとっては、本来、人生は一人一個宛ではなかった筈なのだ。

私がもし悔いないでいられるなら、それは宿命を是認することになるだろうか。そうではない。私が悔いないということは、自由意志に対する嘲笑ではない。どんな選択も、どんな決断も、どんな行為も自殺でさえも、最終的に人間の状況を決定することはできない、と私は考えるから、決断に従ったことを悔いもしないし、おそらく決断に従わなかったときも悔いはしまい。人間は選ぶことができないのではないが、最終的に選択の不可能なことを知っているのは自由意志であって、さればこそ、人生がたった一つであることをどうしても肯《うべな》わない自由意志は、宿命に対抗することができるのである。だから「悔い」という形であらわれる不安は、自由意志にとって本質的なものではない。宿命はすでに選択しているし、自由意志は永遠に選択しない。そして行為とは、宿命と自由意志との間に生れる鬼子であって、人は本当のところ、自分の行為が、宿命のそそのかしによるものか、自由意志のあやまちによるものか、知ることなど決してできない。結局、海水の上に浮身をするような身の処し方が、自分の生に対する最大の敬意のしるしのように思われる。……こんなことを考えたのち、私は結婚することに決めたのである。

五月十一日（日）

終日雨ふりつづく。むかし五月は晴朗の日がつづいた。私の少年時代の記憶の裡の五月は美しいが、近年、五月というと、やたらに雨の多い感じがする。午後、「週刊新潮」のインタビューが二時間半に及び、疲労困憊する。

千夜一夜譚《たん》のなかの悪魔の来訪の話を急に読みたくなって、バートン版第六百八十八夜の「モスルのイブラヒムと悪魔」と、第六百九十六夜の「モスルのイシャクとその恋人と悪魔」とを読む。前者では、老爺《ろうや》の姿を借りてあらわれた悪魔が、杯の相手をし、美しい声でうたい、後者では、盲人に化けて恋をとりもち、共に害を与えるどころか、気まぐれに歓楽の一夜を与えてくれるのである。

悪魔が美しい咽喉《のど》を聴かせたくなって、押売りにでかけたり、杯の相手をしたり、恋をとりもったりするのは、ただ気まぐれにしても、一体どういう了簡《りょうけん》だろうか。そしてこの二つの物語に共通している点は、悪魔がいずれも自分の美しい声をきかせて相手を陶酔させる前に、まず高飛車な態度で相手の歌を所望する点である。この高飛車な態度で相手方は内心怒るが、いおうようない神秘な権威をはじめて感じるのもこの時である。主人側は歌ったのち、今度は深夜の招かれざる客の歌に、大人しく耳を傾けようとする。

必ず相手に陶酔を与えるという自負に充ちた悪魔が、さりげない態度で歌い出す。……「アラーにかけて、私には扉も壁も邸の中のものは一切合財《がっさい》、美しい老爺の歌声を聞いて、これに応えて一緒に歌うように思われました。私の手足や着物すらもその歌声に応じてふるえるばかりでした。ただもうびっくり仰天、心はかき乱れ、物をいうことも手足を動かすことも出来ませんでした」

必ず陶酔を与える自負。それというのも、悪魔自身が陶酔一般の管理者だからだ。そして、必ず陶酔を与えるに決っているのは、悪魔が、自分の歌にそなわる美質と同時に、聴き手の心の中の、陶酔をうけ入れる素質をも支配しているからだ。そういう歌をうたう悪魔は、自分のための歌というものを持っていないから、（彼は厳然と陶酔を免れているから）、どうしても聴き手を必要とし、こんな緊急の必要に免じて、彼はおそらく陶酔から悪の要素を外してやり、一夜のたのしみを与えてやるだけで満足するのであろう。

主人《あるじ》が美声の悪魔に見舞われたそういう夜、悪魔のほうでは痛切に聴き手を必要としていたらしい。そこで本来聴き手は優位に立っているのだが、悪魔のほうでは、聴き手におのれの優位をさとらせないために、高飛車な態度に出る。

「私の歌がおわると、盲人は申しました。

『もしイシャクさま、あなたもどうやらひとかどの歌い手になられましたね！』

それは面と向っての嘲りの言葉でしたから、私はリュートを抛《ほう》り出しました。」

人間の心の陶酔をうけ入れる素質を支配している悪魔は、本当はわざわざ身をあらわさなくても、あらゆる陶酔に人を引きずりこむことができるのだが、身にそなわった美声は悪魔を困らせ、どうしても聴き手を必要とさせ、……さて身を現じて歌をうたえば、相手方は必然的に陶酔におちいり、このあまりに当然な成行《なりゆき》にがっかりして、悪魔は立去ってゆくほかないのである。悪魔が美しい声を持っているのはいかにも不合理なことだと彼は思うにちがいない。なぜなら必ず陶酔させることがわかっている以上、美しい声をもつことは無駄事だし、美しい声をもっている以上、必ず陶酔させるに決っているのはつまらないことである。悪魔的芸術の特色をなす、芸術と享受者とのあまりにも自然な惹《ひ》き合い、……こういうものによって、悪魔は突然、自分の美しい声と聴き手との結合からはじき出され、自分の声からさえはじき出されて、孤独になってしまう。つまりもっとも普通の悪魔的状態に戻ってしまうのである。

　深夜の気まぐれの訪れのあとでは、前よりもさらに孤独になって、悪魔は今度は聴き手を探さずに、われとわが耳に聴かせようと歌いはじめるが、彼自身には陶酔の能力が欠けており、いくら歌っても陶酔はやって来ず、結局そういう状態でしか、自分の美しい声に自信をもてないことを発見する。なぜなら、はじめから酔ってしまう聴き手の前では、声そのものの美しさの力がどれほどかつかめはしないから。……悪魔はこうして、ひとりっきりの歌、一向彼自身を陶酔に誘わぬ歌のうちに、彼自身にはわからぬその美声の力を、ああもあろうか、こうもあろうか、と想像裡に量ってみることで、ようやく自信を抱く。しかし美声の歌自体、芸術品自体は、依然彼にとって、輝きを失った石っころのようなものにすぎない。

　悪魔は聴き手の内面を支配している状態にいや気がさし、同時に、支配されている心というものに嫉妬を感ずる。「もう、奴らのところへ真夜中に出かけてゆくのは、やめにしよう」……だから千夜一夜譚全巻の中でも、こんなふうな形の悪魔の訪れは、ごく稀《まれ》にしかない。

五月十三日（火）

すばらしい快晴。庭で日光浴をしながら、来客に会う。午後、講談社の榎本、川島両氏が「旅の絵本」三十五部を届けて来てくれ、これに署名して返す。

アメリカにおける私の代理人、プレミンガア・ジェフィ・ステュアート・エイジェンシイのサムから手紙が来た。サムは去年その遷延で大いに私を困らせたガリヴァー・プロダクションのエイジェントであり、同時に私のエイジェントであり、私にとっては契約の相手方と同じエイジェントをもっているわけで、サムはその上双方の友人であるというややこしい間柄だが、左の手紙はいかにも友情と事務をうまく使い分けている最上のビジネス・レターだと思うので、お目にかける。

「親しいユキオよ。送ってくれたすばらしい札入れをありがとう。大いに気に入った。私のやはり依頼人《クライエント》の一人、ピーター・ストーンという若い劇作家が、モスコオの旅から丁度かえって来て、ロシアのコーペック（百分の一ルーブル）貨幣をくれた。私はすぐにこの貨幣を日本の札入れに納め、世界平和のために小生自ら多少の寄与をした気になった次第。

ずっと便りをしたいと思っていました。ニュー・ジャージイの私の母の家は古い農家で、厨《くりや》の用に供してきた古い果樹園の名残に囲まれている。五種類の林檎《りんご》の樹、一本の桜の樹、二本の花櫚《かりん》の樹……今や春で、それがみんな花ざかり。桜の花は日本を思わせ、日本は君を思わせる。この自由聯想《れんそう》たるやいかがです。

話すべきことは沢山ある。御存知のように、ガリヴァー・プロダクションの『近代能楽集』上演権のオプションはすでに期限をすぎ、法的には我々は新しいプロダクションに当ってみようと、それに乗りかえようと自由である。実際のところ、五、六人の人々が上演に関心を示して来ました。中でもノエル・ベーン（チェリイ・レイン劇場の持主で、そこでサミュエル・ベケットの『エンドゲイム』が上演された）とウォーナア・ルロイ（思い出すだろうが、テネシー・ウィリアムズの近作『ガーデン・ディストリクト』をプロデュースした人）の二人が、相当熱心に見受けられる。今、私の知りたいのは、君がいかなる程度に強く、キース及び彼のガリヴァー・プロダクションに対して、道徳的拘束《モラル・コミットメント》を感じているかということだ。もしあくまでキースとの結びつきにおいてこの芝居が上演されるべきだという君の意向なら、他のいかなるプロデューサーも、ガリヴァー・プロダクションとの連帯において仕事をすべきだという条項を入れましょう。しかし、このことは必然的に、上演申出に関する私の自由を掣肘《せいちゅう》することになるわけで、一例が、ウォーナア・ルロイはおそらくキースの協力を承知するだろうが、同時に、ルロイ自身の演出を主張するだろうし、一方、ノエル・ベーンは断乎、完全な自分のプロダクションを主張するだろう。そこで、もし君が、『近代能楽集』のアメリカにおける迅速な上演よりもキースとの友情のほうを重んじるなら、知らせてほしい。キースは君の手紙について語り、私も君の厚い友情に感動した。そもそも私が君と知り合い、君が私の依頼人になったのも、キースとチーズを通じてのことだから、私がこの紐帯《ちゅうたい》を傷つける器械になりたいわけはない。しかし、君のビジネス・アドヴァイザーとして、私はこう言うべきだと思う。『即刻手を打つことがもっとも得策だ、と私は信じる』と。

私のやりたいことは左の如し。関心を持っているプロダクションのあらゆる並木道《アヴェニュー》に調査網を張り、ガリヴァー・プロダクションの協力の余地をさぐり、もしそれがだめならぐずぐずせずに、可及的速かに上演を強力に準備するような新プロダクションへ完全に移管すべきだと思います。（下略）」

私はこの手紙に感心し、「即刻手を打」った。

六月一日（日）

快晴の暑い一日がおわって、湘南電車の空いた車内におちつくと、重なった疲労がぺんにおしよせて、ほっとする代りに、持参のサンドウィッチを食べる食慾もない。「新婚旅行の汽車が駅を出ると、はじめてほっとしますぜ」ときのう床屋が言ったのは本当だ。結婚披露宴が済むまでの心労というものはまことに大変なものだ。これだけは味わってみないことにはわからない。

ところがまだあった。某グラフ誌の写真班がこっそり同乗していて、品川まで又ぞろ写真をとられた。かれらは品川で降りた。ところがまだある。大磯へ着く直前、突如、福田恆存氏夫妻があらわれて、仮眠中のわれわれを起し、「さっきからずっと隣りの席で様子を見ていた」と厭味を言った末、大磯でさっさと降りてしまう。

小田原へ九時半に着き、車で宮ノ下富士屋ホテルへゆく。予約した菊の間は一種のシュイット・ルームだが、居間とのあいだを御殿風の檜《ひのき》の四枚戸がさえぎり、一隅には灯籠《とうろう》型のスタンド・ランプがあり、すべての様子が、ひるま式をあげた明治記念館のつづきのような気にさせる。居間の食卓の上に、ホテルの社長からのお祝いだというデコレーション・ケーキが乗っている。新婚の連中はみんなホテルに入ると、このケーキに出逢う手順になっているらしい。ホテルのサーヴィスは新婚の扱いに万端手馴れている。入ってくる使用人たちは全く自然に、われわれを空気のように見るのである。

六月二日（月）

昨夜から気温が俄《にわ》かに下り、肌寒い。午後庭を散歩してプールへ行ってみると、あしたプールびらきとあって、大ぜいでプールの掃除をしている。致し方なく、水温二十五度の室内プールでしばらく泳いだのち、赤ん坊の彫像があるだけで何の変哲もない「不老霊泉の湯」というのにひたる。

夕食にははじめて食堂へ出て、アップル・ソースをかけたダックリングを食べたが、チンザノのヴェルモットを食前に注文して、ウェイトレスがどうしてもわからず、二三度往復してから、「ああ、ヴァームスのことですか」と反問したのには、占領政策の成功をまざまざと見せられた。食後、両家へ電話をする。

六月三日（火）

曇りがちの山気のひえびえとした午後を、芦の湖へ約二三十分のドライヴをし、箱根ホテルの庭からモーター・ボートを雇って湖を一巡して顫《ふる》え上り、ホテルで午餐をとったのち、近くの公園を散歩する。道すがら、観光バスに満載された中学生たちがバスの窓から、われわれをからかって喚声をあげる。新婚夫婦をからかうという社会的礼儀をちゃんとわきまえているところは、このごろの中学教育もバカにしたものではない。

平日の午後の公園は人一人いない。草むした石段を下りて達する折角眺めのよい湖畔の草生は、曇り日の下に、ものの見事にとりちらかした紙屑や弁当殻に占められている。

散歩ののち湖尻でハイヤーをたのむと、案内係の仏頂面の女が、「今車はみんな出払っていてありません」と言う。しかし車はちゃんとあった。富士屋ホテルへかえってから、妻は美容室へ行った。

夕刻、ホテルの門前の版画屋でおもしろい開化絵をみつけて、小説家ジェイムス・メリルと、ニュー・ディレクションズ社編集長のロバート・マクグレガーへ船便で送った。夕食は別館の和室で和食をとり、食後、ヒッチコックのテレビ劇を見る。「俺が妻とヒッチコックのテレビ劇を見ている。食後の家庭的団欒というやつだ」と思うと、われながら、頬を抓《つね》ってみないわけにはゆかない。

六月四日（水）

晴れているようでも、午後二時に箱根を発《た》って、熱海までのドライヴの道すがら、富士は幾重の雲に包まれて見えない。やがて雑色の、午後の日差にこまかい段落を示している家並を抱いて、錦ヶ浦の岬が眼下に現れる。

熱海起雲閣の離れの孔雀《くじゃく》の間というのにおちつく。赤い躑躅《つつじ》の点在する庭のはずれに、麒麟《きりん》でも飼えそうなむやみと丈の高い大温室の硝子《ガラス》屋根が見える。

散歩に行って、防波堤に面した喫茶店常春《とこはる》の庭のテラスで、日暮れを待つうちに海風の冷たさが募って来る。傷ついた小犬が足もとに寄って来た。

宿で夕食ののち、又散歩に出て、射的屋で光を五箱稼いだが、蓋をあけると銀紙の包みがみんな逆さに入っていて、贋物くさい。それから湯治客が浴衣で踊っているクラブ・アタミというところへ行き、一旦出て、厠《かわや》くさい映画館で「ロレーンの反撃」という映画を見てから、又クラブ・アタミへかえって来て踊る。

六月五日（木）

快晴。午後一時五十九分、「はと」の展望車で京都へむかう。「きのう箱根で、組閣中の総理に会って懇談したんだが……」などと言っている客がある。車窓に、数条の雪を頂きにのこしただけの、野焼きのあとの畑土のような色をした夏富士を見る。

七時二十二分京都着。すぐ都ホテルに入り、九時にそこを出て、祇園花見小路の十二段家で夕食をとる。食後トップフードでお茶を飲んでから、あらかた店の閉まった四条河原町通りを歩いていると、ずっと雁行《がんこう》して歩いていたらしい青年が、いきなり私の名を呼んで話しかけてくる。S書店の店員で、愛読者なのだそうである。

「これから遊びにゆくのに、どこか面白いところを知らないかね」

と私がたずね、彼が答えて、それで別れようとしたら、「そこらで一杯ぜひ附合え」と言って離さない。困《こう》じ果てて、

「ごらんのとおり、今、新婚旅行中なんだから」

と言ったら、

「新婚旅行なんて野暮なこと言うもんじゃありませんよ」

と言うのにはおどろいた。とうとう横丁の一軒の呑み屋へ妻もろとも引きずり込まれたが、その引きずりこむ力がおそろしい腕力で、ビールをおごられながらきかされる話が、唐手の話ばかりだから凄い。しかし愉快な青年で、話は面白いけれど、しきりに私の名を

吹聴するのに、呑み屋の女将《おかみ》が一向私の名を知らないのは気の毒である。
やっと青年と別れて、教わったとおり、タクシーで、ベラミというナイト・クラブへゆくと、洒落たクラブで、外人の女の一人二役のショウの最中であった。そこでジャズ歌手の牧野ヨシオ君に逢い、別のナイト・クラブ「祇園」へ、北上弥太郎君、林成年君などのグループに合流して、遊びに行った。一座は映画の若手俳優と粋筋《いきすじ》の美人ばかり、みんながわれわれのために祝杯をあげてくれたのはいいが、こんな場ちがいの夫婦のための芸者たちの祝杯には何か冷然たるものがあった。

六月六日(金)
日は薄雲にぼかされているけれど、蒸暑い。午後「バラの肌着」という映画を見てから、南座の楽屋へ歌右衛門丈を訪ねる。舞妓が千秋楽まで飾っておいてくれと持って来たという巨大なセルロイドのキューピーが鏡台のわきに立っている。南座の入りがいいそうで、丈は機嫌がいい。
一旦ホテルへかえってから、夜九時トップフードで、京都新聞の記者のインタビューを受けたが、「京都の印象は?」ときかれたのち、真顔で、「今度の旅行の目的は?」ときかれ、「新婚旅行ですが……」とおそるおそる答えたら、いかにも感興がなさそうに、「はあ、そうですか」と言った。

九時半、スッポン料理大市へ歌右衛門丈の招宴。

六月七日（土）

旅行に出てからはじめての雨である。大映京都撮影所で市川崑監督の撮っている「炎上」（「金閣寺」の映画化）見学のため、わざわざ東京から来てくれた藤井プロデューサーの案内で、撮影所へゆく。所長に挨拶をしてから、京阪神の二十数人の記者による記者会見に引張り出されたのにはおどろいた。

セットは柏木の下宿の場である。仲代達矢君の柏木が、市川雷蔵君の扮する主人公を難詰する場面。頭を五分刈にした雷蔵君は、私が前から主張していたとおり、映画界を見渡して、この人以上の適《はま》り役《やく》はない。

一旦ホテルへかえり、夜、瓢亭《ひょうてい》で撮影所長の招宴。

六月八日（日）

今日も雨である。朝、卒然として、「ヘルマンとドロテア」の愉快な俗物の薬種屋の台詞を読みたくなった。正午ホテルを出て、四条河原町で、「ヘルマンとドロテア」の文庫本と歯みがきと楽屋見舞のマロン・グラッセを買い、南座へゆく。

出し物は「廿四孝《にじゅうしこう》」の香場と狐火と「伊勢音頭」である。艶麗《えんれい》な歌右衛門の八重垣姫と、寿海のめずらしい勝頼がみものだ。この勝頼はあんまり貫目がありすぎて、「阿古屋《あこや》」の重忠のようにも見える。前髪というよりは生締《なまじめ》の捌《さば》き役《やく》のようにも見える。そういう難点もあるけれど、幕あきの出から三段に足を下ろした形の美しさ、セリフ廻しの古色、活殺《はり》の正しさ、就中《なかんずく》、「あとは互ひに抱《いだ》きつき」のあたりで、照れてもじもじするところの厭味のない若々しさなどは推賞に値いする。但し、「粗忽《そこつ》ばしのたまふな」の大事な難かしい台詞を、「御粗相あるな」などと言いかえているのは感心しない。歌右衛門の八重垣姫は、もとより気品といい色気といい、華麗をきわめた極め附の役である。この十種香《じっしゅこう》は、好い役者で見ると、歌舞伎のほうが面白いが、次の狐火は人形に劣る。歌舞伎の「狐火」には全くメルヘンの味わいがない。

前の席に妙に坐高の高い男が坐っていて、それが胃病ででもあるのか、ものの三秒と同じ姿勢でいないので、舞台がチラチラして、鑑賞を妨げること夥しい。次の「伊勢音頭」の寿海の貢は前にも見ていて、今では随一の貢だが、前の所演のときの鴈治郎の卓抜な万野と比べて、今度の勘弥の万野は全く誤役である。殺しになると、舞台の雰囲気が却って盛り上らず、俄かに索莫となるのは、どんな名品の貢にも共通の難だが、そんなによくなかった六代目菊五郎の貢が、殺しになってからグッと舞台を昂揚させたあの特殊な凄みは忘れることができない。六代目は殺しの巧い役者で、「先代萩」でも刃傷《にんじょう》が絶品だった。舞台が忽ち引き締って、薄鼠いろの妖気と殺気が漂うのであった。

きのう瓢亭で逢った舞妓の義千代が桟敷《さじき》に来ていて、挨拶に来た。人を喰ったおもしろいアプレ舞妓で、頭に団扇と柳と硝子玉をお尻につけた螢の大がかりな髪飾りをしている。昼の部を見終って、歌右衛門丈の楽屋を訪ねてのち、四条河原町で絵はがきや古本を買い、「獣人ゴリラ男」という映画を見ようとして、切符を買って入ったら、押しあいへしあいの入りで、見ないで出てしまう。切符売場に入りの表示をしないのは京都の映画館の悪弊である。

一旦ホテルへかえる。松竹の高橋忠男氏が訪ねて来て、用談。夜九時半から、祇園の小森へ歌右衛門丈に招かれる。お座敷へ出た四人の舞妓の中に、又さっきの義千代がいる。さらに無数の芸者が来て、百花撩乱《りょうらん》の宴である。女子大生であった妻は、こういう芸者に囲まれる宴会ははじめてで、もっぱら舞妓たちと話している。余興に地唄舞がある。芸者の総踊りがある。舞妓四人の祇園小唄の踊りがある。……これから大阪を経て別府へゆくことを話すと、歌右衛門丈は、「それじゃ先廻りをして、高崎山の猿に電話をかけて、うんと引っ掻《か》いてくれるようにたのんでおいてあげましょう」と言った。

六月九日（月）

快晴で暑い。荷造りに手間取って午後三時ホテルを出、大阪肥後橋の新朝日ビルのホテル・大阪グランドまで、約一時間半のドライヴ。京都大阪間のドライヴ・ウェイは昔に比べて随分よくなった。

ホテル・大阪グランドは全く近代的なホテルで、新大阪ホテルの風格には劣るけれど、ロビイやフロントの設計は、アメリカのヒルトン系の新ホテルにいるのと少しも変りがない。シュイット・ルームの居間のほうはその代り事務室じみているが、寝室や浴室の設備は群を抜いている。

着いてすぐ近畿ツーリスト・ビューローの出張所へゆき九州旅行の予約をする。それから二階の廊下を歩いていると、美容室の女の子がきこえよがしの大声で廊下の電話をかけはじめ、世にも闊達《かったつ》な大阪弁で、われわれ夫婦が廊下をとおっていること、エレヴェータの釦《ボタン》を押したこと、を逐一報告している。エレヴェータのドアがしまる間際に、「今、エレヴェータアに乗りはったわ」という報告の大声をわれわれはきいた。部屋にかえると、ものをたのんでも、掃除に来ても、用もないのに必ず二三人の女の子が組をなして、かたがたわれわれを観察してゆく。ルーム・サーヴィスに妻がクリーム・ソーダをたのみ、私も同じものを注文したら、女給仕が、「あら、おんなじもの。あついわねえ」と叫んだのには、おどろき呆れた。森田たま女史が、大阪の町中で横断歩道を横切ろうとしたら、袖が引きつって動けない、気がついてみると、二人の中年婦人が女史のきものの袖を引張って、品評している最中であった、という随筆を書いているが、こういうのが大阪気質なのであろう。

朝日新聞の北岸佑吉氏がちょっと来訪される。六時にホテルを出て心斎橋を散歩してのち、吉兆へ夕食を食べに行ったが、料理は悉くクリスタル・グラスの食器で供され、旅に出てから一等美味な食事であった。大阪一の大キャバレエというメトロへ遊びにゆき、酩酊甚だしく、ホテルへ忽ち帰る。

六月十日（火）

晴。午後、東京の米倉が出張しているホテル内の理髪室へ行ったが、頭に赤外線をかけられたのはどういうわけか。隣りの美容室へ行った妻は、美容師の女から、われわれの結婚について、根掘り葉掘り、無遠慮きわまる質問をされつづけたそうだ。ロビイの店で、龍村のネクタイを二本買って、クリストファ・イシャウッドに送る。夕刻、われわれの披露宴の司会をやってくれたロイ・ジェームス君が、大阪へ仕事に来ているついでに、来訪する。私が将来ジャズ歌手として売り出すには、ロイ君は大事な友だちではあるまいか。

六時に、たまたま修学旅行に関西へ来ている妻の妹が、学友三人と一緒に来たので、ホテルの夕食を御馳走する。この女子高校生たちはひたすら食慾の権化であって、こんなことでは、思春期映画の主役は勤まりそうもない。

夕食後、八時半が門限の修学旅行者たちを奈良の宿へかえしたのち、ロイ君がその開場祝に来た新しいナイト・クラブ「アロウ」へゆく。広大な庭を控えたシックなクラブである。十一時すぎ、むしあつい街を歩いて、宗右衛門町で蕎麦を喰い、法善寺横丁裏の奇怪な喫茶店「おらんだ屋敷」というところでお茶を喫む。

六月十一日（水）

朝から雨である。家へ電話をかけて、外務省の弟が、リオ・デ・ジャネイロから無事帰国したことを知る。別府航路のるり丸は午後四時半に天保山桟橋から出帆した。

六時に神戸へ着くころ入浴したが、船の中で風呂に入ってみたいという酔興からの入浴で、こういう入浴の動機はばからしい。温泉に逗留していて、宿泊料を消却するつもりでむやみと入浴したりするのも、ばからしい動機である。入浴という一事でも、人生では、こんなばからしい動機がいたるところに伏在していて、それがマラーの暗殺のような歴史的事件の発端をなすことだってないとは言えぬ。もし全く無動機の行為があれば、欲望の純粋性の把握も容易になるだろうが、現代生活はもろもろの動機に充ち、その結果、欲望というものの実在が不明になった。動機なき犯罪とは、現代では空想の所産にすぎず、無動機に見える犯罪ほど、非合理的なノンセンスな動機に動かされているのである。私が「金閣寺」で書いたことは、犯罪の動機の究明であったが、「美」という浅薄な愚かしい観念だけでも、国宝に対する放火というような犯罪の十分な動機になり得る。一方、別の観点に立てば、現代を生き抜くには、一個の愚かな浅薄な観念を信じて、それを生の根本的な動機にまで敷衍することが可能なのであって、ヒトラーのやったことはそれだったが、こうした動機の設定には方向性が失われてしまうから、梶をとりちがえれば、十分死への動機、自殺への動機ともなりうる。一等のぞましいことは、風呂一つ入るにも、もろもろの動機のうちから最高最善の動機をえらび、欲望というものをみじんも信ぜず、生を崇高な儀式に化してしまうことである。ギリシアの享楽主義というのは、多分そんなことを示唆したのであるらしい。エピクロスの哲学は、あらゆる種類の頽廃に対する良薬である。

　夜十一時ごろ、ごく近くの島影さえも闇に包まれて模糊とした海上に、一点潤んだ燈《ひ》が見えて来て、だんだん大きくなる。それは高松港のネオンサインである。ネオンの緑は殊に潤んで憂色を帯び、宝玉のようである。水の上にネオンの城の形をした固まりが、投影を揺らしながら近づいて来るときの美しさは比類がない。高松の町の燈はまばらにしか見えないので、ただ一ト固まりのネオンだけが、孤独に華やいで、澄み切って、光沢と潤みを夜空にひろげて、ふしぎな音楽のように接近して来るのである。しかしいよいよ近づくと、キャラメルやウイスキーの広告の文字があらわに見えてくるのはぜひもない。

　私は就寝前に、船の売店で、金平糖を買った。

六月十二日（木）

　十一時、快晴の別府へ着く。港に出迎えの杉乃井旅館の車で、すぐ高崎山へゆく。「ただいま三百匹」という札が出ているが、行幸のときは二百五十四しか出ていなかったそうであるから、きょうの猿の出方はとても少ないとは云えない。山裾の茶屋で大量の枇杷《びわ》の実を買い、猿に気取《けど》られぬように風呂敷に包み、見張りの猿が隠見する石段を上ってゆく。頂きの寄場《よせば》にいる猿は五十四ぐらいのものである。案内人が、

「この猿の名は何々。七番目のボスで、いくらか兇暴ですから、目を見てはいけません」という。眼《がん》を飛ばすと因縁をつける、などというところは、街の愚連隊によく似ている。三つの枇杷を一匹一つずつやろうとしているそばから、そのボス猿が三つを一人で引ったくり、左手に一ヶもちながら、右手で食べ、のこる一ヶを足の指にはさんで確保している。しかし仔猿といえども、一旦手につかんだ餌は、横取りしないことが掟だそうだ。側へ来て肩に手をかける猿がいるが、その掌の触感には、実感的な馴れ馴れしさがあって気味がわるい。他の動物の挙措からはこういう印象をうけることがない。

杉乃井旅館へ着き、別府湾を一望の下に見渡す大浴場に入った。午食ののち、海浜ホテルまで車を駆って、石の多い砂浜へ出たが、水が冷たくて泳ぐこともならず、市営の五十米《メートル》プールへゆき、二百米ほど泳いだ。

宿へかえると午睡をとる暇もなく、本の署名やら色紙の揮毫やらに忙殺される。七時半、NHKの人が録音をとりに来、それから鰈《かれい》の河豚《ふぐ》作りと、鯛《たい》の兜煮《かぶとに》と、肉のバタ焼と、松茸と海老の入った茶碗むしとの、夕食をおいしく食べた。夕食後、家へ電話をかけ、四

年ぶりに弟の声をきいた。町へ出て、東宝の「結婚のすべて」という映画を見たが、これが案外の佳作である。結末が見合結婚の謳歌におわっていて、旧道徳に屈服したという批評のある映画だが、たとい新道徳を鼓吹したところで、映画の原価計算の範囲内だけのことだから、五十歩百歩というものである。

十一時近い町を、映画のあとで、歩けど歩けど明るい中心部に達しない。古い真暗な町家のあいだに、時折晃々《こうこう》と点《とも》しているところがあると思うとそれが洗濯屋で、深夜、アイロンをかけられているシャツの眩《まばゆ》い白さが目に強《きつ》く感じられる。いくらたっても中心部へ出ない筈で、道をきいてみると、われわれは海の方角をまちがえていた。

「銀」という、いかにも温泉町らしいキャバレエに入る。ストリッパーの一人が私の顔を知っていて、支配人に告げたので、店をあげての歓迎になり、たまたま来合わせていた杉乃井の番頭が、ダンサーの赤いスカートを腰に巻き、珍妙なアリランを踊った。火野葦平氏の小説によく出てくる、いかにも九州風な線の太い善意の歓迎に圧せられ、一時にやっとそこを出て、酔っぱらった番頭を助手台に引きずり上げて宿にかえり、すでに海辺の燈の展望の乏しくなった大浴場に入った。

六月十三日（金）

快晴で暑く、水平線上には真夏の積雲がそびえている。午後二時から、地獄めぐりに出かけ、地獄の動物園で、大正十四年生れの、同い年の鰐《わに》に会った。むこうのほうがよほど立派になっている。坊主地獄、血の池地獄、海地獄など、伝統ある古格の地獄は、地獄組合というのを作っているそうで、組合加入の地獄にだけ、遊覧バスが止るのだそうである。最初は誰の命名にかかるのか知れないが、温泉の享楽地の名所が「地獄」というのはいかにも気が利いている。地獄の名をきくだけで、いかに享楽が完全なものとなることであろう。

どこの地獄かのかたわらに、行幸の際の便殿《びんでん》の目的で、地獄の持主の建てた結構な御殿があるが、それは行幸のときとうとう使われなかった。宣伝のために、そうほうぼうで休息させられるのでは、陛下も、休息疲れで、たまったものではおありになるまい。使用されなかった便殿はずいぶん無駄な失費で、案内人が、「ここはさきの九州御巡幸の際、陛下の御休憩所の目的で建てられたものでありますが、御使用にならなかったものであります」と、旅行者に訴えて、宣伝兼腹癒《はらい》せをしている。

地獄めぐりは死んだ名所めぐりなどとちがって、動的な見もので面白いが、もっとも動的なのは五分毎に正確に吹き出す間歇泉《かんけつせん》である。岩屋の手前に湯の池があり、吹き出していないときは池の水面《みのも》も全く静まって、のこんの煙が立迷っているだけであるが、やがて岩屋の下部の小さな噴水口が、かすかに泡立ってくる。その小さな湯口の動揺が徐々に煮立ってくるあいだが、可成《かなり》永いような気がされる。湯が吹き出すのは、はじめ、細く迸《ほとばし》ってあえなく崩れてしまうほどの繊細な姿が、たちまち膨脹して、岩屋の天井に達する湯柱になるのと同時に、何度か轟音《ごうおん》を発し、最高潮にいたると、あたりは濛々《もうもう》たる湯気にとざされ、しぶきが池の全面をおおって、池の水面は総毛立ち、われわれの頭上にも熱い飛沫《しぶき》の雨がふりかかってくる。噴水口はすでに湯気のかなたに見えない。ものの三分ほどでこれが完全に静まると、再び五分の正確な間隔を置いて、次の噴出がはじまるのである。

こんな自然の機械的な憤怒のありさまは、疑り深い人には、何かの仕掛がありそうに思われるらしい。しかしこの五分間隔には、目をたのしませる以外の何の生産的機能もなく、無意味な正確さと周期性が、却《かえ》って「自然らしさ」を感じさせる。われわれの肉体のメカニズムも、生の目的のために微妙に調整されているように人間は感じて、「生の神秘」などと云ってやに下っているけれど、本当のところ、われわれの肉体の精妙きわまる機制も、生の目的などのためではなく、全く無目的無意味なものかも知れはしない。そういう無目的無意味な部分を、自分の存在の奥に感じるとき、われわれは「自然との親和」を感じる。間歇泉をおもしろがって見ていれば見ているほど、われわれは「自然との親和」や「大地とわれわれとの親近性・類似性」などにうっとりとするのだが、こんな興味ははてしもしれない暗異なものにつづいていて、これは多分、多少危険な見世物なのにちがいない。

――かえり海浜ホテルへふたたびゆき、夕刻少し泳いだが、たまたまサインを求めに来た女子中学生が一人ふえ、二人ふえ、五六人がいつまでも黙ったまま、われわれのそばにじっと坐っている。「家へ早くかえらないと、叱られるぞ」と言っても、「七時まで大丈夫」と答えて、何の効果もなかった。

鉄輪村《かんなわ》の小映画館で「美徳のよろめき」をやっていることを聞き知って、宿で夕食をすませてから、又そこへ出掛けたが、想像以上の愚作でおどろいた。これ以上の愚劣な映画というものは、ちょっと考えられない。その上、誰が言いふらしたものか、映画がすんで外へ出ると、入口の前には人垣が出来ていて、見物されているのは、われわれのほうであった。

六月十四日（土）

午後一時四十分、温泉列車「ゆのか」で別府を発つ。なるほど温泉列車の名のとおり、各駅停車でごとごとと温泉をめぐっては、そのあいだ乗客を煤煙まみれにさせ、いやでも風呂を渇望させるようになっている。その上、私服の刑事と自称する愛読者にサインを求められ、そのお礼にビールをもらったまではいいが、お礼はまだあって、各駅毎に、彼は窓から首をつきだして、われわれ夫婦の乗っていることを告げ知らせるのであった。そこで知るも知らぬもわれわれの車窓をのぞき、窓ごしにいろいろと批評をし、中には、「こんなに見られて恥ずかしいだろうなあ」と同情の声を、大声できかせてくれるのもあった。

道すがら、「夜明《よあけ》」という小駅の名に心を惹かれた。

夕刻博多に着いて、日活国際ホテルの部屋に入ってのち、キャビアとシャトオブリアンの夕食をとって、近所で「眼下の敵」という映画を見てのち、むしあつい川ぞいの公園を散歩したが、金魚釣りの代りにうなぎ釣りというのがあって、木箱の中で釣ったうなぎを、すぐそばのコンロで蒲焼きにしている。それも客が手ずから焼いて食べるらしく、サラリーマン風のキチンと上着とネクタイに身を正した人物が、地べたにしゃがんでコンロの火を、一心に破れ団扇であおっている風景もあった。

六月十五日（日）

快晴で、妻にとって最初の飛行機の旅には恵まれている。午後一時四十分、板付《いたつけ》空港を、東京までノン・ストップ三時間の日航機に乗る間際に、又もやラジオのインタビューにつかまる。

羽田空港には、四年ぶりで会う弟と、妻の弟妹とが迎えに来ていた。まっすぐ家へかえって祝いの夕食をみんなで摂った。

さあ、明日からは仕事だ。中絶していた書下ろしの仕事の枚数を、少しも早く取り返さねばならぬ。今、私の中には、仕事の力が大いに蓄えられたような気がしている。

七月八日（火）

きょうは文学座の「薔薇と海賊」の初日である。アメリカでは芝居の初日に作者はタキシードを着るのが定法《じょうほう》なのに、その芝居がオクラになった腹癒せに、日本の初日にタキシードを着てゆこうという気になったのは、われながら、その心根たるや哀れである。しかしニュー千疋屋で、杉村春子さんに上げるカトレアを買い、タキシードでカトレアの箱を持って劇場へいそぐあいだ、人の目には漫画に映ろうと、私はやはり一人初日の気分をたのしんでいるのである。

川端康成氏、舟橋聖一氏、中村光夫氏、福田恆存氏などが来場されて、初日らしい立派なお客が揃った。舞台の出来もよく、気持のいい初日である。かえり信濃町の森や旅館で、出演者一同と、演出の松浦竹夫氏、装置の真木小太郎氏などと、ゆっくり呑んで話し合ったが、初日がいつもこういう後味のよい結果に了《おわ》るとは限らない。

それにしても私は心から芝居を愛する。それにもまして劇場を愛する。もし日本で劇作家たることが、アメリカのように十分引合う商売であったとしたら、私はとっくに小説家を廃業していたかもしれない。小説の制作は冷静な作業の一点張だが、劇場には少くとも昂奮がある。私は昂奮や熱狂というものに無縁な人間でいることはできない。

長篇「鏡子の家」を家にかえって書きつづける。ちかごろその制作は順調だ。

このごろの日本文壇は冒険小説ばやりで、むやみと行動的ヒーローが登場するが、小説の主人公に関する考えは千差万別であって、ジュリアン・ソレルのかたわらには、「感情教育」のフレデリック・モローがいるのである。またゲーテの「ヴィルヘルム・マイステルの徒弟時代」には、次のような説が呈示される。（第五巻第七章）

「小説には特に志操《ゲジンヌンク》と事件とが描き出さるべきである。戯曲には性格と行動とが。（中略）小説の主人公は受動的で、少くとも高度に能動的であってはならない。戯曲の主人公から人々の要求するものは能動と行為とである。

グランディスン、クラリッサ、パメラ、ヴェークフィールドの牧師、トム・ジョーンズの如きさえ、受動的ではない場合でも、躊躇低徊《ちゅうちょていかい》する人物である。従ってすべての事件は或程度彼等の志操によって改鋳される。

戯曲では主人公は決して自分流に改鋳することがない。一切のものが彼に抵抗する。従って彼は障礙《しょうがい》を払い退《の》けるのでなければ、それに屈服する。」（小宮豊隆氏訳）

小説上の事件が主人公の志操《ゲジンヌンク》によって改鋳されるということは、戯曲だってそうだともいえるのであって、この区別はまだ近代劇を知らなかった十八世紀の定義といえるかもしれない。マイステルには周知のとおり、「ハムレット」上演に関する長い挿話がある。ただ、ゲジンヌンク（性向）は性格に比べて流動的な概念であって、ゲジンヌンク自体が流動的でありダイナミックであるから、小説の主題は、戯曲のように行動によって表てにあらわされなくとも、主人公のゲジンヌンクの裡にひそめられつつ、その流動性と浸透性によって、事件とストーリイの中へ流動し滲透して、かくて小説自体を一種の行動と化することができるので、必ずしも主人公の性格が能動的たるを要しないということは言い得る。

受動的主人公は、よりよく主題を体現する。というよりは、より強く、主題に繋留される。彼は主題の芽を内に含み、小説の各部分に滲透して、そこに花を咲かすのである。能動的主人公はこれに反して、主題を破壊しつつ発展させてゆき、主題の重みと明瞭さは、主人公の内部よりも、むしろ主人公の環境と、彼によって破壊さるべき対象によくあらわれ、主人公は主題によって反映された純粋観念に近づく。スタンダールはこの道を歩んだ。ジュリアン・ソレルは内省と逡巡によってなお小説の主人公としての受動的性格をそなえているが、「パルムの僧院」にいたっては、主題はワーテルローの戦場やパルムの宮廷の側に厳然と存在し、ファブリスは一個の純粋観念、一個の詩的存在に昇華されてしまうのである。かくて小説には、ふしぎな逆説のひそむことがはっきりする。戯曲とちがって、主人公の堅固な性格は、小説から行動性を奪うことにしか役立たぬ。主人公は、かくて受動的ではあるが流動的なゲジンヌンクの持主であるか、あるいは、何ら堅固な性格を持たぬ詩的な気まぐれの行動家であるか、どちらかでなければならぬ。「性格」が小説で重要なのは、むしろ副人物においてである。

しかしこうは言っても、小説の主人公をいずれかの型に限定するのは、抽象的な議論にすぎないであろう。鞏固《きょうこ》な性格の持主のように見えながら、突然気まぐれな行動に出たり、詩的な冒険家と見える反面、無意味な低徊に耽ったりして、なおかつ物語はこんな主人公のまわりに、主人公の動きの結果として発展してゆき、支離滅裂のまま、どうやら終局に達するときに、読者がふりかえってみて、その主人公に共感を抱けばそれでいいのであろう。その読者の共感というものも、時代の好尚《こうしょう》に左右されるはなはだあやふやなもので、たまたま自分の周囲に似た人間がいれば、「なるほどこの人物は活写されている」と思うにちがいない。

ただ、大ざっぱに言えることは、その主人公が作者と密着していればいるほど受動的になり、作者と離れていればいるほど能動的になるということであろう。

私自身、一人の人物を小説の中に追ってゆくとき、自分の思索の身近に彼を感じることもあれば、又、時として同じ人物を自分の傍らから駆逐して、行動の広野に遊ばせてやることもある。こうした制作の過程に応じて、主人公の態度は痙攣的に変ってゆくのである。「鏡子の家」では、いつも私の長篇にあらわれるこんな矛盾（「禁色」二部作ではもっともそれが甚だしいが）を解決するために、唯一人の主人公を避けて、四人の主人公にそれぞれの側面を代表させることにしたのである。画家は感受性を、拳闘家は行動を、俳優は自意識を、サラリーマンは世俗に対する身の処し方を代表し、おのずから、各人物の性格は抽象的になり、純化される筈である。しかし厳格に云えば、私は一個の綜合的な有機体としての人物の創造を、しばらく諦めたともいえるのであって、その点では、綜合的有機体としての形態を俳優の肉体に委ねて安心していられる戯曲の方法論に左袒《さたん》しているのかもしれない。

ゲーテの説を今少しく敷衍するなら、戯曲における性格と行動の要請には、あくまで俳優が前提になっている。なぜなら性格とは、人間の確たる属性であるというよりも、人間に関する一個の見地なのであって、それは又、行動というものが、外部から人間を判断する資料であり基準であるのとよく似ている。俳優はかくて、自分の肉体の上に、性格と行動を貼《は》りつけることができるのである。これに反して、ゲジンヌンクと事件とは、外部から俳優の肉体の上に貼りつけうるものではない。ゲジンヌンクは純粋に内的な動機であって、その個人的特質は、性格なるものの類型的特質と相対している。一方、事件とは純粋に外的な動機であって、小説はこの二つの内的外的動機のかかわり合い、この二つのものの衝突と結合の間に、登場人物を造型してゆき、……最後にはあたかもそこに、綜合的な有機体としての人間が創造されているかのような感じを、言葉の機能によって与えてゆく作業である。

かくてゲーテのいう小説の主人公の受動的特徴とは、二重の意味において受動的なのである。彼は外的事件に対して受動的であるのみならず、内的性向に対しても受動的である。彼はこの二つのものに挟まれ、そのあわいに形成されてゆくので、この形成の過程が、彼の行為の道筋なのである。そこにこそ小説の主人公の真の行動の可能性があるので、これはあたかも思索が行動に、主題が表現に結実するのと同じ道程である。

小説の主人公はこうして圧搾されつつ、行為へと追いつめられてゆくので、そんな手続を無視して行動的ヒーローを創り出したつもりになっても、真の小説のヒーローと彼を呼ぶことはむつかしい。

七月十日（木）

夕刻、日劇の舞台稽古の一場面を見る。県洋二氏の振付、真木小太郎氏の装置で、ボレロの音楽で踊られるスペイン舞踊の一場であるが、県氏の振付のドラマティックな力強さ、真木氏の装置の単純化された美しさは、今度の「夏の踊り」の中でも出色のものであろう。私はさまざまな舞台芸術の舞台稽古のうちでも、レビューのそれが一等好きだ。舞台上の照明が、音楽の入らぬあいだ、まだフルに使われていず、県氏の手拍子だけで、踊り子たちが稽古をしているとき、その逆光が踊り子たちの衣裳の線をクッキリと見せ、動きを象徴的に見せるのは実に美しい。男の踊り手が片足をうしろへ蹴上《けあ》げながら旋回する動作、女の踊り手がスカートを手でつかんで打ち振る動作、こういう伝来のフラメンコの振付は実に美しい。黛敏郎氏がいつか、「フラメンコほどセクシイな踊りはないね。ストリップ・ショウなんかより、よっぽどセクシイだ」と云っていた意見に、私は全く賛成する。近くで見るフラメンコのデュエットは、正に性交の美化そのもので、だんだん激しくなるにつれて、鼻息が荒くなって鼻孔がひろがり、男が犬のように口を薄くあいて喘ぎ、女がだんだん眉を寄せて苦しげな表情になるクライマックスは、世にも陶酔的な見世物であるが、日劇の踊り子たちが、いつもレビューの性根を忘れず、口に商業的な微笑を漂わせつづけているのを見るのは悲しい。

夜、自由ヶ丘の友人たちの案内で、多摩川園のお化け大会へ行った。まるで怖くないお化け大会で、空中にうかぶゴム製の大蛇を引張ってやったら、天井でこれを操作している裏方から、馬鹿野郎と怒鳴られた。私はお化け大会の場面を、「鏡子の家」の第三章で使うために行ったのだが、あんまりいいタネにはなりそうもない。

ジイドが日記の中で、制作中の作品について、「今日も、この大きな固まりを、ほんの少し前へ動かすことに熱中した」と書いているが、長篇に永いあいだ携わっていると、ジイドの表現がいかに適切であるかが思われる。

七月十六日（水）

石原慎太郎監督の「若い獣」という映画を見る。この映画が商業的に及第であるということが、氏の努力に対してどういう意味があるのか、私にはわからない。私にはそれがいかにも惜しい、無益な才能の濫費のように思われる。只一つおもしろいのは、拳闘に対する氏の興味の持ち方で、それがスポーツへの純粋な興味というよりも、明白にサディックな興味であることだが、映画を作るたのしみとは、最大公約数の民衆の趣味に迎合しつつ、民衆自身が全く意識していないひそかな欲望と、作者の明瞭に意識されたひそかな欲望とをつなぐ、一本の隠された糸を張って、そこに意地の悪い連帯感を見出そうとするたのしみなのであろうか。そういうたのしみなら、江戸時代の戯作者も十分知っていたたのしみであるが、石原氏はもっとまじめな人らしい。

最も卑俗なものを最も悲劇的なものに高めなければならぬ。私も小説家としてそう考える。しかしかかる現実と芸術との対極性の原理は、浪曼《ろうまん》主義と写実主義のあいだに短かい光りを放っただけであって、その完璧な達成はバルザックの詩作および「ボヴァリイ夫人」に尽きる。やがて対極性は次第に薄れて、写実精神は悲劇的誇張を蔑視するにいたり、卑俗は卑俗のまま、凡庸は凡庸のまま、ありのままに呈示されるようになるのである。そこまで徹底した写実主義は、一種の古典主義に近づくのであって、悲劇に適した王族の高貴な血筋の人物が悲劇の主人公をつとめる古典主義的戯曲が一方にあれば、卑俗醜陋《しゅうろう》なる遺伝的人物が卑俗な生活感情のうちに人生を終える末期自然主義小説が一方にあって、いずれも、ひろい意味での様式上の統一性を志した点で似て来るのである。

映画は、現実の領域を拡大し、現実の誇張のあらゆる技巧を発明した結果、こうした対極性の原理を、あざやかに蘇生させたと考える。蘇生させはしたけれども、そこには実に危険な、まやかしの性質があって、卑俗と悲劇との間、現実と芸術との間の対極性は、現実と、現実らしく見えて実はそうではないものとの対極性にすりかえられたのであるらしい。映画においては、現実と、にせものの現実との対照は実に微妙で実に尖鋭である。映画は、卑俗なものを悲劇的なものに高めもせず、又、卑俗を卑俗のまま呈示しもせず、卑俗なものを、卑俗らしく見えるものにまで高めようとする奇怪な技術的作業であるらしい。しかもそれが映画の、現実と「芸術」との対極性原理なのである。これは劇映画に挿入されたニュース映画を見る場合に、実にはっきりする。

石原氏は、拳闘のシーンを大いに撮りまくって、それで以て、彼の考える「拳闘的なるもの」、「最も拳闘らしく見えるもの」にまで高めようとしたらしい。それはその限りで成功している。しかしぶざまな人工の血は、主演俳優の顔を、悲劇の主人公には見せず、グロテスクな道化師に見せ、そのおびただしい血糊《ちのり》は、何らの詩情も生まなかった。

話は飛ぶが、ガルシア・ロルカの闘牛士への悼歌、あの「イグナシオ・サンチェス・メヒーアへの哀歌」には、何と香《かぐ》わしい血の匂いが漂い、闘牛士のあらゆる卑俗さが、英雄的なものに高められていることであろう。石原氏よ。映画なんか作るより詩を書いたほうが、君の本当に表現したいと思うことを表現できると私は信じるのだが……。

八月八日（金）

今夜はなんだか頭に熱がこもっているので、拳闘の練習の場面の抒述には具合がいい。

あんまり冷静な頭では、こういう場面は書きにくい。仕事は進んで、朝までに「鏡子の家」はようよう二百枚に達した。のこりは八百枚だから、……要するにもうじきだ。

七月二十日に某新聞に渡した原稿が、とうとう不掲載で、今日かえって来た。どうせ不掲載なら、新潮の日記に載せたいと思うから、と一昨日申入れておいたのである。

こういう没になった原稿をお目にかければ、没にならないように書くための恰好の文章読本になるであろう。しかし私はこの原稿を別段ふざけて書いたわけではない。

悪と政治と

由来、刑事学の統計上、夏に兇悪犯罪の多いことは、世界共通の現象らしいが、私の関心もこの烈しい暑さから犯罪の書物に誘われて、いろんな意味で対蹠《たいしょ》的なサルトルの「殉教と反抗」（ジャン・ジュネ論）と界外五郎氏の銀座の一級ヤクザとしての告白「恐喝」の二冊を、それぞれおもしろく読んでいるうちに、日本よりさらに暑熱のきびしいイラクでは、大がかりな「切った張った」がはじまった。まさに今年の夏はここに極まったかの観がある。民衆に人気のあった純情な若いイラク国王が、なまじ人気があったために、将来のおもんぱかりから、佞臣《ねいしん》どもども弑《しい》されたなどという報道を読むと、たといいわゆる「進歩的」クウ・デタであっても、政治的原理はスタンダールの描いたパルムの宮廷と、あんまり隔たりのないことが思われる。

その上私はナセル大統領の「敵に対しては、われわれは原爆さえもおそれてはいないことを警告する」という演説に接して、「矢でも鉄砲でも持ってこい」という超現代的表現はこうもあろうかと思って感心した。こんなバカげた啖呵を切れる日本の政治家は一人もあるまいが、政治外交上の嚇《おど》し文句はそこまで行かなければ本当ではあるまい。中近東や東南アジアの民族主義に対するわれわれの同意は、伝来の「弱きを助け強きを挫く」助六精神であるけれど、弱い筈の民族主義者が、モスクワから帰ってくると、「原爆さえもおそれていない」と啖呵を切り出し、一方、「強きを挫く」だけの助六の腕力がわれわれに欠けている以上、民族主義に対するわれわれの立場は、不透明にならざるをえない。第一、日本にはすでに民族「主義」というものはありえない。われわれがもはや中近東や東南アジアのような、緊急の民族主義的要請を抱え込んでいないという現実は、幸か不幸か、ともかくわれわれの現実なのである。今や明治維新の歴史的価値は、ますます高められてきた、と私は感じる。

さて界外氏の「恐喝」に話を戻して、氏のヤクザの定義を読むと、こうである。

「ほんとうのヤクザの社会ではタタキ（屋内強盗）やノビ（忍込み強盗）をするような人間は洟《はな》も引っかけられない。理由なくして金銭をホシイママにすることを極度に嫌う。泥棒社会の人間など普通ヤクザといわれている者とは住む世界が違うし、実際に刑務所に入っても全然派閥がちがう。というより色彩がちがう。人の物を盗むようになったら完全に浮ばれない。理由はともかく、尠《すくな》くとも大義名分をはっきりわきまえているヤクザと、破廉恥行為以外なにものもない彼等とは、全然世界がちがうのである」

これに反してジャン・ジュネは泥棒であり、徹底的破廉恥であり、裏切りの専門家であった。サルトルはこう書いている。

「まっとうな人たちがひとを悪人だと断定するとき、彼らは浮きうきした気持でいるのである。彼らは行手をもっとよくふさごうとして互に肱《ひじ》をくっつけあう。もうすこしで彼らは互に愛しあうことになるだろう。ジュネは自分が神に捧げられた子であることをよく知っており、また彼という供物が供物を捧げる人たちに紐帯《ちゅうたい》の代りをするということもよくわきまえている。彼以外の他の人たちすべては、彼らを区別する相違がいかなるものであれ、つぎの点において同類であるということを認め合っている。つまり幸いにも、彼らがどろぼうではないという点においてだ」

ジュネは絶対の悪、絶対の反社会性であり、汚物であり、毒であり、絶対の孤独である。日本にはキリスト教の神の観念がないから、悪の観念も従って稀薄だ、というのはずいぶん言い古された議論であるけれど、マキャベリ以来の西欧の政治学にひそむ悪、そのもっとも理想主義的な政治学にさえ自明の前提として受け入れられている悪に比べれば、日本の政治は、正に界外氏の定義にすっぽりあてはまるヤクザ的なものだと云ってもよかろう。おんなじアジアでも、旧植民地諸国の政治家は、自分たちを虐げて来た帝国主義者たちから、少くとも悪の原理と悪の知恵を学んでいる。ネールなんぞは私にはその典型だと思われる。ネールの孤独を、たわむれに前掲のジュネの孤独と比べて、泥棒の代りに政治家として読み代えてみたまえ。「神に捧げられた子」としての政治家の孤独がはっきりするだろう。

さて、ジュネは、この孤独から、しばしばの裏切りによって自己聖化に達するのであるが、裏切りは界外氏の定義によれば、ヤクザのもっとも忌むところであって、日本の政治は共産党のいわゆる「民衆に対する裏切り行為」などに専念する勇気がない。日本の悪は悪というよりも、局限的道徳なのであって、世間一般の道徳との間に範疇の差はなく、ただニュアンスの相違でつながっているだけで、政治家の道徳とヤクザの道徳は、局限的道徳であるという点だけで、世間の道徳に対して特色を発揮しているにすぎない。

イラクのクウ・デタに対する日本政府の三転四転した腰の据わらぬ態度は、私には、日本の政治家が、自分のヤクザ性にも、模して及ばぬ悪人性にも、どっちにも徹し切らない中途半端から来るように思われた。「民族主義に対する裏切り」をおそれながら、一方アメリカにも気兼ねをし、やっとのことで国連的正義感に便乗しているのは、ヤクザにしても性根のないヤクザで、せめてナセル親分ぐらいに、「原爆おそるるに足らず」ぐらいのことを言ったらいい。日本に原爆を落された手前、それだけは死んでも言えないというなら、逆に悪に徹して、資本主義の走狗《そうく》をつとめて、民族主義を弾劾するがいい。

東洋の一角で憂い顔の騎士が、事あるごとに、厩《うまや》につながれたままの馬にまたがって、悲しい御託宣を並べるのは、毎度のことで、もう漫画にもならない。国家が必要悪であるならば、国家のエゴイズムが最高の要請であるべきだし、政治が悪であるならば、裏切りがそれを聖化するだろう。西欧のチトー元帥は裏切りの上に国を建てた。しかしわれわれの住んでいるのは、悪の国ではなく、ヤクザの国であり、界外氏のヤクザの定義はいかにもわれわれの心性に叶《かな》っており、悪のイデアに対してほどほどの距離と自己弁護の立場を忘れない。それはまた民衆の平均的趣味であり、不徹底な現実主義の土壌の上に、ヒロイックな夢を咲かすことである。それにしてもヤクザは原爆を持つことができず、持つことのできるのは、せいぜい機関銃が限度である。

八月十一日（月）

夜、飯田橋逓信病院へ田中澄江さんを見舞う。道玄坂半ばの風月堂の前でタクシーを下りるとき、滑って転倒して大骨折をしたのである。しかしもうすっかり元気で、そのとき言語に絶する痛さに大いに泣いたのを、映画の連中が、「道玄坂澄江の夜嵐」と呼んでいる、などと冗談を言う。

どうしてだろう。よく喋ることはいつもと同じだが、こうして病床で逢う澄江さんは、ふだんよりはずっと自然に見える。誇張がなく、突発的でなく、極度に主観的でなく、飛躍的に直感的でもなく、……ひどく自然に見える。彼女は枕もとに、怪我の直前の健脚の思い出である、勇ましい山のぼりの写真帖を置いている。

母が入院しているときにもそう感じたが、病床に就いた女性は、男よりもずっと自然に「病床に就い」てしまうのである。病床の男は、何か不自然で、不健康で、あさましい。ところが病床の婦人には、そういう不健康さがないのである。ともすると寝床というものが、人がそこで生れ、眠り、病み、死ぬ、寝床というものが、女性の自然な棲家であることを彼女たちは直感して、そのときこそ自分の存在形態のうちにぴったりはまってみせるからかもしれない。

さて、ものを書く婦人とは？　これはもう寝床にいることはできない。澄江さんが、卒然として感懐を述べて、

「私、本当は家庭の女でいたいの。何も書かないで、のらくらしていたいの。だって、ものを書く女って、何だか女怪みたいじゃない？」

と言い出したとき、私は一瞬ギョッとしたが、ものを書く婦人自身の口から、こういう言葉をきくことは一生に二度とあるまいと思って、心に銘記した。

――かえり病院の前の堀の散歩道を歩く。飯田橋駅近傍のネオンが水に映えて美しい。散歩道は深い並木の葉叢《はむら》に守られ、燈火は一つもなく、アベックや追剝《おいはぎ》にはいい散歩道だ

が、一人で歩いたって何の変哲もない。

飯田橋駅からさらに歩く。馴染のない町の燈火は美しい。あしたは特別公演の「鹿鳴館」にまた大工の持役で出演するので、是非とも今夜中に散髪をせねばならないが、いつもゆくT会館はすでに看板の時刻だから、ここらで床屋を探さなければならない。一軒はすでに燈を消して閉店。しばらく歩いてみつけた次の一軒にも、定休日の札が下っている。やむなくタクシーをとめて、「どこか、まだあいている床屋へとめてくれ」と言ったら、運転手は怪訝《けげん》な顔もせず、車を神田へ駆った。

神田にもあいている床屋はなかった。新宿へゆけば年中無休の床屋があるというので、車を新宿へむけて市ヶ谷まで来ると、市ヶ谷駅ちかくに、赤青白の捩《ねじ》り棒があかあかと点《と》もしてまわっている。

そこは九十円で大そう安いが、「安くたって、こんないい化粧品を使ってるんですからねえ」と、新発売のポマードやローションを見せられた。

――この夜も、きのうからの余勢で、仕事は六枚進んだ。

八月十二日（火）
午後、十二時半から、妻と、大映本社へ「炎上」の試写を見にゆく。「金閣寺」の映画化である。シナリオの劇的構成にはやや難があるが、この映画は傑作というに躊躇しない。

黒白の画面の美しさはすばらしく、全体に重厚沈痛の趣きがあり、しかもふしぎなシュール・レアリスティックな美しさを持っている。放火前に主人公が、すでに人手に渡った故郷の寺を見に来て、みしらぬ住職が梵妻《ぼんさい》に送られて出てくる山門が、居ながらにして回想の場面に移り、同じ山門から、突然粛々と葬列があらわれるところは、怖しい白昼夢を見るようである。俳優も、雷蔵の主人公といい、鴈治郎の住職といい、これ以上は望めないほどだ。試写会のあとの座談会で、市川崑監督と雷蔵君を前に、私は手ばなしで褒めた。こういう映画は是非外国へ持って行くべきである。センチメンタリズムの少しもないところが、外国人にうけるだろう。

四時六分発の湘南電車で大磯行。鉢の木会の吉例として、結婚したら一度は夫婦同伴で招かれて、審問委員会にかけられるのである。妻にはよく因果を含め、世のつねの招待ではないことを言い含めた。

話のあいだに、私が、某氏のことを例にあげ、ああいう種類の近代文学研究家も学者としての存在理由はあるが、こと文学に関するかぎり、ああいう人は、丁度蝶番《ちょうつがい》の関係で一定角度以上にひらかないドアみたいに、文学の鑑賞力理解力が、うまい具合に学問と感覚の堺い目でピタリと停止してしまう、というようなことを言ったら、福田恆存氏に、

「そんなら、あんたは回転ドアだ」

と一言の下にやられてしまった。

十時半散会。あしたの海水浴のため、ロング・ビーチの大磯ホテルに止宿。
私は今、人生に関する文学的誤解からようやく抜け出して、その次の危険な場所、文学に関する人生的誤解にそろそろ近づきそうな予感がしている。若い人たちの作品の人生的無知を苛立たしく感じたりするのは、その危険な兆候だ。戒めなくてはならぬ。とにかく「人生では知らないことだけが役に立つので、知ってしまったことは役にも立たない」のであるから。

八月十六日（土）
久々の快晴で暑い。福田氏の家族と一緒にプールで遊ぶ。妻とビーチ・パラソルの下にいて海を眺めていると、砂浜の斜面をふしぎな人が近づいて来る。黒い絽《ろ》の着物に角帯を〆《し》め、なよなよと、銀の扇をひらいてかざしながら、足もともおぼつかなく砂の斜面をのぼって来るが、サン・グラスの下の唇は大そう丹《あか》い。海水浴の裸ん坊ばかりの中で、その姿は異色というも愚かである。いよいよこちらへ近づいて来て挨拶するので誰かと思ったら、たまたまここで行われるテレビ放送へ出演するために来ている丸山明宏君であった。
美人コンテストの話が出たら、「あのミス何とかというのは、ミステークの略ですよ」と丸山君に教えられた。
夕方六時東京へかえり、すぐ神宮外苑の国立競技場へ行って、父母や弟と合流して、野外劇の「アイーダ」を見た。凱旋の場でトラックを疾駆する騎馬隊は大いに観客をよろこばせていた。

私は歌舞伎座で藤原歌劇団のやったアイーダを皮切りに、二度目は巴里オペラ座、三度目は日本へ来演した伊太利《イタリー》歌劇団の東宝劇場における所演、四度目は紐育のメトロポリタン・オペラ、そしてこの武智鉄二氏演出の野外劇と都合五回見ている。もっとも感激の深かったのは歌舞伎座で初見の折であり、もっともつまらなかったのは巴里のオペラ座であった。そうだ、それにシネラマで、スカラ座のアイーダの凱旋の場も見ている。

外国のオペラ劇場のようなタッパの高い、奥行の深い舞台は、意外に大勢の登場人物の量感が出ないもので、階段状に重なって立ち並ぶ群衆はあたかも押絵のように見える。日本の花道や横長の舞台が、行列というものを圧倒的に見せるのは、誇るべき特色である。

今夜の野外劇のアイーダでは、中央の白い舞台の側面に踊り子が貼りついて生きた埃及《エジプト》模様を見せる美しさと、第三幕ナイル河岸の場の幕切れで、アイーダが父と共に追われて逃げるところで、広漠たる夜の沙漠の感じを出したのと、観客みんながそれがお目あてで来た凱旋の場と、この三点を特記しておけばよかろう。

八月二十五日（月）

午後三時、日活の谷本氏来訪、「週刊明星」連載の「不道徳教育講座」の映画化契約に調印する。買物に出、歌舞伎座に立寄り、いずれ書くべき新作について永山氏と談合する。かえると、英訳の「仮面の告白」が訳者のウエザビー氏から送られて来ていた。今のところ、日本にあるのはこの一冊だけで、船便であと二冊が届くまで、たった一冊をウエザビー氏と共有せねばならない。

ジャケットは埴輪の顔だけの写真を拡大して、その下のカーキ色の地に、黒でConfessions of a Maskと入れ、著者名を白抜きにした、趣味のよい装幀《そうてい》である。私がニュー・ディレクションズ社からはじめて出す本だが、大きらいな太宰治氏の小説をすでに二冊出している出版社のこととて、とんだ呉越同舟である。アメリカでここの編集長のマクグレガー氏に初対面のとき、太宰をどう思う、ときかれて、「大きらいです」と言ったら目を丸くしていた。

この出版の実現に当っては、ウエザビー氏も私も感慨無量というところだ。「仮面の告白」の日本での出版は、一九四九年の七月であった。その翌年であったか、当時朝鮮に滞在して病を得たウエザビー氏が、病床でこの翻訳を殆ど完成したから、翻訳権をほしいと申入れてきた。当時或る英国人からの申入れがあったが、結局ウエザビー氏に権利を譲った。

しかしそののち八年間、ついぞこの翻訳は日の目を見るにいたらなかった。ウエザビー氏も私も、この本がセンセイショナルな出版社から興味本位に売り出されることを好まず、一流の文学出版社にエイジェントを通じて申入れたが、どこの社も、この出版が社自身と作者の社会的醜聞になることを怖れて拒絶して来た。日本では平気で読まれているこの小説が、米国ではおそるべき背徳の書とうけとられたのである。

さるほどにウエザビー氏の翻訳の無類の美しさは、草稿を読んだ人々のあいだで徐々に評判になった。最初の熱心な推薦者はドナルド・キーン氏であった。氏は二三の出版社へ強く推したが、容れられなかったので、氏自身の編纂する「近代日本文学」に「近江《おうみ》」と題して一部の抜萃を収録した。日本に来た幾人かの文人たち、アンガス・ウィルスン氏や、クリストファ・イシャウッド氏や、ジェイムス・メリル氏は、いずれも翻訳の草稿を読んで、それが埋もれていることを大いに残念がった。アンガス・ウィルスン氏の如きは、アメリカで出さないなら、ロンドンで俺が自費で出す、とまで言ったそうだ。

しかし依然として出版は忌避されつづけていた。多くの断りの手紙は、「ブリリアントな本ではあるが、私のところで、出すべきものではないと愚考する」と云った調子のものであった。現にニュー・ディレクションズ社でも、マクグレガー編集長の熱意にもかかわらず、出版は困難とされていた。

アメリカでは、すべての救いの手は女性から来るのである。この本に最初の有力な女性の心酔者が現れた。それはニュー・ディレクションズの社長ラウクリン氏の夫人である。ラウクリン氏は米国屈指の鉄鋼業者で、かたわらこの高踏的な文学出版社を経営している。

夫人は草稿を読み、鶴の一声で、たちまち出版の運びになり、去年の暮ニューヨークで契約にサインして、私はウエザビー氏に喜びの手紙を送った。キーン氏も大そう喜んでくれた。しかし出版されるとなると、依然として醜聞の危険の残っていることには変りがない。

私はラウクリン夫人のような、女性の愛読者を得たことを、この本にとっての大きな幸運だと考えている。この種の本に対する偏見が除去さるべきは、むしろ女性の側からだからである。

九月九日（火）

午後三時から「声」の編集会議。おわってすぐ歌舞伎座で、高根宏浩氏と舞台装置の打合せ。六時半から文学座アトリエへゆき、福田恆存氏の「一族再会」と、武田泰淳氏の「媒酌人は帰らない」を見る。「一族再会」の演出は、もっともっと強度に様式的であればよかった。福田氏の狙った古典的なパラレリズムと、上手下手《かみてしもて》の関係のない会話の問と答とが錯綜する技巧的な面白味が、現代風俗におおわれて、舞台に少しも出ていない。無関係な独白が交錯する技巧は、歌舞伎でも「一つ家」の割り台詞などに見られるが、福田氏のやつは、一方の対話の返事が、まるで関係のない他方の対話者の口からとび出すわけで、腹話術のような心理的妖怪味があり、その返事の前にはさまれるかすかな間《ま》に、奇妙なスリルがあるべきなのだが、舞台にはどうもそれが出ていない。一体に新劇の演出というものには、舞台のふくらみばかりが意図されて、舞台の冷徹な幾何学が軽視されていはしないか？

九月十日（水）

夜、家族連れで張り出し舞台のかぶりつきの席に陣取り、ポール・アンカ・ショウを見る。国際劇場である。こんな近くで見るポール・アンカは、むっちりと肥えた小柄な体に、まるで兎そっくりの感じの顔を載せた少年で、その体をよくリズムが貫いて流れる。愛嬌を絵に描いたような少年だ。

愛嬌といえば、今再読しているトオマス・マンの「ワイマールのロッテ」には、「最高度に愛らしい姿を取った偉大さ、偉大さに高まった愛らしいもの」という言葉が出てくる。それこそは、「偉大さがこの地上で取りうる最もおだやかな形式」であり、それがすなわち天才詩人というものであり、ゲーテその人だというのである。

これはいかにも独逸的な考え方で、「偉大さ」も「愛らしさ」も、ひとしく独逸臭い概念であり、その二つを結びつけるにいたっては、世界中でドイツ人のほかに敢てする者はあるまい。一例がフランスでは、少くとも愛らしい存在が、愛らしさを保ったまま、偉大になろうなどということは不可能である。フランス文学の巨匠たちの、完全な「愛らしさの欠如」を見よ。唯一の例外がコレット。

それはそうと、昔私はこの「ワイマールのロッテ」を、寝起きのゲーテのおどろくべき広大で豊饒な内心独白を除いては、退屈な小説だと思っていたが、読み返してみて、前よりははるかに好きになった。実にユニークである。巨匠の肖像画的な小説としてはメーリケの「プラーグへの旅路のモオツァルト」があるけれど、あの浪曼派の小傑作に比べても、「ワイマールのロッテ」の大きさは測り知れない。ゲーテという豊醇な酒が、大ぶりの盃になみなみと注がれて、溢れこぼれているような小説である。

マンはゲーテから、ドイツの小説に於ける汪洋《おうよう》たる会話の叙事詩的な流れを引き継いでいる。「親和力」や「ヴィルヘルム・マイスタア」の長い観念的な会話、パンや葡萄酒や卓上の花や人間や運命や世故や哲学や感情や意見や、あらゆるものが言い尽される果てしもないお喋りは、そのままマンの「魔の山」や「ワイマールのロッテ」に受け継がれている。（われわれの小説はかつて源氏物語の時代に、この種のポレミックな会話を持っており、明治の啓蒙期の小説に再びポレミックな会話が顔を出したが、結局今にいたるまで写実主義的な会話が支配的で、それが小説の骨格を細くしている。）

この尽きせぬ波濤のうねりのような、対話の無限の音楽的進行。それはフランス的簡潔から最も遠いものであるけれど、一度この会話の流れに乗ると、筋の停滞もさして気にならず、精神の広大な展望を見下ろして、しばしこの身もたゆとうているような心地にさせられる。これらの大きな、ゆったりした対話は、いわば青空に浮んだ思想の雲なのだ。

創造された人間ロッテと創造する人間ゲーテとの出会というドラマは、いかにもマン的な主題で、いつか必ずマンによって書かれる筈のものであった。しかもドラマの進行する時、「ウェルテル」ははるか昔に書かれて了《しま》っていて、芸術家は夙《と》うの昔に危機を克服して円熟と完成に達し、モデルも亦、その小説の先の市民的人生を歩み尽して変貌している。残るものは懐かしさと、永遠に消えない一抹の怨みとであるが、ロッテがこうして再び見るゲーテは、あらゆる激情のかなた、晴朗なニヒリズムと世界包括的イロニイに身を包んだ神でしかないのである。

いかにも筋のない理窟っぽい小説でありながら、この小説を引きずってゆく興味には、当て物や失せ物探しの通俗的な興味がある。最初、当然この「当て物」は、過去のゲーテ、ウェルテルとしてのゲーテ、記憶の中のゲーテの喚起のように思われるが、小説が進行するに従って、ロッテが探している「当て物」とは、実は過去の記憶ではなくて、ゲーテその人の本質であることがわかってくる。彼女の果てしれない疑問は、はじめロマネスクなものであったのに、リイメル博士との対話によって、次第に批評的なものに高まり、ゲーテの核心に向って小説は批評的構造を以て迫ってゆき、そのサスペンスが十分に盛り上げられたところで、読者は一転して、ゲーテの目覚めから、その広大無辺の、冷たく、又燦然とした精神世界の只中へ飛び込んでゆくのである。

マンが「トニオ・クレエゲル」（一九〇三年）の中で力説している芸術家のいかがわしさ、

「詩人になるためには何か監獄みたいなものの事情に通じている必要がある」というあの主題は、「ワイマールのロッテ」の中で、三十六年後に完全に開花したということができよう。

ゲーテが詩を定義して、「世界というえぞいちごの唇におしつける精神的接吻」であるとし、その結果子供が生れるということはないとイローニッシュに言うとき、私はすぐさまハイネがゲーテを弾劾した「ゲーテは不毛だ」という言葉を思いうかべる。そして又、私が最近読んだ「聖ジュネ、俳優にして殉教者」の中で、サルトルが、いずれも人を虚無へしかいざなって行かない点で、美と悪とは同義語であるとする、あの明快な分析と定義づけを思いうかべる。

日本の近代文学で、文学を真の芸術作品、真の悪、真のニヒリズムの創造にまで持って行った作家は、泉鏡花、谷崎潤一郎、川端康成などの、五指に充たない作家だけである。「求道的だ」などと言われてやに下っている作家や、単なるストーリイ・テラアにすぎない作家はいくらもいるけれど。

寝床の中でゲーテはこう独言する。

「わたしの仕事は、すみやかにうつろう美をおとずれる知的熱情の束の間の訪問なのだ」

九月十八日（木）

昨夜から颱風が募り、朝六時ごろに停電し、こんな風にさからうやけっぱちな気持で、重苦しさと爽快さのまじった気分のうちに筆が進み、「鏡子の家」は二百五十九枚に達して、第三章がおわった。

ここまでで、登場人物の紹介がやっとおわったわけである。いわばとば口まで辿りついたのだが、身辺多事であったせいで、ここへ来るまでに半年かかってしまった。進行は予定の丁度半分であって、書下ろしはどうしても予定よりおくれるものだが、これから何とかして遅れを取戻さなくてはならぬ。それに書下ろしという仕事には、仕事を推し進める他動的な力が欠けているので、途中で何度もエア・ポケットのようなところへ落っこちる。それがますます予定を逸脱させる。あせらないことが第一。世間のあわただしい動きなどには、目をふさぎ耳をふさぐこと。

少し眠ったあとで、午後文学座へゆき、岸田今日子さんの「日本のホープ」テレビ録画に、対談の相手をつとめたのち、六時から俳優座のガルシア・ロルカ作、田中千禾夫演出、「イェルマ」の初日に行く。

ロルカの詩や戯曲から感じられるスペインのむせかえるような野と官能の匂いはここには少しもない。先日買ってきたロルカのフランス訳の詩の朗読、ギターに合わせた詠唱風の朗読のレコードが漂わすあの暗い血なまぐさいパセティックな気分もない。田中演出の「イェルマ」は、氏の自作「教育」とよく似た、能楽の雰囲気を漂わせている。殊に序幕のテンポはおそろしく緩慢であるが、そのじっくりした抑圧的な間《ま》の効果には、田中氏独特の、日本的な冷え冷えとした、凝縮された官能性はたしかに出ている。しかし氏のあまりに個性的なタッチは、この噴火山のようなドラマを、抑圧された怨念の劇、能の執念物のような劇に変えてしまった。そこでいかにもロルカらしい洗濯物のシーンや、終幕の祭りのシーンが、作品と遊離した浮わついたレビューじみたものになってしまった。ロルカの芝居では祭の踊りや洗濯場の合唱も、石女《うまずめ》が良人《おっと》を絞殺するというような怖しいクライマックスに対してただ対蹠的に並べられたものとしてではなく、同じ情感と官能の渦の別のあらわれとして、同等に扱われなければならぬ。そこに彼の強烈な発見もあり、心理劇を超える要素もあるのであって、私は何もスペインの地方色が出ていないなどという浅墓な非難を投げかけているのではない。「血の花」という邦訳名をつけながら、今日の舞台にはロルカ特有のあの輝かしい「血の嗜好」が欠けているのだった。

九月二十三日（火）

家族連れで歌舞伎座の昼の部へゆく。すぐ前の列に、これも家族づれの福田恆存氏が来ている。出し物は「勧進帳」と「熊谷陣屋」と「枕獅子《まくらじし》」。このごろの狂言の並べ方は、どれが一番目やら中幕《なかまく》やら見当がつかない。デザートが先に出て、それから肉になって、魚になって、最後にスープが出たら、おかしいではないか。

このごろ、歌舞伎を見ていて、むやみと台本のことばかり考えるようになったが、「勧進帳」と「寺子屋」とは、いずれにしても全レパートリイの中でもっとも欠点のない台本である。「熊谷陣屋」は、青葉の笛の件りと弥陀六《みだろく》の件りが劇的な進行の邪魔をしており、こういう部分は、劇というよりは、浄瑠璃に残された叙事詩的部分なのである。「盛綱陣屋」はすべてスルスルと運ばれるが、各挿話の重みが均等にすぎて、クライマックスの効果をいちじるしく減殺している。

楽屋で歌右衛門丈、高根宏浩氏と舞台装置の打合せ。私は歌舞伎の定式《じょうしき》の大道具の一種の抽象性が好きなので、台本にも「常足《つねあし》の二重《にじゅう》」という風に指定する。

六代目菊五郎の「芸」に、歌舞伎の新作について彼がこう述べているところがある。

「黙阿弥物でも近松物でも、時代々々の三面記事を劇化した、当時の現代劇であつた訳ですから、徒《いたず》らに『歌舞伎』といふ名称にとらはれずに、ドシ〳〵新しい歌舞伎、つまり時代精神を取入れた、所謂現代の『国民歌舞伎』が出来なければいけません。それは勿論是《これ》迄《まで》の概念的な作品でなく、人間味を深く掘下げた、性格劇と云ふ処へまで突込んで来れば、観客は在来以上に、自分の魂の姿を演劇の中に見出して、自己の生活を喚起して共感共鳴する事にもなり、然も現実の生活からは得られない歓喜をさへ享《う》ける事にもなつて、此《この》演劇芸術の影響は殊に一般の大衆に対して、恐らくは何物よりも、優れた効果を挙げ得るのではないでせうか」

私がこの春であったか「暫《しばらく》」を見たときに、「暫」という狂言は完全に滅んだ、「暫」は死んだ、と感ぜざるを得なかったが、それは演者たちが、「暫」のノンセンスの中に、何らの写実的要求の満足を感じることもできず、演者たちの心の中で、この狂言が完全に死んでいるのがわかったからであった。しかし前衛派の芸術家なら、どんな写実的な歌舞伎よりこうした荒唐無稽な狂言のほうに、真の芸術的満足を感じるだろうと思うと、人は誰でも自分の持っている財産は過小評価するのが習いで、歌舞伎俳優は歌舞伎のシュール・レアリスティックな美について、何ら現代的共感を感じていないのではないかと思われた。現代のわれわれの生活感情は、妙ななまぬるい折衷主義の新作歌舞伎よりも、古い歌舞伎のもつデスペレエトな要素にずっと近いのである。人間の性格などというものが信じられず、各瞬間の現在における人間の姿が現象的に発現して、分裂したままの人間像が一等リアルに見えるようなこんな時代では、岡本綺堂の新歌舞伎の登場人物より「鈴ヶ森」の権八のほうが、ずっと現代に近く息づいている。私には歌舞伎を現代から遠ざけつつあるものは、むしろ六代目菊五郎の影響下にある歌舞伎役者の写実主義的要求そのものではないかと思われる。

十月十三日（月）

快晴。午後三時、清水建設の住宅部長が来訪、建築の契約をする。素人の無知で、この八月ごろには契約して十月には家が建つつもりでいたのに、この調子では落成は来年の晩春になるらしい。

六時から中央公論新人賞の授賞式に参列する。受賞者の福田章二氏が二十一歳、佳作の池田得太郎氏が二十二歳という若さでみんなおどろいているが、何もやみくもに若さの肩を持つわけではなく、年配の人の応募作品でこれに勝るものがなかったのだから仕方がない。

夜、ホーフマンスタールの未完の小説「アンドレアス」（大山定一氏訳）を読む。作品そのものよりも、脳裡に築かれたまますまざまに修正され、ほとんど空想上の作品として完璧な形に完成されていたその詳細な創作ノオトに愕《おどろ》かされる。ホーフマンスタールのエッセイは実に優れたものだが、小説「アンドレアス」にも、彼の批評家的資質や、白磁の上にえがかれた藍《あい》いろの陶器の絵のような、ふしぎにひえびえとした文体と、夢魔的な構成の非連続感と、すべてが痛みやつれてみえながら薄荷のような清爽さを帯びたウイーンの世紀末趣味とは、この作品を未完なりにいかにも魅力のあるものにしている。彼がバルザックを論じて、「バルザックは透明な絵具で描いた」と言っているのが思い出される。

彼の戯曲における漠然たる不安の代りに、ここでは不安は脱獄囚の殺人犯や、悪徳貴族などの具体的な形で現れる。しかしもっともホーフマンスタールらしいのは、脱獄囚に毒を盛られた断末魔の犬の姿の暗示的な点出である。

彼女自身の初夜権を一等の賞品とする宝籤の製作や募集に、それと知りながら嬉々として朗らかに従事するヴェニスの少女ツスティナの、幼児的な無垢は、「アンドレアス」における最も美しい要素の一つで、これはあたかも無垢な詩心が、世俗に売り渡され瀆《けが》される運命を知悉《ちしつ》しながら、嬉々として詩作にはげむ詩人の幼児的な心情の、愛らしい比喩のようにも思われる。

しかしその克明なプランにもかかわらず、「アンドレアス」は教養小説として大成する能動的な要素を欠いていた。作者の資質の限定する世界に主人公が限定されるのは、どんな小説でも免れることのできない法則であるが、それ以上に、小説中にあらわれる事物に対する主人公の関心は、作者に乗り憑《うつ》られて、夢みているとも醒めているともつかぬ非連続の感覚的体験に充ち、それらは主人公の教養を形づくるためにも、運命を形成するためにも役立たない。しかしながら、小説というジャンルの寛大な性質は、時代が移ると共に作者の企図を離れて、別個の評価をゆるすので、今日われわれはこの未完の夢魔的な作品を、ネルヴァルの小説やロオダンバッハの小説との内的類似を通して、夢に変質してゆく人生を生きる主人公の、精神的脱落の経過をえがいた反教養小説と読むこともできるのである。

これを紹介した大山定一氏の功は小さくないが、一例が「美しい」をことさら「うつくしい」と書いたりする、昔からの氏の趣味的な訳文は、鼻についてやりきれない。

十月十五日（水）

六時から山水楼での毎日出版文化賞審査会へ出る。これへ勢い込んで推薦しようと思っていた本がある。それは最近読んだヨハン・ホイジンガの「中世の秋」（兼岩正夫、里見元一氏訳）である。私は全く偶然に本屋の棚から、題名に釣られて引き出し、目次に魅せられて買い、読みはじめるに及んで、中世紀の心情と風俗とが、ありありと目の前に繰りひろげられるそのヴィヴィッドな名文におどろき、これほどの名著が今まで日本に紹介されなかったのをふしぎに思ったが、他の審査員にきいてみると、林健太郎氏は専門家であるから夙うに知っておられ、永井道雄氏もドナルド・キーン氏にすすめられて読まれたそうだが、この出版日が審査範囲の期日のあとだったので、今年の審査の対象とすることはできなかった。

会が早くすんだので、八時から東劇へ「手錠のままの脱獄」という映画を見に行く。インテリ向きのアクション・ドラマ、こういう傾向、すなわち、現実音以外の音楽を使わなかったり、登場人物が少く簡素であったり、そういうことは五十パーセントは予算の要求から、五十パーセントは、アメリカの知識階級の生活全般の渋好みの趣味から来ているので、そのリアリズムが意外に野趣に乏しいことと共に、私には大して気に入らない。但し黒人俳優が素敵に巧い。

十月二十日（月）

夕刻銀座テイラーで黒のトレンチ・コートの仮縫。さらに、前から欲しかったジョン・クーパーの生地の三つ揃を注文する。講談社の川島氏とスエヒロで、「歌右衛門写真集」の編集の相談。そこを出ると、細雨がふりはじめる。

書下ろし中の「鏡子の家」は、十月十一日に三百枚を超えて以来、多少の安心も手伝って渋滞している。すると間もなく、今度は、進まないという不安が生れて、不安は焦躁をかもし出し、又仕事を渋滞させるのだ。われわれの仕事はいつもこういう、自分に対する言訳や言いのがれと戦って行かねばならぬ。仕事の苦境にさしかかるときほど、われわれがどんな小さな日常生活の蹉跌をとり上げて、鬼の首でもとったように、それを仕事の捗らぬ原因にまで拡大してしまうか、自分でも驚嘆するほどである。退屈でないのは慣習や熟練、要するに「くりかえし」の作業であり、冒険こそ、その当人にとっては、一等退屈な作業だということを忘れてはならぬ。また人を退屈させることも怖れてはならぬ。現代の忙しいジャーナリズム裡の作家の最大の病気は、「読者を退屈させやしないか」という神経症である。小説では或る程度の退屈なしには、読者の精神を冒険に誘い込むことができないように思われる。私が今こそわがものにしたいのは、ゲーテの「ヴィルヘルム・マイスタア」のあの退屈さである。

いつも長篇を書く前に材料をほとんど完全に整備し、構成をよく考えてから書く習慣の私は、今度に限って、ごく大ざっぱな構成を立てただけで、材料もその時その時の必要に応じて集めてゆく方針をとった。こういう方法は制作の不安をつのらせる一方、新たな材料の緒《いとぐち》が局面を打開してゆくたのしみもあって、小説を書くことの苦境の打開が、現実生活の困難の打開とまことによく似て来るのだ。

行住坐臥、観察を等閑《なおざり》にすべからず、というのは、自然主義の家憲であったが、実は「見ること」は作家にとって職業上の倫理でも何でもなく、感覚に不断の再生の力を与える一種の快楽だということは、きっと秘義とされて来たのにちがいない。抽象的思索と肉感との合成物である作品の、気永な制作の過程には、貯えられた肉感的な感覚的体験(それはそもそも「見る」ことによって得られたものだ)が、抽象的思索によって整理され構成され強化され深化されてゆき、あげくのはてには同じ抽象的思索のおかげで肉感の記憶が色褪せ、理智が先行し、作品の構造ばかりがあらわになって来、作者をして制作に倦《う》ましめ、作者は又、何ものでもあれ、物を見に出かけなければならぬ、という循環がくりかえされる。「見る」ことこそ、抽象的思索の自己放棄であり、作家の快楽に対する強烈な能力である。こうした作家の目は肉感に充たされ、夕日にかがやく海も、水平線上の雲も、真紅に染められてよろめいているかにみえる松林も、……その浜辺に休んでいる裸婦に劣らぬ肉感的素材であって、そのときこそ自然の汎性的世界が垣間見られる筈なのだが、不幸にして、これほど強烈に「見る」ことのできた機会は、私の半生に、多分十指に充たないであろう。それがわれわれの作品のモティーフになり、数少い中の一つのモティーフから、いくつものヴァリエイションを作り出さねばならないのである。

十月二十一日（火）

夜来の雨が上り、正午すぎの「はと」で東京駅を発って名古屋へ向う途中、来月東京でひさびさに上演される「積《つもる》情《なさけ》雪《ゆきの》乳《ちち》貰《もらい》」の台本を読む。これは通称「乳貰い」と呼ばれる狂言で、むかし延若の初上京の際に上演されて好評を博して何度か出たが、今度の延二郎の所演まで、永らく東京では見られなかった生粋の上方狂言である。

台本を読んだ私は、その人を喰っていることと、ウィットの警抜さとにおどろいた。遊《ゆう》冶郎《やろう》の人物描写の面白さ、今なら性格破産者と呼ばれる筈の男が、やりたいだけのことをし、身を持ち崩すだけ持ち崩しながら、すべてが幸運な偶然によって救われて、めでたしめでたしになる皮肉な結末、この芝居の大団円はギリシア古喜劇にも匹敵するものだ。一見常套的な台詞のカドカドに破調があり、その破調がいいしれぬ深いユーモアを含んでいて、読みながら私は何度となく笑わされた。この芝居を「一族再会」の作者がどう見るか、たのしみである。

名古屋に着いてすぐ御園座で、東京初演以来三度目の「鰯売恋曳網《いわしうりこいのひきあみ》」を見る。さっき読んだ「積情雪乳貰」などに比べたら、私の台本などは甘いものだ。吉十郎の藪熊次郎太がよくやっている。

私が芝居の仕事をはじめてから、生活は色彩を加えもしたが、煩雑さも増した。書斎にいる時間を少しでも長くしなければならぬ。――ポオの作品の多くの系列のうち、諷刺的なファルスをとりわけ愛したのは、故坂口安吾氏だった。私はポオについて分裂した二つの好みを持っている。一つは坂口氏の愛したファルスである。一つは「リジイア」「アッシャ家の崩壊」を頂点とする耽美的な怪異譚である。

ポオのファルスに属するものは、「十三時」「ボンボン」「ペスト王」「ミイラとの口論」などであろうが、可成物語的構成を持ったものの中でも「タア博士とフェザア教授の治療法」などは、ファルスに入れてもよかろう。そこには知的ノンセンスともいうべき高度の趣味があって、もっとも下らない馬鹿話の中へ、完全に身を隠し了《おお》せたとき、知性はもっとも美しいものになるという逆説が証明されている。メルヴィルの「白鯨」だって最大の規模を持ったファルスと云えないことはない。ポオのファルスがどんなに馬鹿さわぎを演じても、品位と重厚さを失っていないのは、知性が遊戯に熱中して柔軟になりきるときにこそ、知性の目的は没却されて、知性の姿だけが目に見えて来るからであろう。品位は知性の生れながらの態度《アティテュード》であって、合目的的な知性は、ともするとこの態度を失うのである。

十月二十四日（金）

夜来の雨が上り、雲は多いが、晴れになった。文藝春秋の樋口氏が来て、文士劇の「助六」の意休の役を納められる。役納めには最高の心理的技術が必要であることは、役を納められる側になるとよくわかる。

夕刻から歌舞伎座貴賓室で、猿之助丈、時蔵丈、演出の久保田万太郎氏、装置の高根宏浩氏、松竹の重役諸氏と「帯取池《むすめごのみ》」の打合せ会。がんどう返しの大道具の模型が見せられる。この居処変りは観客を瞠目させるだろう。大ぜいの人がひっきりなしに部屋を出たり入ったり、立ったり坐ったり、卓を隔てて会話が錯綜したり、そのあいだを新聞社の写真班のフラッシュが明滅したり、……目まぐるしい会合である。しかしそれも、はじめて歌舞伎を書いて上演されたときほどの、昂奮の種子にならぬのも無理はない。

八時すぎ、ナイトクラブ「マヌエラ」における越路吹雪嬢のシャンソンの会へゆく。止装で来いと云うから、タキシードを着て行ったら、

「ソラ、ばかが来たぞ、ばかが。俺もタキシードで来いと云われたけど、ちゃんと背広で来てみたら、タキシードを着てるのは、東宝の重役だけだ」

と川口松太郎氏に笑われた。その上余興に、その東宝の重役連と肩を組んで、ズボンをまくり上げて、フレンチ・カンカンまで踊らされたのにはおどろいた。

越路とレイモンド・コンデとの二重唱が味があって実に良かったが、こう騒がしくては折角の歌が勿体《もったい》ない。

十一時、明治座へゆき、柳橋みどり会のために書いた舞踊台本「橋づくし」の舞台稽古に立ちあう。振附は西川鯉三郎氏、装置は伊藤熹朔氏である。その装置の橋詰の一つのビルの屋上から、ぬうっと大道具係の男の上半身が抜きん出て、街燈の明りを直したりするのが面白い。いずれにしろ、舞台稽古というものは、胸に半分食物がつかえたような妙な気持のものだ。深夜一時半帰宅。

何とかこんな風でなく、大ぜいの人と会ったり、賑やかに酒を呑んだり談笑したりするのは、一週一ぺんと決っていて、あとの日は静かにすごせないものか。今日はあんまり大ぜいの人に会って、人に当てられて、夜一人になってからも、まだ頭の中に人間がうようよしていて、打合せをしたりカクテルを呑んだり冗談を言ったりフレンチ・カンカンを踊ったりしている。こんな状態が仕事によくないことははっきりわかっているのに、私はさりとて賑やかな場所から全く離れていることもできない。都会の児の宿命だ。

音楽は頭をかきみだす。ああ、甘い、抵抗のない音楽、世間普通の人が休息のためにきくような音楽ほどそうだ。適度の快楽、適度の面白さ、適度の社交、こういうものはみんな私には劇薬のように思われる。その適度さの積み重なりが猛毒なのである。

私の友人で一年三百六十五日、毎晩それぞれ変った女友達を連れて、ナイトクラブ通いをしている男がいた。ナイトクラブから勲章をもらってもいい男だが、今でもそういう生活をつづけているにちがいない。この男は、「適度の快楽」の中毒症状を呈していたというべきで、こんなものは本当の快楽でも何でもない。

そうかと云ってヒステリックに都塵《とじん》を避けて逃げ出す、あの「自然への逃避」というやつも、あんまり私の趣味に合わぬ。「山はいいなあ」とか「高原はいいなあ」とかしじゅう言っているあの抒情的な男たち！

十一月一日（土）

快晴で暖かい。歌舞伎座の初日の見物はずいぶん久しぶりである。初日は幕間が長くていやだという人もあるけれど、芝居の幕間はこのくらいのんびりしているほうが、万事か切羽詰っている今日、却《かえ》ってありがたい。

「先代萩」の御殿から見たが、時蔵の政岡は今日では絶品に属する。拙作の「帯取池《むすめごのみ》」は、歌右衛門、延二郎、時蔵の配役が申し分のない上に、猿之助が刮目《もく》すべき古風な大時代な味を出した。

かえりに映画「無分別」を見に行ったが、バーグマンとケイリイ・グラントの朝飯を喰うところのシーンが、実にいい具合である。

十一月五日（水）

夜七時から、新宿の山野ホールで、石橋対池田のタイトル・マッチを見る。石橋は難なくタイトルを防衛したが、彼はいたるところで光彩陸離たるテクニックを見せた。第四ラウンドであったか、相手の左を除《よ》けながら、バレエのように一廻転して、相手の顎《チン》へあざやかな左を入れた石橋の名技は、相手がスピードのない選手であるときに、丁度相手の一テンポに対してこちらが二テンポで動いて成功する際どい技術だそうである。大衆はむしょうやたらな擲《なぐ》り合いを喜ぶが、石橋の試合は、ボクシングが頭脳的スポーツであることをよく見せてくれる。

タクシーがないので、小島氏と新宿まで、小田急線に一駅乗った。たちこめた靄《もや》のなかに赤い信号燈が明滅し、古い頽《さび》れた小駅にはいたずらに映画の広告が貼《は》りめぐらされ、それらの大きな色彩ゆたかな顔の陳列が、いかにもはかない、世間の只中を一瞬にして擦過してゆく、丁度われわれが群衆の中でゆきあたる名も知れぬ顔の羅列に、けばけばしい色彩を施したように見える。駅にはほかに人影もない。今しがたすぐかたわらのホールで、試合が退《ひ》けたあととも思えない。……やがて電車が辷《すべ》り込み、がらんと空《す》いた車内の明るすぎる照明が、乗り込む身に妙に晴れがましい感じを与えた。

十一月十三日（木）

今日は舎弟が、ブラジル共和国から南十字星勲章をもらって、騎士《シュヴァリエ》になる日である。午後は都心に出ていたので、西銀座から霞ヶ関まで、はじめて新路線の地下鉄に乗った。霞ヶ関で下りて、夕闇の官庁街へ出ると、空はどこもかしこも平たい窓の螢光燈の明りばかりで、方角がわからなくなり、闇の中を勤めからかえるらしい中年のおじさんに、外務省の道をたずねた。夜道を人にきくときだけは、私はせい一杯紳士風にきくことにしている。こんな船員刈《クルウ・カット》では、昨今どう警戒されるかわからないから。

母と妻と落合って弟を待ってから、ブラジル大使館の官邸までゆく途中、舎弟は車の中で大声でポルトガル語の演説のおさらいをした。むこうへ着いて、立ったままのカクテルがはじまるが、知り人が一人もいない。英語のできるブラジル人と話していたら、彼は日本語の勉強をしている最中だそうで、日本語の難しさを鳴らして、何故もっと徹底的な言語改革をして漢字を廃止しないかと言われ、苦笑いをするほかはなかった。

やがて授勲式がはじまり、代理大使が祝辞を述べてから、弟の胸に勲章をつけ、弟が何度もきのうからおさらいをしたポルトガル語の演説をはじめたが、いざ本番となると、はじめのほうで閊《つか》えて難航した。きいている私には一言もわからないが、何か外交辞令を述べている件りでは、ブラジル人たちは、ほうという嘆声をあげたりするが、万事が南国風に大袈裟だから、それがアラエッサッサアと言うふうにきこえる。

家へかえってから、三台の写真機でかわるがわる記念写真を家人が撮り合ったが、騎士になった舎弟の昂奮と感激は、夜半に及んでも静まるけはいがなかった。

十一月二十一日（金）

大そう寒い。午後川端康成氏を東大病院に見舞う。元気にお八つを喰べておられて、小林秀雄氏が「近代絵画」で野間賞を受けた話をされる。こちらはまだ知らなかったので、御病人からニュースを聴かされて面喰う。

四時から築地の田村で、中村光夫氏と大岡昇平氏と三人で、「群像」の合評会。昔はこの合評会は、わざと傾向のちがう人たちを集めて賛否の論を戦わせるのが目的だったが、近ごろは行き方がちがって、私小説作家なら私小説作家、左翼批評家なら左翼批評家というふうに、同じ陣営に属する人で固めるようになった。この方式は批評の振幅が大きくなる傾きがあり、ほめるときもけなすときも、三人寄ってたかってやる形になるが、出席者としては気が置けないだけでも有難い。

今日もずいぶん三人で言いたいことを言い、久々に心の底から言いたいことが言えて後味がよかった。私はあまり立場のちがう人を相手にすると、どうせ理解されないと思う問題は、初手から除外してしまう弱さを持っている。

しかし合評会の批評を作家はあんまり気にする必要がないのである。私自身、悪く言われるといい気持のしないのは勿論だが、合評会に自分が出席する段になると、自分の抱懐し、自分にとってかなり喫緊と思われる文学的問題の、網目からするすると作品がすりぬけてしまう場合、やっぱり作品よりも網目のほうを大切にして物を言うからである。ただ網目をすりぬけてゆく魚にもいろいろあって、そのすりぬけ方、あるいは網の破り方、逃げ方が巧みで、惚れ惚れとするような魚に対しては、文句を言うことも忘れてしまう。今月はそれほどの魚にはお目にかからなかった。

批評する側の知的満足には、創造というまともな野暮な営為に対する、皮肉な微笑が、いつまでもつきまとうことは避けられない。この世には理想主義的知性などというものはないのだ。あらゆる理想主義には土方的なものがあり、あらゆる仕事は理想主義の影を伴う。そして批評的知性には、本来土方の法被《はっぴ》は似つかわしくないものであるが、批評の仕事がひとたびこの法被を身にまとうと、営々孜々《えいえいしし》として破壊作業に従事するか、それとも対象から遠く隔たって天空高く高楼を建てるかしてしまうのである。

――八時、合評会が退けてのち、歌舞伎座へ立寄って、監事室から「助六」を見て、文士劇の勉強をする。

十一月二十二日（土）

午後六時から、新橋とき本で、新潮同人雑誌賞審査会。佐藤春夫氏と私が「悪魔」を最後まで推したが、決選投票で敗れて、「大宮踊り」が当選した。別に自分と何のゆかりもない作品であるのに、こうなってみると、へんな敗北感があるからふしぎだ。
今朝は東京一円に、例年より九日も早く、初氷が張ったそうである。

十一月二十三日（日）

一日家にいて英文の手紙四通を書き、ついで仕事にかかり、二十四日の朝にいたって、「鏡子の家」は四百枚に達した。これから十二月上旬には何かと雑務が多いので、年内に五百枚までという予定が危ぶまれる。五百枚で第一部が完結して、丁度全篇の前半が終るのである。

病人が寡黙になるように、健康や精神のちょっとした衰えが、一時的にではあるが、すぐ言葉の泉を涸らす。私の言葉は理性的に出てくるのではない。コンディションの良好なとき、気に入った対象すなわち好餌があらわれると、私は蜘蛛のようにその好餌に接近して、言葉の網でしゃにむにからめとろうとする。そういう狩猟に似た喜びの瞬間には、言葉は精力的に溢れ出し、何か肉体的な力で言葉が動き出し、対象をつかまえて、舌なめずりし、その対象をできるかぎり丹念に限なく、言葉で舐めつくそうとするのだ。いささか薄気味わるい比喩だが、言葉が私の中から湧き出てくるときには、そういう感じがする。言葉が花火のようにはじけ、一瞬にして拡散し、対象の上にふりかかって、それを包み込もうとする動きを感じるとき、ほとんど書く手が追いつかず、次の行に書くべきことを忘れないために、欄外にいそいでメモを書きとめなくてはならぬ。このときの速度は一体、どんな種類の速度なのであろう。何故なら、書く手が追いつかぬほど言葉が先に走ってゆく感に襲われながら、実際のところ、筆の速度は、大したものではなく、書ける枚数も二、三枚、多くて四、五枚で終ってしまう。こんな昂奮は決してそれ以上持続しないのだ。こういうときアメリカの或る作家たちのようにタイプで原稿を書き、もし又タイプに熟達していれば、書く作業によって抑制されることなく、言葉の走る速度にぴったり合った文章が出来るかもしれない。しかしそれが文章というものであろうか？　文章はむしろ言葉に対峙《たいじ》するもののように思われる。言葉の本質がディオニュソス的なら、文章の本質はアポロン的、という具合に、言葉は私にとってはひどく肉体的な、血や精液に充ちたものだ。

十一月二十五日（火）

定まらぬ天気。庭の紅葉に狐雨がかかるのが、いかにも妖《あや》しい。

建築中の家が一階のコンクリートを打つのが今日だというので、見物に行った。川崎の工場から供給するコンクリート・ミキサーを載せたダムプ・トラックが、せまい道に次々と入って来る。櫓《やぐら》が組み立てられており、その櫓上のミキサーへコンクリートを移し、二階の足場の上を、猫車が往復して、コンクリートを端の部分から順々に流す。流したあとをならして、枠のなかへ均質に詰め込むのが「突き屋」の仕事である。この突き屋という原始的作業に私はおどろいたが、モンペのおばさんや、二三の男が、一人一人、青竹で、ぐじゃぐじゃのコンクリートを突いて歩くのである。

私も猫車を押してみたが、汁粉を運ぶようなもので大そう零《こぼ》れやすく、はたで見るほど簡単な仕事ではない。

——かえり日活映画の「完全な遊戯」を見に行った。面白かった。最後の就職試験のシーンで、試験委員の重役たちの、いかにもおもねるような、それでいて嘲笑するような、大人の笑いの不気味な効果がよく出ている。又それに対する青年の恐怖がよく出ている。こういうところは映画の独壇場だ。これは石原慎太郎氏の同名の小説の映画化ではなく、石原氏の別の小説の映画化に、題だけ借りて来たものである。

床屋へ寄って匆々《そうそう》に帰宅する。

人にすすめられて「短歌」という雑誌を読み、春日井建という十九歳の新進歌人の歌に感心する。尤も私は日頃現代短歌に親しまないから、他と比較した上での批評ではない。

「狼少年の森恋ふ白歯のつめたさを薄明にめざめたる時われも持つ」

こういう一首には、少年が人生に対して抱く残酷な決意ともいうべきものがある。

学徒兵の戦死を悼《いた》んだ連作に、

「テニヤンの孤島の兵の死をにくむ怒濤をかぶる岩肌に寝て

夕光の明るき束をおとしこむ暗緑の渦を海は巻きをり

渦潮が罠《わな》のごとくに巻く海の不慮の死としてかたづけられき
泡立《あわだ》ちて月射す夜は白波も酒を醸《かも》せよマリヤナの沖
襲ひくる兄の死霊を逃れむと帆をはれば潮の香がなだれこむ
潮ぐもる夕べのしろき飛込台のぼりつめ男の死を愛《いと》しめり
夜の天を射しつらぬきて暮れのこり余光に白く輝やける湾
生きをれば兄も無頼か海翳《うみかげ》り刺青のごとき水脈はしる」

こういう連作は、ソネットのようなつもりで読めばいいのであろう。私は海に関する昔ながらの夢想を、これらの歌によって、再び呼びさまされたが、十代の少年の詩想は、いつも海や死に結びつき、彼が生きようと決意するには、人並以上に残酷にならなければならないという消息が、春日井氏のその他の歌からも、私には手にとるようにわかった。

いずれにしても詩は精神が裸で歩くことのできる唯一の領域で、その裸形は、人が精神の名で想像するものとあまりにも似ていないから、われわれはともするとそれを官能と見誤る。抽象概念は精神の衣裳にすぎないが、同時に精神の公明正大な伝達手段でもあるから、それに馴らされたわれわれは、衣裳と本体とを同一視するのである。

——丸善へユンクの英訳の選集を注文して、在庫がないから英国から取寄せるという返事をうけとる。それは大岡昇平氏にすすめられた本である。

マヤの廃墟を見てから、農耕文化の奥底に横たわる古代神話の血なまぐさいいやらしさ、その言語に絶した暗鬱さが頭から離れなくなった私は、拙著「旅の絵本」の中でも、太陽崇拝のあるところ、必ず生と死の同一視が起るという管見を書いたが、この間の同人雑誌賞の会の席上、大岡氏とはその点で大いに意見が合った。日本でそういう古代文化の、なまなましい暗鬱さといやらしさの一端に辛うじて探りを入れたのが、折口信夫氏一人であるという点でも。

「金枝篇」に感動したのは昔であるが、特にマヤの廃墟を見たときから、私は農耕民族の秘儀に憑《つ》かれている。太陽の犯した罪過、太陽の敢てした残虐は、地球上いたるところに埋もれていると思われる。

十二月一日（月）

起きると風邪気味である。そこでいつもながらの逆療法で、半裸になって日光浴をする。藤野一友氏が絵を持って来訪。私が氏を知るそもそもの機縁となった小さなペンと鉛筆の絵、かつて或る雑誌の表紙に使われた、ティツィアーノ風の女の顔がゴシック建築と同一化し、その美しい髪が乱れてあまたの尖塔にまつわりついている絵の原画を、この間私が氏の個展で見出して、早速無心をしたのである。氏の奥さんは英国の占星学に凝っていて、磨羯宮《まかつきゅう》にある私の運勢を、しきりに占ってくれそうにするが、当りそうで怖いから、半分ぐらい興味を示して半分ぐらい辞退している。

四時、東大病院に川端康成氏を見舞う。奥さんもベッドを並べておられ、御夫妻で入院は大へんだ。病室のテレヴィジョンできのうの文士劇を見た話をされるので、実はきのうの昂奮がまださめきっていない私は、お見舞に来た身も忘れて、ひとりで文士劇の一席を弁じ立ててお暇《いとま》したが、あとできっと呆れられたろう。

五時から第一生命地下四階の剣道道場へゆく。中央公論の嶋中氏の紹介で、矢野社長が特に社の道場に入門を許された。実に清潔で美しい道場で、先週の金曜からここに通っている。

かえりにニュー・トーキョーで呑む麦酒《ビール》がまことに美味しい。それから中央公論の剣豪笹原四段らと、石原慎太郎氏の中南米行壮行会が行われている、新丸ビル地下の会場へゆく。受附のところで、笹原氏が「あ、弟さんが……」というので、石原氏と面識のある舎弟が来ているのだと思い、「どこ？」ときいたら、笹原氏はトイレットを指さした。そこで私は、すらすらとトイレットへ入って行ったら、舎弟の姿はなく、石原裕次郎君がジロリとこちらを見たので、私は誤解に気がついて、びっくりして逃げ出した。

壮行会の席上、石原氏の友人の拳闘の中西選手に会ったら、ちょっと顔つきが変だった。選手は間もなく帰った。あとで石原氏が、中西選手の奥さんが、今朝自殺未遂をしたとかで、選手がその話をして泣いていたと私に語った。奥さんは拳闘を好まず、とりわけ病身の自分の療養費に、良人《おっと》が血を流して得た金が注ぎ込まれるのを永らく苦にしていて、良人思いのあまり自殺を企てたというのである。

会はあたかも退け際で、一人一人帰ってゆく客の挨拶に答えながら、私にこういう話をする氏に、私は一寸天晴《ちょっとあっぱ》れなものを感じたが、別れぎわに、

「じゃ、飛行機に気をつけろよ」

と捨台詞《すてぜりふ》を吐いて退散する厭味も忘れなかった。

かえりの永い地下道を東京駅へ向って歩きながら、かたわらの黛敏郎氏に、早速、剣道をはじめた自慢をしたら、

「君ならお面が要らなくていいね」

と言われた。どういう意味か？

——家へかえると、アメリカのエイジェントから、西独における「近代能楽集」上演の六都市のプログラムと、新聞劇評の切抜きが沢山送られて来ていた。プログラム中の装置図が美しい。俳優の写真もみんな偉そうな顔が並んでいるが、ドイツ人の顔はみんな偉そうだから、本当に偉いのかどうかわからない。

風邪はすっかり治ってしまった。

十二月五日（金）
快晴。午後、文学座の有馬昌彦君と早川令子さんが、それぞれの母堂に連れられて、媒

酌人の依頼に来訪。私どもも仲人をするようになったかと感慨無量だ。挙式の日は来年の二月一日、会場は工業倶楽部《クラブ》に決った。

五時から剣道。夜八時半、マッカルパイン夫妻の家を訪れ、正月下旬、独逸大使館主催の「近代能楽集」の特別上演につき、演目の選定と種々の打合せをする。今度は、ヘレン夫人のみならず、御主人のビルも引張り出されて、「綾の鼓」の老小使を演じるらしい。ビルと「綾の鼓」や「邯鄲《かんたん》」の、原曲との比較についていろいろ話をする。中世には心理は黒と白しかなかったのに、近代はその中間色の灰色が生じて、心理そのものが相対的になり、劇的緊張を失った、というビルの説は面白い。ビルとヘレンが、たまたま「ゴドオを待ちつつ」の話が出たとき、サミュエル・ベケットの献辞の入った本を見せて、彼はわれわれの親しい友人だと言うので、又しても地球の窄《せま》さを味わわされた。

帰宅して、朝までに、「声」のための書評十一枚を草し了《おわ》る。

十二月六日（土）

実は今まで、そこはかとない気取りから、この日記では内証にしていたことだが、あれだけ漫画の材料にされた私のボディ・ビルはずっとつづいており、今や悪習《ヴァイス》と化して、止《や》めようと思っても止められるものではない。そのわりに筋肉と体重もふえないが、一週間も休むと筋肉がげっそり落ちたような感じがして休むことができぬ。

午後六時から、有楽町の産経ジムで、六〇キログラムのベンチ・プレス四セット、三〇キロのプル・オーヴァー三セット、一〇キロのバア・ディップス三セットをやる。このセット数はふつうのボディ・ビルダーの練習量の約半分である。かつては三〇キロでバア・ディップスをやっていたが、一〇キロに落し、その代りベンチ・プレスに主力を注いで、何とか年内に六五キロに漕《こ》ぎつけたい。

ここのコーチの矢沢正太郎君は、去年のビーチ・コンテストの第一位で、おどろくべき体軀《たいく》の持主だが、今度私の「不道徳教育講座」という映画に出ることになったので、運動のあと、祝盃《しゅくはい》代りにステーキをおごる。ステーキを喰う前に、矢沢君の持ち歩いている油じみた紙袋を、何かとたずねたのが運の尽きだった。それは彼がどこへでも持って歩くチーズであって、ステーキの前に、かくてチーズを鱈腹《たらふく》喰わされる羽目になった。

夜八時半、文学座へテネシー・ウィリアムズの一幕物の稽古を見に行く。演出者は松浦竹夫氏である。「風変わりなロマンス」の稽古が進行しており、稲垣君も文野さんもいずれも適役だから、稽古が面白い。松浦氏にも久しぶりに会うが、ひどく眉根を寄せて、突発的に笑って、人なつっこいところは相変らずで、まことに好ましい人物。この野心的演出家、この海兵卒業生が、コックリさんを信じているのだから、世の中はわからない。

十二月七日（日）

夕方家族連れで、「ＳＯＳタイタニック」という映画を見にゆき、十時半に帰宅したが、このところの過労のためか胃痛がして来て、あんまを呼んで、揉《も》んでもらったら、忽《たちま》ち爽《そう》快《かい》になり、朝まで「六世中村歌右衛門序説」という原稿を、十枚以上書いた。これは講談社で出す歌右衛門写真集のための文章で、評論というよりオマージュである。

十二月八日（月）

少し寝不足だ。久々の雨。四時に新橋の小川軒で、福田恆存氏に日本体育大学の浜田靖一教授を紹介する。私が福田氏に体操をすすめ、氏も乗気になったので、浜田教授から誰か優秀な学生を、氏の体操指導に派遣してくれることになったのである。浜田氏が、

「何か御持病はないでしょうね」

ときき、福田氏がすまして、

「何もありません」

と答えていたが、氏の口の悪いのは重症なのに、すぐ忘れるから困る。

五時から剣道。今日は試合稽古で積み畳の上へ押し倒され、散々な目に会った。

七時から新橋倶楽部で、遠藤周作氏と江藤淳氏の祝賀会。かえり「若い女性」編集長に招かれて岡半で会食。

十二月九日（火）

快晴。新宅が二階までコンクリートを打ちおわったので見にゆく。見おわって建築事務所でお茶を飲んでいると、白い菜葉服《なっぱふく》の男が二人入って来て挨拶する。建設会社の人かと思ったら、牛乳屋だった。引越しは来年の五月だというのに、その手まわしのよさにおどろく。各種の牛乳やヨーグルトの見本を置いて行ったので、早速ヨーグルトを食べたが、名刺代りのヨーグルトというのも変なものだ。

夜は六時から、産経ホールへドビュッシイの歌劇「ペレアスとメリザンド」を聴きにゆく。このために指揮者ジャン・フルネと、ペレアス役の歌手として随一の定評のあるジャック・ジャンセンが来朝したのである。

風変りなオペラである。全篇レシタティーフというところは、R・シュトラウスの「サロメ」も同様だが、「サロメ」がドラマチックで、圧倒的で、神経症的で、狂熱的なのに比して、これは、終始囁《ささや》きと感情の抑制に主眼が置かれているが、いずれも今世紀初頭の共通の不安に根ざしている点では同じで、詮《せん》じつめればどちらも「不安」の表裏の表現だ。しかしアンチ・ワグナーのフランス派の巨頭の音楽も、私の耳には、ワグナーのあの「トリスタン」にとても及ばないような気がされる。「ペレアスとメリザンド」が狙っているようなものは、わが能楽のほうが、遥かに完璧に実現してしまった。メリザンドの美しい髪が窓から落ちて来てペレアスの身を包み、その髪が蔦《つた》にまつわって、メリザンドの遁《とん》走《そう》を妨げる件りで、ペレアスが髪をいかにも仮髪《かつら》でございという風に手品式に扱い、作り物の蔦にあちこちを引っかける仕種は興褪《きょうざ》めである。古沢淑子さんのメリザンドは適役で、指環を落す泉の場は殊に美しかった。妹尾河童氏の装置と石井尚郎氏の照明を褒める。

――翌朝「歌右衛門序説」二十五枚を草し了る。

十二月十日（水）

雪が多く、午後から夕刻にかけて強風が吹きまくったが、こういう身を刺すような空っ風には古い関東平野の名残が感じられて、都会に一種の野性的な活気を吹き込む。師走はこうなくてはならない。私はこういう風に身を巻かれて歩くのが好きだ。

三時半、産経ジムへゆき、六〇キロのベンチ・プレス3セット、ダムベルによるベンチ・プレス3セット、一〇キロのバア・ディップス3セット。

四時半より丸善で「声」の編集会議。その内容は秘密。

六時半、中村光夫氏の招きで、新橋竹葉本店で鉢の木会例会がはじまるが、師走のあわただしいゆききの間に、空車を見つけるのが容易でなく、日本橋から新橋までみんなで地下鉄に乗る。考えてみると、中村氏、吉田健一氏、大岡昇平氏、福田恆存氏のこの顔ぶれで、一緒に地下鉄に乗ったのははじめてだが、これだけ群をなすと、まわりの乗客の中で、異彩を放つことはおどろくばかりである。

十二月十一日（木）

晴。ひどい寝不足を押して、十二時半有楽町レバンテへゆき、週刊読売新劇賞の授賞式に列《つら》なる。花田清輝氏の「泥棒論語」と私の「薔薇と海賊」の二本立受賞だが、極左極右が仲良く受賞して、仲良く賞金を分けあう日本はいい国である。

祝賀のランチョンの席上、みんなが芸術座の話ばかりしているので、黙っていたら、とうとうお鉢が廻って来て、

「三島君は芸術座を見た？」

と杉山誠氏にきかれた。

「まだ見てません」

「いずれ見るんだろう」

「いいえ見ません。一人でレジスタンスをやってるんですから」

と言ったら、千田是也氏はじめみんなに、ぜひ見ろとすすめられた。三島雅夫氏は、「六代目が死んで以来、はじめて芝居らしい芝居を見た」とまで言った。これだけすすめられると、意地でも見ないのが私の病だ。

四時すぎ帰宅して、寝不足を補うために、すぐひるねをして、午後十時に目をさまし、それから「鏡子の家」の仕事をはじめた。年内に第一部を了えるという予定が心配だ。

十二月十三日（土）
午後、文士劇のニュース映画をニュース劇場で見、産経ジムではじめて六五キロのベンチ・プレスを2セットやって、大いに気をよくした。それから六〇キロのベンチやダムベルなど。妻と「花の木」で食事をして、（附記。――この二日ののちに「花の木」は全焼した。）妻は野鴨《のがも》を、私は鶉《うずら》をたべる。食後、石井好子嬢の帰国リサイタルへゆき、いろんな人に会った。

十二月十六日（火）
ボディ・ビルを今日は気張って十四セットやり、岡半の「群像」合評会に出席する。中村光夫氏と大岡昇平氏の三人で、又言いたい放題を言ったが、きょうは私が悪口役にまわり、あんまり毒舌を吐いて、さすがに後味が悪い。

十二月十七日（水）
今夜は日活撮影所へ「不道徳教育講座」のプロローグとエピローグの二カットに出演するため行かなければならないが、こんな私の軽薄な振舞については、一家そろって大反対である。

午後三時、小林秀雄氏の野間賞授賞式が東京会館で盛大に行われ、それに参列して、小林氏の受賞の挨拶の、ぶっきら棒の内にある何ともいえないイキな味わいを喜んだ。

午後四時、三宅周太郎氏の藍綬《らんじゅ》褒章祝賀会のため新橋倶楽部へゆく。これはただスピーチにつぐスピーチの連続だが、私が、「三宅さんの悪影響で、義太夫《ぎだゆう》を芝居の根本と思い込むようになり、新作にも義太夫を入れ、俳優をつかまえても、こちらがろくに知りもせぬのに、義太夫のセリフになっていない、などと言うようになった」と挨拶をのべたら、そばから小宮豊隆氏が、

「そりゃア君、芝居の基本は音楽に決っているよ。音楽をもとにして、芝居を書かなきゃいかんのだよ。ゲーテもそう言っている」

と言われた。

午後五時、日活の迎えの車に芦田プロデューサー、例のボディ・ビルダーの矢沢君などと同乗して、撮影所まで一時間のドライヴをする。

夜の撮影所ははじめてだし、いつもの撮影見学とちがって、気構えがちがうから、撮影所の雰囲気もちがってみえる。明るく点《とも》した総硝子《ガラス》が煖房で曇っているのが食堂で、中へ入ると、社員食堂らしいテエブルや赤い椅子の配置、出入りする人たちの服装の雑多なこと、異様な髭を蓄えた青年など、すべてが正月を間近に控えた多忙ななりわいの匂いをかがせる。稽古期間中の劇場の空気とはちがって、これらの人々のゆきかいの背後に静かな

巨大な機械が廻転していて、それがすべてを統括しているという感じは、撮影所独特のものだ。

セットの準備に時間がかかるというので、チキンライスを食べて待っているうちに、西河監督が来て、プロローグのリハーサルをしてもらう。私はバアのカウンターの椅子に掛けていて、くるりと身をめぐらしてカメラへ向き、セリフを言いはじめるのであるが、片手はグラスから離せないので、右廻りのほうが都合がいい。

「え？　道徳とは何だって？　答は簡単だね。道徳とは檻《おり》だよ。ライオンや猿の入る檻。そして、不道徳とは、つまりこいつだ。（ト右手で右ポケットから、鎖のついた鍵をとり出してみせ）……何故こいつが不道徳かって？（トその鎖の先の鍵を、剣玉の要領で、掌へほうり込み、その手を前へさし出して）それはね」

とやるのである。鍵がないので、万年筆や靴ベラでやってみたが、このアクションの呼吸と、おわりの「それはね」とが難かしい。セリフの難易は、俳優の側に立つと、意外な個所にひそんでいる。

メーキャップをしてくれるというので、人のあとについて本館の二階へ行ったが、明るい二階はガランとして、どの部屋にも人影がなく、部屋部屋の入口に俳優の木札ばかりがかかっている。結局誰も見つからず、又食堂へ戻って待つことになったが、そのうちに又使者が来て、「カメラのほうで、メーキャップは要らないと言ってますから。三島さんの青髭をつぶしたくないんでしょう」と言う。やっぱり私は俳優扱いをしてもらえないのである。

九時ちかく、一等遠い新設スタジオのセットに入ったが、煖房がなくて下は土間だから、しんしんと底冷えがしてくる。炭を焚いたあとが、人の去った山小屋のように残されている。

セットはシネマスコープ向きの横長の立派なものだ。第一生命ホールの舞台ぐらいの間口の巨大なカウンター、とまり木や手摺《バア》は木に金粉を塗ったもので、カウンター全体の人造石らしく見えるのは、板にビニール塗りの紙を貼ったものらしい。背景の黒幕に、モダンなプラスティックの小棚があちこちに上下に吊《つ》られ、それに酒瓶《さかびん》が美しく載せられ、モダンなランプが二三吊られており、中央に一つだけ回転椅子が据えられている。

小道具の鍵が来たので、それで剣玉の練習をしてみるが、剣玉などやったことのない私は、なかなか鍵が飛び上って掌に収まってくれない。つまらないアクションがこれほどの難事なのだ。無意識にやると巧くゆくが、一度意識しだすと、磨かれた金いろの鍵は、鎖を伴って、悪ふざけをする犬のように、私の掌のまわりにまとわりつく。

小声で何度もくりかえすセリフ。みんな忙しくて私になど振向きはしない。私はだんだん孤独になる。

サーカスの天幕の頂上のような暗いすばらしく高い足場から、ライトマンが、

「梯子！」

と怒鳴る。長大な梯子が架せられる。彼は厠《かわや》へ行きたいのである。

この土間の劇場へ、突然、緋《ひ》の外套《がいとう》を着た二人の美しい踊り子が入ってくる。彼女たちはプロローグの冒頭に脚だけを見せる役である。美しい裸の脚がハイヒールを脱ぎ、酒場のセットの前面、カメラのすぐ前に作られた、畳一畳ほどの舞台の上へ上る。ライトが背後から当てられると、脚は微妙な陰翳《いんえい》を帯びて、硬質の大理石様のものになり、ライトが前面を照らすと、柔らかに動揺する肉になる。

まずその脚のテストがはじめられる。プレ・レコーディングのブルースの音楽がはじまり、脚だけが光りのなかにくねって踊りはじめる。――一頓挫。あんまり寒いので、すっかり鳥肌立ってしまった脚のその鳥肌が、カメラに写ってしまうのである。

それから三十分あまり待って、電気ストーヴや電熱器が沢山持ち込まれ、脚を温めた踊り子が、毛布を携えて戻って来る。

いよいよ私の出番になる。私はバアの椅子にかけて、酒を充たしたグラスを見つめながら、カメラに背を向けて、薄闇の中に一人涵《ひた》っている。目の前のグラスの、酒の朱《あか》さだけが目に見え、左手は手摺につかまって、合図と共に、その左手で手摺を押して、椅子をできるだけ自然に廻すことができるように身構えている。永い、辛い、暗い、何もない時間。

「テスト用意」の声がきこえ、場内はしんとする。ブルースの音楽がはじまる。私の背後で美しい裸の脚が踊っているのだ。

突然音楽が止む。ライトが集中して、私の身辺が燃えるように明るくなり、さまざまの酒瓶の色が目の前に一せいに煌《きらめ》き出す。

「三島さん」

という監督の声がかかる。私の左手が手摺を押して、椅子がゆっくり廻り出す。

「え？　道徳とは何だって？」

「つまり……」

畜生、鍵がなかなかうまく出て来ない。

正面上方から強烈なアーク燈の光りが私に直射している。さっき効果の人が、アーク燈の音を殺すために、セリフの声を少し大きくしてくれと言っていたっけ。

「何故こいつが不道徳かって？」

畜生、剣玉がうまく行かなかった。

「それはね」で手を前へ出すのも忘れて、却《かえ》って手を引込めてしまった。

——二度目のテストではセリフをとちった。もうやたらにセリフをとちるからとて、俳優を莫迦《ばか》扱いするのを止めなくては。トチリとか失敗とかは正に神秘的なもので、人間の努力の及ぶところではない。

——三度目には巧く行った。正直なもので、鍵も見事に掌中に納まった。出だしからいかにも自分が relax しているのを感じたので、紐育のアクターズ・ステュディオの稽古場で、リイ・ストラスバアグ氏が、生徒に向って、何度も、

「Relax! Relax!」

と叫んでいた言葉の重要さを思い出した。

こうしてどうやら本番も切り抜けて、それでおしまいかと思うと、更にエキストラ・フィルムというやつがある。踊り子が一人では画面が淋しいかもしれぬというので、今度は補欠と二人が小舞台の上に乗り、いやに頬のこけた振付師がその場で新たに振付を考えて、又三十分も待たされて、今度も前と同じことをやるのである。

それもどうやらＯＫになり、スティール写真を一杯とられ、裸の脚の交叉した間から、片手に鍵を下げ、片手にグラスを持って覗いているサルヴァドル・ダリばりの写真まで撮られて、やっとプロローグもおわりかと思うと、私は実は騙されていたのだ。

「つまり……こいつだ」

でポケットから鍵を出す件り以下は、近写になるのである。

踊り子たちがさっさと帰ってしまったあと、

「そして不道徳とは……」

から、又何回かテストをしたあげく、やっと本番がＯＫになり、次のカットまで休憩ということになった。

配給のサンドウィッチを電熱器で焼いて、貪るように食べる。蜜柑を喰べる。その紙屑を一旦その場に捨ててから、又ひろって塵捨て場を探してみたが、土間のそこかしこには薄緑の紙屑や蜜柑の皮が散乱していて、丁度サーカスが閉場《はね》たあとのようである。

「そのままにしといたほうが、雰囲気がいいですよ」

と年功のスティール・マンに言われて、私は捨てあぐねていた紙屑を足もとに捨てた。西河監督と、電熱器に当りながら、吉右衛門最後の「盛綱陣屋」の話などをする。そのときの記録映画には西河氏も参与していた。こうして夜を徹して、蜜柑なんか食べながら、故名優の思い出話などをしていると、誰かのお通夜にでも来たようだ。

「今は一体何で待たされているんですか」

「ロケのときにとった檻の角度と、今のセットの檻の角度とを、正確に合わせなくちゃならないんです」

エピローグでは、私はセットは同じ酒場ながら、檻を隔ててものを言うことになるのである。

エピローグはわりにすらすらとすみ、すべてが終って、そのあと本館でラッシュを見て、家へかえったのは午前二時半である。

——それから朝九時まで、その「不道徳教育講座」など十枚書いた。

十二月十九日（金）

私の映画出演の話を面白おかしく書き、檻の間から顔を出して吼《ほ》えている写真を載せた或る新聞を、友達の家で見せられた母は、帰って来て、半分泣きそうになっていた。

昭和三十四年一月一日（木）

「鏡子の家」は旧臘《きゅうろう》一杯で第一部五百枚を脱稿する予定であった。そのために大いに努めたが、除夜の鐘が鳴りひびくとき、漸《ようや》く四百六十三枚に達したにすぎなかった。そこで三時間ばかり眠って、元日の朝四時からつづきを書き出し、拳闘試合の場面の区切の四百六十九枚まで草し了ってほっとした。そして午前十時、一家そろって祝いの膳についた。

朝からの御降《おさがり》が、午後には霰《あられ》となって、大粒の霰が庇《ひさし》を叩いた。二時すぎから雪になり、終日ふりやまない。

来る二月一日にわれわれ夫婦が仲人をすることになっている文学座の有馬昌彦君と早川令子さんが雪を衝いて年始に来、夕食を共にして、それから呑んだり踊ったりした。夜半、車屋はすっかり休んでしまって、頼んでも来ず、元気のよい許婚《いいなずけ》同士はゴム長に雪を蹴《け》立《た》てて帰って行った。又仕事に戻って、四百七十一枚にいたる。

一月四日（日）

朝七時半、予定より少し少く、四百九十一枚で第一部を脱稿し、昂奮のため、なかなか眠れない。ようやく眠って午後三時に目ざめ、稽古着で雪の残る庭へ出て、木剣の素振り初めをやった。

一月五日（月）

新潮社の佐藤亮一氏を、年始かたがた訪問して、第一部の原稿を渡し、肩の荷が軽くなった心地がする。各社の仕事はじめ前に第一部を終ったのだから、まあ予定通りと考えてもいいと自ら慰める。四時からボディ・ビル初め。この日の週刊読売に、剣道をはじめたという噂話が載っているところに、半裸の写真が出ているが、これがどこから入手したものか、三年も前にボディ・ビルをはじめて一週間後に撮った写真であって、今もこんな貧弱な体と思われては大いに迷惑する。これが現在の姿と思われたら、何を言っても空威張に見えるじゃないか。よっぽど名誉毀損で訴えたいが、おめでたい新年のことゆえ我慢しよう。——夜、第二部にかかる。

一月七日（水）

寝不足で、午後丸善における「声」の編集会議に出る。六時すぎから鉢巻岡田で、同人の吉川逸治氏の壮行会。吉川教授はパリの日本館館長に赴任するのである。

一月八日（木）

剣道の先生の山本孝行七段から、三島由紀夫剣兄へとして、富士山の絵の入った葉書が来たが、よく見ると果し状で、こう書いてある。

「本年早々の果し合ひ、明九日、江戸城御濠端《ほりばた》の地下道場に決定致し候。為念《ねんのため》、十分に首をお洗ひおき下され度、御無礼何卒《なにとぞ》御容赦下されたく。天沼の住。山本彦山」

一月九日（金）

滅法寒い。例年より五度も低く、正午になっても零度ぐらいである。

五時、剣道の稽古初め。稽古のあと、山本七段の型があり、矢野第一生命社長の居合抜のエキジビションがあって、最後に一同神前に正座して礼をした。

六時半から、S氏と日活国際ホテルで夕食を共にして、高利貸の話をいろいろきいた。「鏡子の家」に使うためだが、話をきけばきくほど高利の金の怖しさがわかり、一生これだけには手を出すまいと考えた。夜、「鏡子の家」は漸くにして五百枚を突破した。

一月十六日（金）

五時半から剣道。中央公論社の嶋中鵬二氏も見物に見える。同社のO君と三本勝負をやり、一本目に面をとられたが、二本目に胴、三本目に面をとって勝った。

九時から千駄ヶ谷体育館で、ペレスと矢尾板のノン・タイトル・マッチ。「スポーツニッポン」の観戦記を書くため、はじめて新聞記者席でメモをとりながら見るのが面白い。試合そのものは何だか狐につままれたような試合で、ペレスの気勢の上らぬこと夥《おびただ》しい。それでも矢尾板の勝利が宣せられたときは、新聞記者席にいる身も忘れて、思わず拍手をした。

夜、第一生命の矢野氏から贈られた「武道初心集」を読む。「葉隠」もそうだが、この本も、武士が軟弱に流れ、武士道が衰退した時代に警世の意味で書かれた本であるから、悪いほうの例に引かれていることに、今日と通ずるところがあって面白い。

「其外《そのほか》来客を饗応《もてなす》とても。主君の御《おん》台所より。酒の肴の茶の菓子のと申して持運ばせ。主の物は我が物。我が物は我が物と申す如くの仕形なれば。」

などはそっくり今の社用族ではないか。

「武道初心集」は「葉隠」ほど情熱的なデスペレエトな面白味を持った本ではないが、そこでは武士の生活感情が生々《なまなま》しく具体的日常的に語られているので、非常の死の想念を主軸としたその生活体系と世俗との関わり合いが如実に見てとれる。そして私にとって特にこの種の本が興味があるのは、われわれが戦争中にごく身近に感じ、いつも顔をつき合わせて暮していた「死」、生きることの支柱ともなっていた「死」、その昨日のような鮮明な記憶と、今日このごろの無事泰平の世との甚だしいギャップに、正に相似の状況を、「葉隠」や「武道初心集」が呈示しているからである。現在のわれわれは武士ではないけれども、死が現実のものであった生活から、一挙に、死が理念にすぎぬような世界に追い込まれ、自分の体得して来たと思われる死に近い生活の現実感が、攻守処を変えて、今や生活の理念と化し、逆に戦争中の空想に他《ほか》ならなかったものが、現実の日常生活と化してしまったという、大道寺友山の生涯のアイロニイは、又われわれの人生のアイロニイでもある。

この種の書物は、熱情や含蓄で人を搏《う》つことは搏つが、読者を説得する力は不十分である。何故ならここで語られている「死」、「日々夜々常に心にあつるべき」死は、友山翁にとっては嘗《かつ》ての日の、生のかけがえのない実感であったが、泰平の世の読者にとっては死んだ一つの理念にすぎぬからだ。そして一層困ったことには、こうした理念としての「死」は、容易に世俗と折れ合うのだ。

「死をさへ常に心にあて候へば。忠孝の二つの道にも相叶ひ。万《よろづ》の悪事災難をも遁《のが》れ。其身無病息災にして。寿命長久に。剰《あまつさ》へ其人柄までもよろしく罷成《まかりなり》。其徳おほき事にて候。」

死を思うことが長寿の秘訣だなぞという逆説のつまらなさは、筆者の友山翁自身が一等よく知っていたことにちがいない。すぎし世に友山が見た「死」は、太陽のように鮮烈に輝いていた。「太陽と死とは何れもじっと見つめることが出来ない。」（ラ・ロシュフコオ

「マクシム」)

一月十八日(日)

「鏡子の家」のために、富士山麓の青木ヶ原樹海を見にゆく小旅行に出る。東京駅から日に一本、河口湖行直通の電車が出るので、それに乗る。労働者風の乗客が多く、こういう連中は、若い者が年長者をずけずけとした物言いでからかったり、労働が多分子供らしい潑剌さを体内に湧《わ》き立たせるとみえて、いい年をした大人たちが席の取り合いなどで、中学生みたいなふざけ方をしたりする。七時四十分河口湖駅に下りると、冷気が、いきなり冷たい湿布をあてたように顔を包んだ。富士ビューホテルまでの道すがら、澄み切った月夜なので、ハイヤーの後窓に、夜の富士がけざやかに迫って見えた。

一月二十日(火)

この二泊の旅では意外なほど仕事が捗《はかど》り、十九枚書いて「鏡子の家」は五百三十七枚に達した。それはいいが、樹海の眺めは期待に反した。アマゾン流域の大密林を機上から一度見てしまったあとでは是非もない。

午後五時三十五分大月発の電車に乗るために、ホテルから大月まで車を雇った。一時間弱のドライヴである。日の暮れてゆく山村の道の端《は》に、山水の流ればかりが勢いよく白い飛沫《しぶき》を飛ばしているのを見て、昨夜広大なダイニング・ルームでのたった一人の夕食に、コップの水がばかに美しく燦《きら》めいてみえたのを思い出した。

一月二十三日（金）

異例の早起きで、十一時に羽田空港へゆき、十二時半ＳＡＳの北極廻りで渡仏の途に就く吉川逸治氏を見送る。見送りの人たちは、当然馴染のない顔ぶれで、文壇人と云っては中村光夫氏と私だけだ。吉川氏に「声」のためのかの地からの協力をもう一度念を押す。かえり都心へ出て、再建された「花の木」で、中村光夫氏と丸善の本庄氏と三人で、ラングスト・テルミドールの中食。昼飯というものをずいぶん久しぶりに喰べた。

そこを出て一人になると、まばゆい日和に、五時の剣道までの時間があまってしまう。知人のオフィスを訪ねると留守である。こんなに日光に溢れた暇な時間がふんだんに恵まれたのに、どうしていいかわからない。パリのようなカフエのテラスがあったらどんなによかろう。

新橋演舞場で文楽の切符を買い、それから中央公論社の嶋中氏を襲って雑談をした。人の時間を盗むという日本的犯罪をやむをえず犯したわけだ。五時からの剣道には、嶋中氏も加わり、あとでビールを呑んで別れて帰宅した。

紐育のエイジェントのサムから送って来た契約書に署名をする。それはポラチェック氏という人が、ドナルド・キーン氏の訳した原曲「道成寺」と、同じく氏の訳による私の近代能楽集の一つである「道成寺」と、イエーツの能を摸した詩劇との三本立で、オッフ・ブロードウェイの興行をする契約書である。これが実現すれば、日本ではまだ上演されていない私の「道成寺」の世界初演《ワールド・プレミア》（私は嘘でもこういう金ぴかな言葉が大好き）になるわけだが、私はもう紐育の劇壇というものを信用していない。劇壇に関する限り、契約書といえども、狐のくれる木の葉の紙幣のように見える。どうせこんな小公演も資金不足でぶっつぶれるのが落ちであろう。

一月二十五日（日）

春のような暖かさである。家人と映画「大いなる西部」を見て、夕食をすませてから、一人でマッカルパイン家へゆき、来る四月一日に独逸クラブで英国人たちによって上演される近代能楽集の「綾の鼓」「班女」「葵上《あおいのうえ》」の読み合せをきく。「綾の鼓」の前半の洋裁店におけるマダムと外交官と踊りの師匠とアプレ青年との、テンポの早い軽佻浮薄なサロン的会話は、こうして英国人によって英語で語られると、日本語の原作を日本の新劇俳優たちがやるよりも、はるかに感じが出るのはどうしたことか。

帰ってから、ミラノのフェルトリネリ社で出版される伊太利語版「潮騒」の契約書に署名をする。出版契約なら、決して狐の木の葉ではないから安心。

私はどういうものか、このごろ南方熊楠や折口信夫に夢中だ。南方氏の「人柱の話」で、猪苗代城の亀姫や、姫路城天守の貴女等の、いわゆる「ヌシ」が、城の構築に当って生埋めにされた人柱の霊であることを知る。すると泉鏡花のあの優婉《ゆうえん》な「天守物語」の女怪たちは、もとは哀れな人柱であったわけだ。かくて「天守物語」は二重の哀感を帯びて来、たとい鏡花がこうした起源を知らなかったにしても、読む側の興趣は増すのである。

私は又、外務省の林屋氏が訳した古代マヤの聖典「ポポル・ヴフ」の草稿を読んだ。マヤに関する私の唯一の参考書であるモーレイの「古代マヤ」の知識をたよりに、これを読んで私が最も感動したのは、ようやく発生した人類が、長い夜の恐怖をのがれて、待ちに待った太陽の曙光を迎える件りである。しかも太陽がその燦然たる姿を現すと、人も大蛇もジャグワも、熱帯の苛烈な日光に灼かれて、そのまま石に化してしまうのである。

これらの本が、私を行方も知れぬ深い夜の中へ連れ戻すが、現代生活はこうした絶対の夜から拒まれている。「夜遊び」というものがいかに本当の夜から遠いことか。われわれはもう殆ど「夜」を持たなくなってしまった。どんな秘密な遊びも、隠密な犯罪も、厳密に「夜」には属さない。明治神宮の初詣でに深夜群をなして集まる人々を、晃々《こうこう》と照らすライトの下《もと》に映したテレヴィジョン放送を見て、そこにももはや「夜」がなく、人々が「夜」を望みもしない状況を、私はつぶさに眺めた。折口信夫氏の「死者の書」のような「夜」の文学を、二度とわれわれは持つことができぬであろう。

二月一日（日）

快晴。工業倶楽部で文学座の有馬昌彦君と早川令子さんの結婚式。われわれ夫婦が媒妁人の役を引受けたが、生れてはじめての仲人だから、二三日前からそわそわしている。式当日の仲人など、これと云ってやることはない筈であるが、ヘマをしないようにするのは気骨が折れる。仲人の挨拶の文案も、ごく簡略にごく常識的にと心掛けて練習をした。結婚披露宴のお客というものは、老人も多く、さまざまの社会や職業の各々異る人生観を抱いているから、一人を笑わせることも、他の一人を怒らせないとも限らず、無理なユーモアなどは止《よ》しにして、平穏無事を心がけ、なるべく短時間で切り上げるのがよさそうだ。世間には、他人の言葉ですぐさま公憤や私憤を発する人たちも多いのである。

さて、こういう万人向きの文章には、古来からの約束に従った形式がつきもので、花婿は必ず秀才であり、花嫁は必ず美女である。こんな言辞は、万人にとって願わしい真実を象徴しているので、何もそれを頭から虚偽だと云って排斥するには当らない。

結婚披露宴の客は祝賀のために招かれた人たちであって、本来批評家の集団ではない。かれらは「願わしい真実」を実現するために集められた証人のようなものである。そして人々は、不幸な批評的才能を持たない限りは、裸のぶざまな真実よりは、願わしい真実のほうが好きなのだ。花婿や花嫁は、祝寿の言葉の力によって、少くともその日一日は秀才になり美女になるのだ。

言葉の咒術《じゆじゆつ》的機能の衰退は、祝辞や悼辞などの文章の形式的な空疎ばかりを目立たせることになった。しかしこの逆な結果として、願わしい真実を求める万人の平均的嗜好には変りがないままに、それが祭典や祝賀の領域からはみ出して、本来「ぶざまな裸の真実」を直視すべき領域をまで浸蝕することになった。そしてここまで来れば、彼らの求めているものは明らかな虚偽である。

生活上の形式蔑視の精神や、事実尊重の精神は、民衆の空想力や想像力を事実の領域へ解放することになり、万人向きの妥当な民主的意見には、政治的意見を含めて、「願わしい真実」の影ばかりが揺曳《ようえい》することになる。万人が裸の真実を好まず、目の前に醜い真実と美しい虚偽をつきつけられれば、必ず美しい虚偽のほうを選ぶという発見は、政治家の第一資格ともいうべきで、理想主義的な政治学はみんなこの発見に基づいている。

さて、文学者の遣口《やりくち》はいささかこれとちがって、ぶざまな裸の真実を美しい言葉で語って、それに「願わしい真実」と同等の資格を獲得させることであるが、又、文学者だけが、単なる美しい虚偽と願わしい真実との、微妙なニュアンスの相違を見分ける職能を持っている。この職能が、一部の連中の間で、民衆的感覚などと呼ばれているところのものである。

――いずれにしろ、生れてはじめての仲人にとって、生れてはじめての耶蘇教の礼式は難物で、奏楽の第何小節から、新郎に附添って歩を進めるかが打合わされていたが、式場の外の雑談のあいだに、まだ練習だと思っていたピアノ曲がいつのまにか本番に移り、私は妻に背を押されて、あわててロボットのような足どりで歩き出したりした。

四時半すぎの湘南電車で新婚旅行に出発する新郎新婦を見送ったのち、すぐ帰宅する。

二月三日（火）

曇だが、二月に入って今年は異常に暖かく、今日も例年より八度も高い四月の気候である。午前中父母が伊豆山へ梅見の旅行に出発した。午後、写真家の柿沼氏が来て、川端康成氏の肖像写真を見せて、私の意見をきいた。柿沼氏はほとんどマニヤックなほどの写真芸術派で、私も前に撮ってもらって、半殺しの目に会ったことがある。川端氏の肖像写真は、氏御自身にも、氏の御家族にも気に入られた由であるが、或る専門家から、「商業的な匂いがある」と云われて心配になり、私の意見を徴しに来たのである。

私には写真がわからないが、肖像写真の傑作と呼ばれるもので、妙にその人物の人に知られぬ側面をえぐり出そうとしたり、不用意な咄嗟の崩れた表情を誇張したりしたものには、自然主義的な臭味を感じる。この写真は、川端氏の文学を通じて、われわれが一般的にえがく川端氏のイメージを、素直に典型的にあらわしたもので、その点が佳いと思うと言ったら、柿沼氏は満足して帰った。

産経ジムへ行って、きょうはじめて七〇キロのバーベルを上げて、ベンチ・プレスをしたのが満足である。家へかえって、吉例の豆撒き。昔から、家では私が歳男をつとめ、各室、厨《くりや》、厠《かわや》まで、念入りに「鬼は外」「福は内」をやって歩き、そのあとで、家族各員犬猫にいたるまで、おのおの年齢に一を足した数の豆をひろい集め、それをめいめいの封筒に小銭と共に封じ込んで、全身を撫でまわし、さて取りまとめて、最寄の四つ角に捨てに行き、振り向かずに家へかえってくれば、私の任務が終るのである。これは私の亡祖母からの奇妙な伝承だ。

豆を玄関に撒いてる最中に、あけっぱなしの玄関から、「鬼ですよ」と顔を出した人がある。文藝春秋新社の樫原氏である。豆撒きのあいだ待っていてもらって、さて用談にかかってから、私がしきりに心中、「頭の病気にかからぬように」と念じて頭を豆入り封筒で撫でまわし、「鼻の病気にかからぬように」と鼻を撫でまわし、これが全身に及んでつづけられるのを見て、樫原氏は、呆れ返ったような、気の毒なような顔をしていた。氏がかえったあと、猫と犬を念入りに撫で、つつがなく封筒を四つ角へ捨てる行事も終った。それにしてもこんなに暖かい節分はめずらしい。

二月六日（金）

五時から剣道。はじめて嶋中鵬二氏とお手合せをしたが、嶋中氏は昔とった杵柄《きねづか》で、私より大分腕が上だ。人から見ると氏との試合は軍鶏《しゃも》の喧嘩みたいだそうだが、私のはもともと素直な剣だから、氏に追いつくのも遠くあるまい。

八時から日大の小島智雄氏と、日大大講堂（旧国際スタジアム）へ、杉森対エロルデの東洋チャンピオンのタイトル・マッチを見にゆく。杉森選手は小島氏の愛弟子で、日大ジムで一緒に練習もした仲だから、声援に力が入るが、惜しいかな、判定で敗れた。エロルデのクリンチ・ワークの巧者なこと、その気味のわるい折々の微笑は、リングの上での一種の陰惨な見物《みもの》だ。

スウェーデン、ストックホルムにおける「近代能楽集」上演の契約を、アルベール・ボニエール氏との間に結ぶ。

二月十日（火）

快晴。強い東風。三時から東宝本社の試写室で、この間の文士劇の色彩映画の試写を見た。それからボディ・ビルをやり、家族と落合って、新橋演舞場の豊竹山城少掾《しょうじょう》引退披露公演を見に行った。

山城少掾の浄瑠璃は、むかし素浄瑠璃で「道明寺」をきいて深い感銘を与えられて以来、人形と一緒に見ると、いつも人形が邪魔に見える。その過度の文学的洗煉は、われわれのイメージを充足してしまうから、視覚的なものは余計なのだ。私はもともと義太夫節の野趣を愛するから、大方の事大主義的な熱狂に倣って山城信者にはならなかったが、さすがに最後の舞台と思うと、緊張して聴く。この人の功罪はこれからのち論じられるだろうが、少くともこの人が、希臘《ギリシア》劇の作者でいうとエウリピデースに当る人で、断じてソフォクレスやアイスキュロスに当る人ではないということは、はっきりさせておかなくてはならぬ。この人の芸風には徹底的に、古典に必須な素朴さが欠けている。

「二月堂」が山城少掾の出し物で、かけ合いで良弁《ろうべん》上人を語るが、マイクを使っているのがいたいたしい。足の遅い語り口は老齢のせいだろうが、詞《ことば》の気品の高さは比類がない。しかし節附がどれほど優れていようが、劇として又文学として「二月堂」は最低の駄作で、「存ぜぬこととは言いながら、御母君とは露知らず」などという悪文を耳にすると、日本語の荒廃は今にはじまったことではないという感を深くする。

津太夫の「引窓」がなかなか佳く、いつもの景事の「妹背山道行」も、幕切れでお三輪の手繰る糸が切れて、一瞬床《ゆか》も音《ね》をひそめる悲哀に充ちた断絶感は、このごろ劇場でめったに味わうことのない詩的感動を与える。

二月十一日（水）

「鏡子の家」第一部の再校が出たので、その校訂に従事し、翌朝六時に及ぶ。

二月十三日（金）

剣道のあと、ぎりぎりに伊太利オペラの「オテロ」の開幕に間に合った。「オテロ」の最終日で、すでにゴッビは帰国し、あれほど好評を得たそのイヤゴーは見られない。私はこの人の「リゴレット」をローマで見て、忘れられない感銘を受けている。

しかし気まぐれなデル・モナコが無事に主役をつとめているので安心した。

私が伊太利オペラが好きなのは、どんな人間的苦悩をも明るい旋律で表現する点だ。「伽羅先代萩《めいぼくせんだいはぎ》」の政岡のクドキで、華麗な太棹《ふとざお》の伴奏をきくときと同様、私は歌舞伎や文楽に耳目を養われて、心も浮き立つばかりな悲劇の陽気さをいつも味わいたい。もっとも喜悦に似た悲嘆に接していたい。その点では「オテロ」は半ばはイタリー的であり、半ばはややワグネル的ドイツ的である。

第二幕のはじめでイヤゴーの歌う「信条の歌」は、耶蘇教の経文のもじりだそうだが、その夜の潮のようにあふれる悪魔的な暗い感情の表白は、いかにも明るい光明的な音の奔騰に乗せられて、私にイタリーの空、その情念の強さ、その悪の輝かしさを感じさせた。又、オペラ特有の技巧であるが、第三幕でカッシオの登場の時、オテロは上手へ、イヤゴーは下手へ身を隠す、そのわずかな掃舞台《はきぶたい》の間《ま》を、明るい嵐のように吹き抜ける大幅な楽音の奔流は、ただそれが舞台の隙間ふさげの目的のためであり、大した劇的必然性がないにしても、なお私をオペラのオペラらしい魅力に酔わせた。

第二幕の「思い出は遠いかなたに」のオテロの独唱のデル・モナコは絶品である。全篇を通じて、烈しい嫉妬の感情が、刺すような管楽器の輝かしさと、実によく適合しているのが感じられる。それがオテロなのだ。絃楽器による嫉妬の表現は、これに比べればはるかに女性的である。観衆の熱狂は甚だしく、カーテン・コールは十回に及んだ。

――帰宅してのち、仕事がよく捗って、あくる朝の五時に、五百九十四枚を以て、「鏡子の家」は第六章を終った。

二月十六日（月）

剣道。中央公論社のO君と三本勝負をして二対一で負けた。「鏡子の家」はようよう六百枚を突破した。

二月十七日（火）

六時から東宝劇場へ、又伊太利オペラ「椿姫」を見にゆく。トゥッチのヴィオレッタは、この間のデスデモナよりずっと佳い。序幕の「ああそはかの人か」、第二幕のジェルモンとの件りもすばらしく、第三幕のおわりの優婉な悲嘆も美しい。リリコ・ソプラノの本当の佳さに触れた感じがする。これに反してヤイヤのアルフレードは、大事な「乾杯の歌」で輝くような魅惑を示さず、その物足りない印象があとまでも尾を引いた。このオペラでは私は第二幕が一等好きだが、装置も第二幕は出色だった。

二月十八日（水）

曇。異様に暖かい。街でたまたま人の紹介で、神経科の女医さんに会った。医院が都心のビルにあるので、会社がえりのサラリーマンが、不眠症その他の症状を愬《うった》えて、気軽に精神分析療法をうけに来るのが多いときいて、東京もニューヨーク並みになったものだと思った。ボディ・ビルをやっている患者が三人も来るというので、私が興味を持って、

「ボディ・ビルをやるというのはどういう心理でしょう」

と質問したら、

「まあ一種のキチガイですね」

と即答された。その直後、産経ジムへ行ってボディ・ビル十二セット。

六時から吉田健一邸で鉢の木会。吉田夫人が、今になって昔話を打明けたが、私がはじめて吉田邸を訪問したとき、ボストン・バッグを下げて入って来たのを見て、当時小学校二年生のお嬢さんが、

「お母様。とても若い闇屋さんが来たわ」

と言った由。

二月二十一日（土）

雨。このごろ毎週土曜には、新宅の建築の進行を見に行ったあとで、蒲田のジムへ行ってボディ・ビルをやるという習慣がついた。いずれ大森に移れば、ここのジムが最寄になるから、今から親しんでおくわけだ。

そこは若い工員ばかりが会員で、お互につけている渾名が面白い。ワンワン・キラーと呼ばれている若者は、なるほど「犬殺し」のような風貌をしている。彼が新調の背広を着て見せに現れると、みんなが口やかましく勝手な批評をし、「メロドラマ一途に生きる男」だなどと冷やかす。事務所のマネージャアが「グラン・プリ」と呼ばれているのは、羅生門の鬼に似ているからである。ユーモラスな比喩的な世界を拵《こしら》えて、そこに楽しく住むことにかけては、こういう人たちには一種の天稟《てんぴん》がある。

――家へかえって武田泰淳氏の「司馬遷――史記の世界」を読む。かねて名著のきこえの高いものだが、はじめて読む機会を得た。ここにはいかにも若々しい武田氏の筆が躍動している。これが青春というものだ。青春とは、一言に要約すれば、世界解釈の衝動だからだ。この本の美しさは、こうした衝動が司馬遷と史記にぶつかって、それを貪婪《どんらん》に喰い尽している点にある。それがこの本に、一人の青年の決意の表白の書と謂《い》った切迫した空気を与えている。

「《道家は無為である。又為《な》さざること無し、とも言える。》行為せぬものが、又あらゆる行為をする。これは矛盾した言葉のようにも見える。しかしこの言葉の暗示するところは、案外深いのではないか。《歴史家は無為である。又為さざること無し、とも言える。》と書き改めて見よう」（三十八頁）

と武田氏が書くとき、われわれは氏の決意に触れるが、同時に氏が、表現というものの根本的な意味をそこに見てしまって、それが司馬遷の腐刑の宿命と抜き差しならぬ関聯のあることを知ってしまって、いわば最初に「表現者の認識」に到達してしまったように見える。しかも氏は司馬遷その人ではないから、こうした認識に到達したときに、氏には表現の不毛だけが見えてしまった筈であり、「史記の世界」は氏によって書かれる最後の書物になってしまった筈だ。

それがそうではなかった。小説家としての氏がそのあとに誕生した。すると一見小説家としての氏は、司馬遷に倣い、彼が史記を書いた動機に倣ったように見えるが、武田氏の小説はどれも、「無為にして為さざること無し」という、究極の哲学的決意から、不断に遁走しようとして書かれたものである。氏は世界放棄による世界解釈という、人間の究極的行為を司馬遷に見たが、氏自身の芸術家としての決意をそこに置くことはできなかった。氏の小説は、すべて最初の認識から逃げ了《おお》せようとして書かれたものだ。この間の事情は、われわれに小説というジャンルの特質について、おもしろい示唆を与える。

しかし小説家としての氏も、最後には、この最初の認識、「腐刑をうけた男」の認識に還らざるをえぬのではないか。そう考えると、「史記の世界」は、氏自身にとっても怖しい書物である。

三月二日（月）

春風駘蕩《たいとう》。決死的早起きをする。午前九時起床。ニュー・ディレクションズ社の編集長ボブ・マクグレガー氏が日本へ来るのである。私は外国で大いに世話になり温い親切をうけた外人の来朝には、出来るかぎりの歓迎をすることにしている。というのは、見知らぬ他国へ着いた旅人の受ける、その土地の人からの親切ほど、忘れがたいものはないからである。見知らぬ他国では何もかもが怖しい。郵便局や銀行へも一人ではゆけず、バスや地下鉄に乗ったってどこへ連れて行かれるかわからない。善人と詐欺漢との区別もつかず、すべてが五里霧中である。

私にとっても、外国で受けた、骨に徹するほどの不親切の思い出もある。むしろそのほうが多いかもしれない。しかし考えようによっては、その国の人同士の間では、これくらいの不親切、冷酷非情のほうがむしろ当り前で、ふつうそれくらいのことで人を傷つけるとは思われない。ところが旅人はひどく傷つくのである。

私はこういう経験をしばしば味わい、その中に記憶に残る温い親切を思い出すと、自分の味わったそのうれしさを、その人にも味わわせてやりたいものだと思う。殊に一人旅の旅人には尽して上げたい。

これに反して海外著名人の来朝というやつには、私は一向食指が動かない。そういう人たちの歓迎はジャーナリズムに任せておけばよいし、大切なのは個人的交遊だけである。

一方、日本へ知人の外人を迎えてつくづく思うのは、そういう人たちへの一寸《ちょっと》した心尽しでも、ありていに云うと、こちらの生活の歯車を少からず擾《みだ》すことになるので、立場を変えて、私が当然のように受けていた外国における個人的厚意が、どれだけ先方の生活の歯車を狂わせていたかがわかるのである。外国人は実によく遠来の客をねぎらう。私はどれだけ人の私宅へ招かれて泊めてもらったかわからない。

それにまた外人がわれわれの国の踊りなり芝居なり美術品なりのイカモノに感心しようとしているとき、「あれはニセモノだよ」と冷水を浴びせてやるくらい愉快なことはない。紐育で、メキシコの某クラブで見た民俗舞踊に感心した話をしていたら、居合わせたメキシコの一富豪が、「ありゃ真赤なニセモノですよ」と一言の下に片附けたが、そのときの彼の愉快そうな顔と云ったらなかった。

——さて日航へ問い合わせてみると、十時半着の筈が一時間おくれたので、こんなに早起きする必要はなかった。十一時ハイヤーで家を出て、十一時半前に羽田へ着くと、到着はさらに遅れて正午すぎになるという。

仕方なしに一人でブリッジへ出て、夥しい団体客にまじって、欄に凭《よ》って、春の飛行場を眺めている。風が少しも冷たくない。国際飛行場は今閑散な時刻とみえて、ゲイトのわきに、各航空会社の色も形もとりどりのタラップが仲良く三つ四つ片附けられている。陽炎が立っているのか、海のほうの遠景は模糊としている。

私は今、一向旅心を誘われない。海のかなたには何があるか、もうあらかたわかってしまった。そこにも人間の生活があるきりだ。どんな珍奇な風俗の下にも、同じような喜びや嫉妬があり、どんな壮麗な自然の中にも、同じような哀歓があるのを、この目ではっきりと見て知ってしまった。そして世界中を歩いてみても、自分の生涯を変えるような奇抜な事件は決して起り得ないということも。もしそれが起るとしても、自分の心の中にしか起らないということも。

先生に引率された小学生たちが沢山傍らを通る。子供たちの目はまだ見ぬ世界への夢に輝いている。この子たちこそ世界を所有しているので、世界旅行は世界を喪失することだ。尤も、生きるということがそもそも人生をなしくずしに喪失してゆくことなのであるから、人間の行為と所有とは永遠に対立している。すべてを所有しようと思ったら、断じて見ず、断じて動かず、断じて行わないことだ。王国はかくて立ちどころに所有される。

やっと日航国際線の四発の飛行機が、銀いろの巨体を柔らかに着陸させ、飛行場の遠方をゆるやかに迂回した。子供たちは歓声をあげた。待つことしばし、ブリッジにゆるゆると近づいてきた飛行機が、地面に白くえがいた半円のとおりに正確にターンして、乗降口をゲイト9のほうへ向けた。

傲岸な顔をして、いずれも不必要に脂肪の沈着した観光団の人たちのあとから、瘦軀《そうく》長身の品のよい中年紳士マクグレガー氏が降りてきた。私がブリッジの上から名を呼ぶと、彼は片手に抱えた大きなパイナップルの緑のつき出した紙包をかかげて、これに応えた。

三月六日（金）

マクグレガー氏、「シアタア・アート」のゾーナス氏を、歌舞伎座昼の部に招く。快晴でまことに暖かい。

一番目は久々に出る「扇屋熊谷」である。

丁度御社《おしゃ》の日で、幕あき前に利倉幸一氏との対話。

私「僕は正にこの芝居を見に来たんですよ。お好きですか？」

利倉氏（いつもながらの感じのいい微笑で）「いやあ、きらいですなア。うーん。しかしいかにも貴下の好きそうな芝居だなア。だが私はきらいですなア」

しかし幕があいてみると、私もそれほど引き込まれないが、今の役者のやる芝居ではないのであろう。羽左衛門の姉輪平次だけが、せいぜい芝居らしくキッカリと演《や》っていた。

花道から出る熊谷の深編笠を見て、マクグレガー氏が、

「なるほどねえ。英訳の西鶴を読んで、深編笠というのがどうしてもわからなかったが、

これのことなのか」

と感心している。

中幕の「舌出し三番」を松緑と左団次が、——駘蕩《たいとう》たる空気でよく踊っている。二番目の「生玉心中」を見ながら、マ氏は又、

「近松はいつでも弱くて愚かな者の味方だね」

と言った。外人にこれだけの感想でも言わせるようになった、キーン氏はじめ日本古典の紹介者の力は大きい。

そのあとで梅幸の楽屋を訪問して、舞台裏を案内したが、われわれから考えると奥行もタッパも足りない舞台裏を、パリのオペラ座の舞台裏に匹敵すると感心していた。

——芝居のかえり、剣道の道場に案内したら、喜んで写真を沢山とった。夜は「潮騒」「仮面の告白」の英訳者ウエザビー氏も一緒に、大橋茶寮へ晩餐に招き、さらにウエザビー氏の発案で、渋谷のロカビリー喫茶キーボードへ連れて行った。背のひょろ長い青年が西部の服装をして、ウエスタン調でうたっている歌の意味をたずねられ、「テキサスの明るい朝よ」と歌っているのだと答えたら、テキサス生れのゾーナス氏は、「へえ」と言って、毒気を抜かれたような顔をしていた。

十時帰宅。十時十五分から、岸首相と嘉治隆一氏と私の父の、一高同窓生の思い出話というテレビを見る。父はあいかわらずの皮肉な口調で、岸首相に、

「君もあのころは、すらりとしてて、柳腰で、なかなかよかったよ。首から下はね」
などと言っていた。

三月八日（日）
小雨。朝吹登水子さんに、石井好子さんや芥川比呂志氏と共に、晩餐に招かれている。ところがその家がなかなか見つからない。あっちで道をきき、こっちで道をきいて、迷いに迷った末、暖かい客間に着いた。
朝吹登水子さんは、黒灰色に金糸の唐草模様のついたトレアドル・パンツを穿いていて、美しい声でよく話す。この人のところへ晩餐に招かれるのははじめてだが、その接待の雰囲気は、実に外国風に安楽で、丁度完璧な日本語を喋れるフランス人の家へ招かれたような気がする。日本の女性でこういうホステス役のつとまる人は数多くあるまい。彼女は客を寛《くつろ》がせる。しかも決して気障《きざ》にならない、ものわかりのいい典雅を保って、日本の酒席の猥雑さを惹起しない。日本の家庭の女主人は、人を招くとなると、御上品ぶりすぎるか、あるいは砕けすぎて下品になるか、どちらかに偏してこんな風の中庸を維持できない。
登水子さんからきいた最近のフランスの実話で、地方の城に住む貴族の一家の、財産争いをめぐる身の毛のよだつような近親相姦の話は、まさに現代の希臘神話だが、これを何とか日本の題材に翻案して、劇化することはできないものだろうか？

かえり芥川氏の車で送ってもらったが、数米先も見えない濃霧で、車は遅々として進まなかった。

三月十一日（水）

快晴。今年二度目の日光浴をたのしんだ。私が決して風邪を引かなくなったのは、日光浴の励行にはじまる。

床屋へゆき、床屋で妻と待ち合わせて、花束を持ってタクシーに乗ると、今まであれほど晴れていた空が、忽ち暗雲に包まれた。日比谷公会堂の楽屋の小川亜矢子さんに花束を届けに行き、亜矢子さんの紹介で、デイム・マーゴット・フォンテインと握手をする。舞台化粧をすませた姿が、この間のレセプションの時より、はるかに、久しく抱いて来たイメージに接近している。一昨年秋紐育にロイヤル・バレエがやって来たとき、早速私は「白鳥の湖」と「眠れる森の美女」の切符を買ったが、配役発表前に買った切符で、惜しくも二つともフォンテインの舞台を逸してしまった。

「眠れる森の美女」のプロロオグの幕があく。この場の主役ともいうべき亜矢子さんのリラの精が、日本人離れのした姿態に、妖精らしい超然とした表情まで備わって、なかなかいい。大事な終幕のグラン・パ・ド・ドゥで、うしろの席の米人女が、八ミリをうるさく廻しはじめ、大いに感興を殺《そ》がれたので、結局この夜のもっとも大きな感動は、第一幕のフォンテインから与えられた。その愛らしさ、繊細さ、お伽噺的晴朗さ、技術の的確無比なこと、これに加うるに、踊りの間のほんの瞬間瞬間を縫って、表情と姿態で、はっきりわかる芝居が示され、これでこそバレエは面白くなるのだと思った。一例が、妖婆がちらちら見せる糸巻きに対する、オーロラ姫の、いかにも無邪気な好奇心、たえられない誘惑、めずらしいものにすぐさまとびついて行きたい少女らしい生命の活力、しかも失われない王女の気品と優雅、そういうものが十分納得できるように表現されている。各国の王子との挨拶の件《くだ》りで、青春の喜悦と王国の威厳とが舞台一杯に溢れるのには感心した。

廊下で川端康成氏と令嬢に会ったが、氏が退院して元気になられた姿を見るのは喜ばしい。今夜のバレエは、名作「花のワルツ」以来、氏と因縁浅からぬ出し物である。

かえり帝国ホテル新館スカイ・テラスで、夜食をしてから帰宅。

三月十五日（日）

快晴。春光あふれ、まだ花をつけぬ椿の葉が、おびただしく光をこぼして照る。

三時半からマッカルパイン家で、来る四月一日独逸倶楽部で上演する近代能楽集「班女」「葵上」「綾の鼓」の稽古。はじめて出る芝居に、「綾の鼓」の小使岩吉という大役を演ずるビル・マッカルパイン氏は、沙翁《さおう》劇張りの台詞廻しで熱演している。この家には手乗りカナリヤがいて、お茶を運ぶ召使の肩に乗って、稽古中の客間へ入って来て、マントルピースにとまって熱心に稽古を見ているが、ビルがあたかも投身自殺寸前の朗々たる悲壮なセリフを述べている最中に、その禿頭にピョンと乗り移って、悲劇を台無しにしてしまう。「綾の鼓」の洋裁店の客たちの速いキザな台詞のやりとりが、日本人がやるよりはるかに感じが出るとは、どうしたことか。

――かえり渋谷まで、「班女」でレズビアンの役を演ずるスラックス姿の英人のおばさんの運転する車で送ってもらうが、このおばさんの知っている唯一の日本語が「バカ」であって、邪魔するタクシーなどにむかって、窓から首を出して、大声でこの「バカ」を濫用する。「バカの一つ憶え」というべきか。

六時半、家族と落合ってワゴン・ドールで夕食ののち、チャップリンの「ニューヨークの王様」を見る。新聞批評が大そう悪いから、いい映画に決っていると思っていたら、果していい映画だった。私の最も好きな場面は、王様の小学校訪問のシーンだ。あれは王様一人が古いヨーロッパ人で、あとの十歳ぐらいの子供たちのそれぞれのキャラクターが、アメリカ人を代表しているのである。ドラマとしての巧味は、終りに子供が自白してしまうことで、鈍感な教師から子供の自白をきいた王様の、何ともいえない痛切な表情はすばらしい。しかしその表情のアップから、子供の出てくるドアのノッブがためらいがちに動くまでの間が、実に見事な終局なのに、実際に子供が出て来てしまうのは興褪《きょうざ》めだ。

三月十六日（月）

快晴。椿はとうとう花を着けた。

三時前、本郷教会へ浜本浩氏の葬儀にゆく。氏は温い楽しい人柄で、礼儀の正しい人だった。氏とは深い交際はなかったが、会うたびにいつもこちらの心に、ものわかりのいい伯父さんに会うような懐かしさを感じさせた。こんな人が一人いるだけでも世の中の明るさは増すのに、その人が死んで、代りに感じの悪い人物が沢山生き残っているのは全く理に合わない。

かえりボディ・ビル。三頭膊筋の運動を新たに附加した。洋服の仮縫にHテイラーへゆく。帰宅してのち、憑《おわ》かれたように書き、十七日午前三時、六百八十枚に達して、「鏡子の家」第七章を草し了る。

第二部に進んでから、この仕事にはほとんど渋滞感がない。各挿話が破局へ向って進み、私は何よりも破局が好きなのである。こうして仕事が捗るときの喜びは、大袈裟なことを言うようだが、地球に鞍を乗せ、あぶみをつけて、鞍に打ちまたがって一ト鞭くれ、暗黒の虚空を疾駆させてゆくような感じだ。星がみんな自分の頬のそばをかすめて飛び去り、……ばからしい。もうよそう。これは人には言えない秘密のたのしみだ。

三月十七日（火）

冷雨。新宅現場へゆく。窓に窓枠がはまったので、室内から見る景色が俄かに活きてみえる。形式というものの重要性がこれでもわかる。

夜、マルセル・カルネの「危険な曲り角」という評判の映画を見る。ところがこれが一向感心しない。十代の狼連中を描いた映画では、日活の「完全な遊戯」のほうがずっと上である。カルネは現代少年少女の恋愛の錯誤悲劇を、ラシイヌ劇伝来のやり方で書いているので、意外なところが少しもない。「死刑台のエレベーター」に出て来た少年少女は、これに比べればいかに現実感が濃かったか。

三月十九日（木）

夜、明治座で歌右衛門・幸四郎の、「蜘糸宿直噺《くものいとおよづめばなし》」を見る。幕切れに蜘蛛の精が、唐草模様の金蒔絵《きんまきえ》を施した黒漆の碁盤に乗って見得を切るのが、大そう風情がある。

そのあと講談社のK氏と楽屋を訪れ、進行中の「歌右衛門写真集」の相談。

かえりK氏、Mさんと三人で銀巴里へゆき、丸山明宏君のシャンソンをきく。席へ話しに来た丸山君は、白いスウェーター姿に、例の妖艶な唇で、自己陶酔に陥るシャンソン歌手に対する警抜な批評をする。

「ああいうのは、おんなじナルシスでも、青山墓地で、お彼岸がすぎたあとに、竹筒の中でしおれている水仙よ」

さりとは巧《うま》いことを言うものだ。

——家に帰ると、ドナルド・キーン氏から久々の手紙が来ている。アイヴァン・モリス氏訳の「金閣寺」の書評を、これから紐育タイムスのために書くところだそうだ。

この手紙の中に、実に真率ないい文章があったので、私信を公開する非礼を犯すようだが、引用する。

「不思議なことですが、毎週、誰か日本人が僕の部屋に来て、僕に『最近、日本のものがアメリカで大変流行っていますが、アメリカ人はそういうのを本当に理解することができるでしょうか』と云うようなことを聞かせるのです。聞かれるたんびにいくぶん憤慨して、『勿論』と簡単に答えますが、よく考えると、僕は自分の意思をよく理解していないことに気がつきます。僕はやはり『何がしたい？』と自分に聞いたら、さっぱりわかりません。すべき仕事があるからやりますが、なかったらどうするかなと思う位です。日本の障子の深遠なる意義よりも、自分の心の中を理解するには手間が取れると答えたくなりました」

私は私が傍点を附したこの最後の部分を、殊に美しいと思うのである。

四月一日（水）

快晴。桜は五分咲き。日光浴二時間。

夜、Ｏ《オー》・Ａ《アー》・Ｇ《ゲー》（オスト・アジアティッシェ・ゲゼルシャフト）の舞台で、ヘレン・マッカルパイン夫人の製作・演出・主演で、英人の素人俳優たちによって、「近代能楽集」のうちから三本、「綾の鼓」と「班女」と「葵上」が英語で上演される。

日本の慣習で六時にはじまると思い五時半に行ったら、外国並みに八時あきだという。その時刻が切符にもプログラムにも明記されていないのは、いかにも素人の興行らしくて面白い。

「綾の鼓」では窄《せま》い舞台に、上手《かみて》の洋装店と下手《しもて》の法律事務所と、二つのビルの同じ階の部屋が並ばねばならないが、その境界をあいまいにすればいいという私の主張は、なかなかヘレンを納得させせない。彼女は西洋人の観客の頭を混乱に陥らせるのを怖れている。そこで間に、二つの窓をつけてみたが、あんまり安っぽいので撤回することになり、どうやら妥当なところに落着いた。

時間つぶしにバアでビールを呑みながら、ライ・ブレッド・サンドウィッチを喰べていると、急に高等学校時代の恩師シンチンゲル先生が現れた。きけば、先生その人が、このＯ・Ａ・Ｇの会長なのであった。これはケーベル先生以来の由緒ある協会なのだそうである。先生の日本語がうまいので助かるが、私は独逸語をあらかた忘れてしまった。先生が急にオェッフェントリッヒェス・テレフォーンと言われたのを、「公衆電話」と気がつくまで時間がかかったのは情ない。……若い奥さんを貰ってから、先生がいかにも幸福そうに壮健に見えるのは喜ばしい。

　幕があくと、ヘレン夫人の巧みなことは言うまでもないが、御主人のビルの小使岩吉の名演技に感嘆する。とても初舞台の人とは思えない。

　舞台裏では黛敏郎氏が、これらの芝居のために作曲した自作のテープ・レコーダアを操作してくれている。数日前私は三百人のコーラスと大オーケストラで演奏された氏の「涅《ね》槃《はん》」を聴きに行って感動した。これは稀な傑作で、はじめて全アジアが近代音楽の裡に声を得て、全アジアが呻吟《しんぎん》や歓喜の複雑に入りまじった唸《うな》りを発して響き渡るのを聴くような気がした。それは同時に、氏がモダニズムを脱却して、森厳な悲劇的量感にまで達したのを示しており、どちらかというとワグネリアンである私をも喜ばせる要素を持っていた。日本の本当の意味での作曲家が、この青年作家の出現からはじまることはもはや疑いを容れない。しかし現在、むしろ青年がここまで深くアジアの魂をつかんでいるのに、アジア的日本的教養を一かけらも持ち合わさない四十歳以上のハイカラ中年作家たちが、根無し草の低迷を脱し得ないのは、痛快な皮肉である。

四月二日（木）

晴。時々曇。夜六時半から、ぶどうの会公演、ロルカの「血の婚礼」を見に、砂防会館へゆく。

佳いところをあげると、俳優では花婿の母親を演じた福山きよ子で、いかにもロルカの芝居の人物らしい。最終場面の幕切れに見せる表情は立派なものだ。それから最終場面、すなわち第三幕第二場だけは、人物の出入りが能のようで、暗示と力強さに富み、成功している。だがこの場面ではすでにドラマは終っているので、ドラマが終ったあとが佳いというのは、皮肉な出来栄えである。

俳優座の「イェルマ」を見たときには、田中千禾夫氏の演出の匂いが強《きつ》すぎて、ロルカの作品というより田中氏の作品という感じが強すぎたが、今度の「血の婚礼」の雑然たる印象に比べれば、あのほうがよほどましであった。

ロルカにスペイン風の狂騒を求めるのは、云うまでもなくまちがっている。彼のドラマは、いつも「夏の深い陰鬱な静けさが、舞台にひろがっている」(「ベルナルダ・アルバの家」第一幕のように)ままに進行しなければならない。故意か偶然か、田中千禾夫氏の演出が極度にスタティックで、能楽的であったのは、ロルカのこの雰囲気に通じるものがあったし、「血の婚礼」でも、最終場面にはわずかにこの感じがあった。

ロルカの作品には、奇妙にわが伝統芸能を思わせるような何ものかがある。劇構成にしても、各幕各場が、前の場を直ちに承けて事件を発展させてゆくのではなく、必ず緩慢なモノトオンな序奏からはじまり、情景と気分を十分に調えた上で、さて承前の物語を静かに語りつづけはじめるところは、あたかも浄瑠璃劇の各段の発端に似ている。

第三幕第一場の象徴的な森の場面は、ロルカ劇の民衆詩の昂揚が示されるべき重要な場面であるにもかかわらず、無慚な失敗だった。「若い木樵《きこり》」である「月」の役に、女性を配役したのもよくわからない。この月こそはロルカその人なのだ。

無人の劇団で仕方がないのかもしれないが、大切なレオナルドと花嫁の役は、職業安定所通いの土方と三流デパートのショップ・ガールのようで、イメージを壊されること夥しい。舞台装置に三岸節子さんを煩わしたのも全く効果がなく、第二幕第二場の結婚披露宴の場は、上手と下手の出入りの不自由な装置で、舞台外の拡がりが何も感じられず、この場の不安な空気の醸成を大いにマイナスした。又、全幕を通じて、舞台的色彩の美しさを感じさせた唯一の個所が、第三幕第二場の幕あきの、白い階段の前に、青い衣裳の女の子が二人、血のような赤い毛糸を巻いているところで、しかもそれが原作のト書通りの色彩なのである。ここで無心な少女に、血なまぐさい愛と死の歌をうたわせている作者の配慮はすばらしい。

全体を通じて、演出家はロルカの思想を自分流に枉《ま》げ、しかもロルカの感覚と官能の、片鱗もとらえることができなかったように思われる。

四月三日（金）

快晴。剣道の道場へゆく。

仕事の途中で、ふと魔がさしてスタンダールの小説を読むと、忽ち自分の仕事が、埃《ほこり》だらけ垢だらけの気がして来るという経験は、私一人のものではあるまい。しかし私はそういうときに、いつもこう考えて自分を鼓舞することにしている。即ち、「透明な心理などというものは、バロック装飾の過剰な生活を背景にしなくては、考えられない。パルテノンにすら、昔はけばけばしい彩色がしてあった。現代のように本質的に無装飾な、簡易主義の生活の中からは、透明な心理や文体などは、別の意味の装飾としてでなければ、生れて来よう筈がないのだ」と。

パリの小説家が未だに持している透明な理性や文体は、パリの室内装飾を未だに支配しているバロック趣味やロココ趣味、鏡のまわりの煩雑な彫刻、金ぴかの燭台、炉棚の大理石、……そんなこんなに負うところが多いのだ。不透明なもの凡てを生活が負うているのだ。ヴィクトリア朝趣味が日に日にモダニズムや機能主義によって駆逐されつつあるアメリカの生活、そこから生れてくるアメリカ文学に、われわれは「透明な心理」なんかを期待しはしない。

ひとつ今度は、「文学と室内装飾」という大論文でも書くとしようか。

四月六日（月）

夜、マクグレガー氏の招待で、歌舞伎座夜の部へゆき、のちハンガリヤで食事を御馳走になる。歌右衛門丈の楽屋を幕間に訪問する。丈の城木屋お駒の鈴ヶ森の場は、あたかも「権上《ごんじょう》」をそのまま女にした趣向で面白い。

かえってから、われわれの雑誌「声」の第三号を読む。

田中千禾夫氏の一幕物「寝物語」に感心した。劇作派的技巧に拠る一幕物の一頂点であって、こうした技法でこれ以上の作品は一寸望めまい。これは明らかにヴィルテュオースの作品だ。

それにこの作品には、世間で田中氏の体質そのものと考えられているあの粘液質の、抑圧され濃化された官能性が、殊更に排除されている。或る作品では、氏が多少それを売り物にしているとさえ疑われたあの独特のしつこい粘りの翳が、ここにはない。実際、才能に比べれば、体質なんぞ、作家にとって大して宿命的なものでもなく、又、作家の根本的な主題から、作家の真の内面から、才能のほうが遠く体質のほうが近い、などと言うことはできない。「寝物語」ではすべてが透明である。そしてすぐれた戯曲の一つの証拠として、それは精巧な透明な城のように、中空に浮んでいる。

戯曲作品は小説よりもずっと、現実や存在から身を引き離して浮んでいなければならぬ。その繋留《けいりゅう》気球のロープを引張って、地上にしっかりと押えつけ、あたかも現実や存在そのもののように見せるのは、劇作家の役目ではなくて、演出家や俳優の役目である。それはともかく、まず、中空に浮んでいなければならぬ。中空に浮んだ花瓶のように、口も側面も底も、あらゆる部分が明瞭に読者の目に映っていなくてはならぬ。

愛の言葉一つ、愛の仕種一つもなしに、男女間のエロースの跳梁と、その羽搏きを如実に感じさせるこの音楽的作品にも、しかし欠点がないわけではない。それに、言葉や会話の、多少じゃらじゃらしたこういう娯《たの》しみ方は、いささか大正時代風のオールド・ファッションである。

園子という仲人が、妻に家出された男のアパートへ来て、仲人の特権で、妻の置手紙をにやにやしながら読んでいる。その途中で男が、反撃に出て、仲人夫妻の中庸のなまぬるさに、園子が辛抱して来たことを述べ立てると、園子は顔をあげて、

「え？　私がどういたしましたって」

とたずねる。とたんに男はすっとぼけて話を変える。それからいろいろと別の会話があったのち、園子は一寸したキッカケをとらえて、又、

「私が何を辛抱いたしましたって、さっき」

と反問する。

こういう技巧は、岸田國士《くにお》氏が創始した技巧を立派に磨き上げたものであり、わが国ではこれが久しく、心理劇と呼ばれて来た。しかしこういう感情の纏綿《てんめん》、感情の断層が、一体本当に人間の「心理」だろうかと考えると、一抹の疑問なきを得ない。なるほど心理には微妙さがつきものであろう。われわれは一応微妙なセリフを、巧いセリフとして感心す

る。しかしあらゆる微妙な戯曲が、人間の心理そのものを描いた戯曲と云うことはできない。人間の心は時には決然と微妙さに背を向ける。それが真のドラマ的な瞬間なのだ。劇作派の巧妙なセリフには、そういう瞬間を逸する陥穽が、時折顔を出すのである。

——次いで吉田健一氏の「ロレンス論」を読んで、これにも大いに感心した。近代小説の定義で、これほど明晰なものはザラにはない。氏は小説というジャンルの、あくまで人間に基づく批評の職能を、はっきりと呈示しているのである。

四月七日（火）

午後三時半から「声」の編集会議。

夜半、ここ数週間の、憂鬱きわまりない遅々たるロック・クライミングの果てに、「鏡子の家」はようやく七百枚に達した。しかし私が曲りなりにもコンスタントに仕事を続行できるのは、運動のおかげである。少くとも運動の充血と発汗のおかげで、週五回ずつ、古い形骸から蘇っていなければ、私はとっくに精神の屍体になっていたことであろう。

四月九日（木）

雨。

いつも通っている第一生命道場が修理中で使えないので、師範の山本七段が、特に私を丸の内警察の道場へ連れて行って下さることになっている。まず第一生命道場の控室へ行って、そこで先生と落合い、稽古着袴に着換え、竹刀、面、籠手《こて》を携えて、丸の内警察まで行き、稽古がおわってから、又そのまま第一生命へ戻って入浴して、帰ろうというスケジュールだ。

ところが先生と私が、このおそるべき反時代的扮装に草履を引っかけてエレヴェーターに乗り、モダンな第一生命のロビイへ出て、そこからラッシュ・アワーの丸の内の街路へ飛び出し、雨に打たれ、水たまりを草履ではねかえしながら、丸の内警察まで駈けてゆくあいだ、どれだけサラリーマンの男女の、びっくりしたような視線を浴びたか知れない。

丸の内警察へ着いてみると、連絡の行きちがいで、われわれは受附のところで追い返されてしまった。警察の道場は、明日の皇太子御成婚の警備の準備に使われていて、今日は稽古はできないと言うのである。そこで又われわれは、袴をからげ、黒胴に雨滴をいっぱい宿しながら、竹刀や面籠手を抱えて、行人の視線を浴びつつ、雨の中を駈けて帰った。

しかしこの日は、道場わきの廊下で、先生に念入りに素振《すぶ》りの稽古をつけてもらって、思わぬ収穫があった。

――雨は十日の暁に嵐になった。

四月十日（金）

嵐は忽ち晴れ、六月の日照りになった。

一時半起床。庭で素振りをしてから、馬車行列の模様をテレヴィジョンで見る。

皇居前広場で、突然一人の若者が走り出て、その手が投げた白い石ころが、画面に明瞭な抛物線《ほうぶつせん》をえがくと見る間に、若者はステップに片足をかけて、馬車にのしかかり、妃殿下は驚愕のあまり身を反らせた。忽ち、警官たちに若者は引き離され、路上に組み伏せられた。馬車行列はそのまま、同じ歩度で進んで行ったが、その後しばらく、両殿下の笑顔は硬く、内心の不安がありありと浮んでいた。

これを見たときの私の昂奮は非常なものだった。劇はこのような起り方はしない。これは事実の領域であって、伏線もなければ、対話も聞かれない。しかし天皇制反対論者だというこの十九歳の貧しい不幸な若者が、金色燦然たる馬車に足をかけて、両殿下の顔と向い合ったとき、そこではまぎれもなく、人間と人間とが向い合ったのだ。馬車の装飾や従者の制服の金モールなどよりも、この瞬間のほうが、はるかに燦然たる瞬間だった。

われわれはこんな風にして、人間の顔と人間の顔とが、烈しくお互を見るという瞬間を、現実生活の中ではそれほど経験しない。これはあくまで事実の事件であるにもかかわらず、この「相見る」瞬間の怖しさは、正しく劇的なものであった。伏線も対話もなかったけれど、社会的な仮面のすべてをかなぐり捨てて、裸の人間の顔と人間の顔が、人間の恐怖と人間の悪意が、何の虚飾もなしに向い合ったのだ。皇太子は生れてから、このような人間の裸の顔を見たことははじめてであったろう。と同時に、自分の裸の顔を、恐怖の一瞬の表情を、人に見られたこともはじめてであったろう。君侯がいつかは人前にさらさなければならない唯一の裸の顔が、いつも決って恐怖の顔であるということは、何という不幸であろう。

それにしても人間が人間を見るということの怖しさは、あらゆる種類のエロティシズムの怖しさであると同時に、あらゆる種類の政治権力にまつわる怖しさである。

――六時、芥川比呂志氏と共に、英国大使館へゆく。テレンス・ラティガン氏のレセプションである。

七時半からNHKホールへ、黛敏郎氏作曲小生作詞（作詞と云っても記紀歌謡をもじっただけのことだ）の御成婚祝典カンタータの演奏をききに行き、かえりに黛夫妻に「マルタ」へ夜食に招かれて、十時すぎ帰宅。夜は久々に仕事が捗った。

四月十一日（土）

快晴。家庭にこき使われた一日。

新宅への荷運びの手つだいをしたのち、夜は夜で、マクグレガー氏を羽田へ送るついでに、女中三人に空港見物をさせてくれとたのまれる。空港の夜風は甚だ寒く、彼女たちが思う存分見物をしているあいだ、私はブリッジの端の待合室のなかで、スチームに腰かけて待っていた。いつまでたっても飛行機は飛び上らず、彼女たちはもちろん飛行機の飛び立つところを見たいのだが、十一時になってもタラップを外す気配もないので、そのまま帰った。

四月十二日（日）

クノップ社からやっと「金閣寺」のアイヴァン・モリス氏の英訳本が届いた。ジャケットはともかく、本そのものの体裁や、活字の組みは、クノップ独特の高雅なものだが、各章のはじめにへんな古くさい墨絵の挿絵が入っているのには閉口する。もっともストラウス編集長は、米国読者のための装幀だからそのつもりで見てくれと、前以《まえもっ》て釘をさして来はしたが。

ナンシイ・ウイルスン・ロス女史の長い序文を読む。この小説を「禅ノヴェル」として売るために、出版社が特に、禅研究家の女史に序文を依頼したのである。これを読むと、話の筋がみんなわかってしまうのが困るし、焼亡後の再建の金閣寺も国宝になっているなどという誤りはあるが、思ったより立派な文学論で、微妙な感覚が行き届いている。日本の或る種の批評家よりも、ずっと丁寧に作品を味わって読んでくれていることがわかって、気持がいい。この序文が悪くないので、少し安心した。

四月十八日（土）

快晴。週刊文春発刊記念のため、産経ホールで「文学と勤勉」という講演をやる。私は原則的には絶対に講演をしないことにしているのに、一年に一ぺんほど、やむをえず、こういう不得手でもあり、大きらいでもあることをやる羽目になる。私の講演の拙劣なことは非常なものだ。折角大ぜい集った聴衆に申し訳がない。

講演がすんだあと、気分のむしゃくしゃを晴らすために、すぐジムへ行ってボディ・ビルをいつもの倍もやったが、それですっかり気分が直った。しかしここの同僚の、愉快な明大生のK君がやって来て、

「あれ、ここに来てたの？　今、先生の講演をきいてきたところだよ。もっと面白いこと言うかと思ったら、カタイ〳〵」

と言った。それごらん。世間はすでに私から、「面白い話」しか期待しなくなっている。

――夜は仕事がはかどり、朝まで七枚みっちり書いて、「鏡子の家」は七百三十二枚に達した。が、今月末までに八百枚という予定は到底不可能だ。

五月一日（金）

朝十時、七百六十九枚を以て、「鏡子の家」第八章を草し了る。大雨である。渋谷へメーデーの行進を見にゆく。全日通が祭礼の扮装で議事堂型の神輿をかついでいるのを見る。

わざわざメーデーを見に行ったのは、説を成す者があって、先頃の皇太子祝婚ブームの反動で今年のメーデーは大荒れに荒れ、且つ右翼分子との衝突も考えられる、ということをきいたからである。しかし、何のことはない、穏当な、ずぶ濡れの行進であった。

五月三日（日）

快晴で初夏らしい明るい日なので、昔の友達に会えるかと思って、明治記念館における園遊会へ行った。学習院卒業生の桜友会常磐会合同の園遊会である。遅れて行ったので、門を入ると、丁度皇太子夫妻が帰られる車と行きちがった。

庭へ入って芝生の上を歩きまわるが、知った顔に出会わない。やっと同級の綾小路君に会った。君は仕様がない悪戯小僧で、私もよくいじめられたものだが、いま君の小さい令息が、おやじそっくりの暴れん坊になってしきりにじゃれつくのが面白い。

私は嵐の収まったところへ行ったわけで、新婚の皇太子夫妻はおどろくべき人気で、素人カメラの群衆にとりまかれて、にっちもさっちも行かなかったという。今日の園遊会の切符はずいぶん一般へもばらまかれたそうだから、一概には言えないが、昔の学習院と比べて大した変りようである。昔の学習院では、皇族をめずらしがらないという感情が大きな特色をなしていたのである。

やはり同級の旧公家華族の某君が私に、

「今度の皇太子さんの御結婚を、君はどう思うねえ」
と一種の不服を隠せずに訊ねたのが、わずかに昔を思わせて、面白かった。
――夜「鏡子の家」第二部、第六章、第七章の校訂に従事する。

五月九日（土）
昨夜は二時間しか眠れず、そのまま仕事をつづけて、「鏡子の家」は七百九十枚に達した。引越し前に八百枚という予定がおくれ、引越しが九日延びたので、十分予定に達するだろうと楽観していたのに、それも十枚をあましてしまった。今日がその引越しの当日である。
某社のE氏、K氏および発送部の本の梱包運送に馴れた諸君が、全力をあげて助けてくれたので、もっとも難物である書斎の引越しがとんとんと捗る。しかも運の悪いことに今日は大雨である。

五月十日（日）
すばらしい快晴。昨夜は疲れ果ててよく眠ったので、元気を恢復した。トラックの上乗りをして新宅へゆく。
トラックに積んだ荷物はズックに覆われ、その上から二本の縄がざっと廻されている。

そこに三人乗って、トラックが出発する。何とも不安定な乗り心地で、ゆるい縄はたよるに足りず、ズックの布はつかむ由がなく、動揺のたびに転がり落ちそうな気がする。よく、トラックの荷の上で悠々と昼寝をしている人を羨ましく見たものだが、よっぽど馴れるまではああは行くまい。

しかし青空がよほど目に近く、遮るもののないその広闊《こうかつ》な空が、たえず不安定に動揺しているという感じは、悪くないものだ。これだけは四壁を閉ざされた乗物の窓外に見る空ではない。これは正に不安定な、ぐらぐらした、どこと云って支点のない、この世界の像そのもので、こうして見る青空のほうが、静的な風景画的な初夏の空よりも、よほど現実感を以て迫るのである。私が画家の心で本当に描きたいと思うのはこういう空だ。……突然せり上ってくる道路の起伏や電柱や屋根や、てんかんのようにのけぞった緑の樹。……新宅ちかくの窄い坂で、顔をあやうく枝垂れた青葉が擦過しようとしたときなどは、私はむかしやったことのある乗馬の遠乗を思い出した。突然顔にあたるその幾分なまぐさい青葉の匂いまでも。

――この日はK氏、E氏、K氏、S氏の助力で本の整理も悉く終り、午前二時に就寝。新宅におけるはじめての夜である。

五月十一日（月）

一夜明くれば大変である。朝七時半から増築の大工の金槌の音に目をさまされ、猫はヒステリーを起して終夜おめき声をあげて走りまわり、二階の厠《かわや》のフロートは故障を起し、厨《くりや》は水洩りがし、その棚の一つは落ち、風呂場の洗面器の亀裂が発見され、午後からは椅子貼《は》り職人が来て、夜中の一時までトンチンカンチンやっており、すべては混乱状態で、婢は手を束《つか》ねて茫然とし、化物屋敷のように突然とんでもないところから音が起り、きのうの疲労に加えて寝不足のために、終日なすところなく送った。

五月十二日（火）
書斎にとじこめてあった猫が絨毯をめちゃくちゃにし、本棚最下段の私の自著を引きずり出してもみくちゃにしてしまった。
四時から新橋倶楽部で越路吹雪嬢と芝居の相談。そのあとドメスティックな買物をたくさんして、夕食前に帰宅。よく夕方の銀座通りを、食料品の詰っているらしい大きなハトロン紙の袋を抱えて家路につく、若い亭主らしい男が歩いているのを見たが、自分もその一人になったか。

五月十四日（木）
快晴。家の中はやや落ちついた。はじめて向う三軒両隣の挨拶廻りもすませた。五時半、大磯の福田恆存氏のお宅へ鉢の木会に連なるために行ったが、ほかのお客は今日は遅くて、緑に染まるような薄暮の縁先で、福田氏と二人で、文壇劇壇の数多くの人物を遠慮なくあげつらう、誰憚《たれはばか》るところのない愉しい会話をした。起伏のゆたかな七〇坪の美しい庭を氏に案内されて、径《こみち》のとだえたところに羊歯《しだ》の生い茂る小さな緑の渓間《たにま》が、楓林の下かげに一きわ美しく見えたので、「ここは強姦によい」とほめたら、「聯想が低俗だ」と叱られた。

五月十五日（金）

ようよう私の日常生活、守るべき日課がかえって来た。二十八度に及ぶ快晴である。二階の張り出しで一時間半の日光浴。午後五時から道場へ行って久々の剣道。

五月十八日（月）

午前四時、「鏡子の家」はようよう八百枚に達した。

午後五時から剣道。六時半から産経ホールへジャニーヌ・シャラ・バレエ団の公演を見にゆく。一昨日「フランチェスカ・ダ・リミニ」や「白の組曲」を見て感心し、今夜は、ジャニーヌ・シャラとミスコヴィッチによるリファール振附の「ロメオとジュリエット」に感動した。この芳醇な味わいと、すっきりした単純化とは、見れども飽かず、幕あきの二人の美術品そのもののような美しさから、幕切れまで息もつかせない。装置も衣裳も最上の趣味である。廊下で益田義信氏が、幕あきのロメオの黒いマスクが、いかにもいい形で、しかも大きすぎず小さすぎず、小道具として絶品だと云っておられた。問題作の「高電圧」は、面白いことは面白いが、内容空疎なわりに冗長で、こういう性質のものは、どうしても紐育シティー・バレエに一籌《いっちゅう》を輸する。

帰宅して夜半、ひどく疲れていたが、シャルトルーズの一杯が気力を恢復させ、朝まで筆が進んで、「鏡子の家」は八百五枚になった。

五月十九日（火）

午後、空いたバスの中での、学校がえりの小学生の会話。八歳か九歳の友達同士の男の子。一人は、色の白い、丸顔の、利発すぎて神経質らしい可愛い子で、もう一人は朴訥なその友達。左の会話はほとんどその色の白い子の発言で、友達の相槌は括弧に入れてある。

（君ンチ、どんな家？）

僕の家？　立派な立派なヘンな家。……この間の颱風で塀が倒れたんだよ。……でも、ウソなんだ。ほんとは新しくて大きな家なんだよ。

（キレイ？）

うん、キレイ。でも便所は穢《きたな》いけど。フフフ。

（フフフ）

僕の田舎の家は、部屋が十八もあって、庭が猛烈広くて、お池があってね、プールぐらいの大きさなんだよ。僕、田舎の家は、五歳《いつつ》の時から行ったことないけど。……それでね、そのお池に鯉が沢山飼ってあるの。そこで泳げるんだよ。泳ぐと面白いよ。

（キタナイ）

きたなくないよ。お客様が来ると、鯉をとって殺して、たべるんだよ。

（キタナイ）

きたなくないよ。君知らないんだね。食べたことないの、鯉？　とても美味しいよ。支那料理にだって出るんだよ。

（君のその田舎の家、どんな職業？）

土地がとっても広いんだよ。

（その土地を売ってるの？）

ううん、（ト憤慨して）、貸してるの。月十万円以上になるんだよ。

（そこに誰が住んでるの？）

そこにお母さんが一人で住んでるの。

五月二十日（水）

快晴。日光浴。十分な睡眠のあとのすがすがしさ。夕刻の散歩。ここらの土地は、まだ馴染がうすいので、目を娯しませる。落花生の畑。にんじんの繊細な葉、パンジーの花畑。ビニールをかけた茄子畑。子供たちが遊んでいる穢い細流《ささなが》れ。草ぼうぼうの分譲地。これらの間をつらぬく白い一線の鋪装道路と、初夏の夕空にひろがる電線の錯綜。……

きょうは終日云おうようない肉体的なすがすがしさが身を離れず、逞しい食慾が次々と湧いて来る。精神はたしかに澄んでいる。しかしこんな状態における精神の澄明さは、何だか硝子《ガラス》張りの懐中時計の内部に動いて見える沢山の歯車のような、無機質の澄明さで、それが一体仕事にいいのかわるいのかよくわからない。

五月二十二日（金）

五時から剣道ののち、運動後の入浴の何ともいえない快さが抜け切れぬまま、あたかも躁鬱病の躁のほうの状態で、中央公論の座談会に出席する。伊藤整氏と武田泰淳氏と三人で、故荷風氏を論ずるのである。こっちがいつまでも躁揚状態にあったためか、酒もいつもよりおいしく、座談会そのものもむやみと面白く感じられた。

帰宅して、十八日号の「ニューズウィーク」誌に出ているアイヴァン・モリス氏訳「金閣寺」の書評を読む。幸い好評で、今英京ロンドンに帰っているモリス氏も喜んでいるにちがいない。

——新しい家にも落ちついて、仕事のペイスも取り戻した。一家の主となった市民生活の負担も、今のところ大して重荷に感じられない。人間は大ていの環境に馴れるものであるから、煩瑣な市民的義務にも、このまま馴れてゆくにちがいない。こうして市民的生活のうちに反市民的な仕事に営々と励むという芸術家独特のイロニイを、私はますます忠実に体現してゆくことになろう。

私は書斎の一隅の椅子に眠っている猫を眺める。私はいつも猫のようでありたい。その運動の巧緻、機敏、無類の柔軟性、絶対の非妥協性と絶妙の媚態、絶対の休息と目的にむかって駈け出すときのおそるべき精力、卑しさを物ともせぬ優雅と、優雅を物ともせぬ卑しさ、いつも卑怯であることを怖れない勇気、高貴であって野蛮、野性に対する絶対の誠実、完全な無関心、残忍で冷酷、……これらさまざまの猫の特性は、芸術家がそれをそのまま座右銘にして少しもおかしくない。

六月二日（火）

午後七時ちかく、昨夜から徹夜で待ちつづけていたしらせが病室へ来た。

「おめでとうございます。女の子さんです。お二人ともお元気で、お産婦は笑っていらっしゃいます」

七時四十分ごろ、新生児室へ行って、硝子ごしに、自分の児に初見参する。どの親でもまずそれをしらべるそうだが、手足の指の数が満足なのを見て安心する。目をひらき、舌を出し、元気に泣いている。昔の赤ん坊は、固く握りしめた手にゴミをつかんでいたものだが、このごろの赤ん坊は、生れるとから、両手の指をよくひらいている。

八時すぎ、妻が分娩室から運ばれて来る。すぐ子供にあいたいというので、看護婦が、赤ん坊をよくくるんで抱いて来て、妻に見せた。あれほどの永い戦いのあとにもかかわらず、妻は元気に見え、冗談なども言うので安心した。

最初の児の誕生の際に、良人《おっと》が示す周章狼狽ぶりは、よく漫画の種子にされるが、私も御多分に洩れず、青くなったり赤くなったりした。公衆電話に十円玉を入れないで、やたらにダイヤルをまわして、肝癪《かんしゃく》を起したのなどは、ほんの軽い一例である。

六月八日（月）

お七夜で、紀子《のりこ》と命名し、両家が揃って祝いの晩餐をした。紀子は八〇グラムの乳を呑み、片手を上げて、ブブーなどという。

六月十六日（火）

快晴。午後四時に、妻は紀子を抱いて、病院から我家へかえった。家が出来上って一ヶ月後、ようやく片附いたところへ、すまして新たな家族の一員として乗り込んで来たこの赤ん坊は、チャッカリ屋というべきだ。終日赤ん坊にかまけて暮す。

昨年来、私は一九五九年の個人的三大事業を考えて、いつもわくわくしたり、ひやひやしたりして過した。一つは新宅の建築である。一つは最初の子の出生である。一つは書下ろしの「鏡子の家」の脱稿である。このうち二つはようやく成就した。のこるはあと一つである。

人間は、しかし、巧い具合に、自分の努力や忍耐の実感を忘れてしまう。すぎたあと、成就したあとでは、すべてが人力の作用というよりは時の力のような気がして来る。時間というものにはふしぎな恵みがあって、ただ音もなく、規則正しく、平静に流れてゆくだけで、大ていのことを成し遂げてしまうような気がされる。すると努力や意志が、全く諦《てい》念《ねん》と同じように見えて来るのだ。

六月二十九日（月）

ここ一週間あまり、「鏡子の家」の完成がいつやって来るか、いつ瀑布のように頭上に落下して来るか、については、いいしれぬ不安があった。体はひどく疲れ、神経は苛立っていた。体の調整のために、運動だけは平素の量を規則的につづけようと思っていたが、ベンチ・プレスに七〇キロのバーベルをもち上げると、いつもは何ともないのに、忽ち後頭部に烈しい頭痛が起り、頭痛はあとまでも残った。それ以後重いものを頭上に上げると忽ち頭痛がし、運動にたよることもできなくなってしまった。気分転換のいい方法はまるでなくなり、この病気みたいな重苦しい不安に、毎日顔をつきあわせているほかはなかった。

第九章は六月二十一日にすでに終っていた。のこるは短かい第十章ばかりである。それが遅々として進まない。長篇の最終章は、大てい一日二日のうちに、一気に書き上げられる筈なのに、その来る筈の異常な昂奮状態がなかなか来ないのである。毎日心は灰汁のように沈んでいる。小石を投じても波紋も立たない。

前から私は、この書下ろしがやがて完成するという事態に、何だか不気味な、不吉な、信じがたい気持を抱きつづけていた。それは久しく、夢のようなことに思われた。そんなことが起っていい筈はない、と感じられることもあった。一方では又、その完成の朝には、跣《はだし》で庭じゅうを踊りまわるだろう、などと想像した。花火を買っておいて、その朝、立てつづけに花火を揚げてやろう、などと思った。思いながら、「俺が何事につけてそんなに昂奮する筈はないぞ」とも思っていた。

去年の三月に稿を起してから、この六月まで、私の身辺には、仕事に対する大小無数の障碍《しょうがい》がつぎつぎと現れた。経済的窮乏がなかったことは、云うまでもなく最大の倖《しあわ》せだったが、ともかく私は稿をつづけながら、一体この障碍物競走にはいくつハードルがあるのかとおどろいた。仕事の立場からいうと、第三者から見て些少の事柄でも、巨大なハードルになって、目の前に立ちふさがることもある。私は次々とハードルを跳び越えながら、何度か足をとられそうになったことを告白する。しかしこういう私生活のハードルには、逆の健全な効用がある。それによる障碍は、そもそも仕事の途上における「芸術上の悩み」などという亡霊を、完全に信じさせなくしてしまうのである。

　こういう仕事には、ともあれ、経常的コンディションが必要だが、そのためには週五回の運動の恵みは、計り知れないほどであった。それは全く自分の意志だけで決められることで、その週五回の運動によって調整された肉体が、精神的なコンディションを良好に保つのに、どれだけ力があったか知れない。

　二十六日には、疲労がおよそ極点まで来たと思われたので、二十七日の土曜も二十八日の日曜も終日家にいて、夕刻だけ家人と軽い散歩に出た。今にも完成しそうでいて、さて仕事に手をつけるのが怖かった。一度手をつけると、筆が熱っぽく前へ滑り、どこまで滑ってゆくかわからないので、怖しくなって止《や》めた。日曜の夜半から、とうとう私は筆が進むのに任せた。そして今日の午前三時半、「鏡子の家」は、九百四十七枚を以て完成した。去年の三月十七日に起稿してから、十五ヶ月あまりである。

　さて、筆を擱くと、思ったほどの喜びがない。一種の哀切の感だけがあって、躍動する喜びはない。花火なんか糞喰らえだ。ただ体にしみわたる疲労だけが、それも明瞭ではなく、何かあいまいな不安な形でたえず感じられる。二日酔のような感じ。濁った悪い空気にむりやり涵《ひた》されているような感じ。

午前四時、一旦床に就いたが、疲労と昂奮のために眠れず、いろいろと莫迦げた考えが頭に浮んだ。窓のカーテンの隙が白んで来た。そうだ、屋上に昇って、日の出を拝んで、完成を感謝することにしよう。しかし帷《とばり》をあげると、朝まだきの空は累々たる灰色の雲に包まれ、昇る陽の姿は見るべくもなかった。

仕方なしに私はその代案として入浴を考え出し、バス・ルームへ下りて、栓をひねり、湯がまだ温かくならないうちに、バス・タブに身を横たえた。そしてぬるい湯にひたりながら、不満なような、満足のような、あいまいな心境に永いこと漂っていた。

湯を出てから、門まで出て、朝刊をとって、庭石に腰かけて、隅から隅まで読んだ。本当に眠りに就いたのは八時であった。

「鏡子の家」のそもそもの母胎は、一九五四年の夏に書いた「鍵のかかる部屋」だと思われる。この短篇小説はエスキースのようなもので、いずれは展開されて長篇になるべき主題を含んでいたが、その後五年間、ついぞ私は、「鍵のかかる部屋」の系列の作品を書かなかった。「鍵のかかる部屋」は、一方、私の文体破壊の試みでもあったが、あんまり好い気な文体破壊が大手を振って通用する今日、私自身にとって、それはもはや大事な試みとは思われない。

「鏡子の家」は、いわば私の「ニヒリズム研究」だ。ニヒリズムという精神状況は、本質的にエモーショナルなものを含んでいるから、学者の理論的探究よりも、小説家の小説による研究に適している。

登場人物は各自の個性や職業や性的偏向の命ずるままに、それぞれの方向へ向って走り出すが、結局すべての迂路《うろ》はニヒリズムへ還流し、各人が相補って、最初に清一郎の提出したニヒリズムの見取図を完成にみちびく。それが最初に私の考えたプランである。しかし出来上った作品はそれほど絶望的ではなく、ごく細い一縷《る》の光りが、最後に天窓から射し入ってくる。

長い書下ろし小説を書くことは、前からの望みだったが、これは私の西洋かぶれから来たもので、西洋の小説家たちが二三年に一作を発表するのが慣例であるなら、彼等より経済的に恵まれている日本の小説家にそれができないわけはなく、事実、やってみればできるのである。が、西洋の小説家たちの予想しないであろう困難は、日本のせわしないジャーナリズムの中で生きながら、一方でそういう仕事をすることの精神的負担であり、こんな精神的負担は、ともすると労苦を誇張させ、必要以上に私の肩を怒らせることになった。西洋の小説家なら誰しもやっている、庭に手づくりの池を作るだけの工事に、私はしばしば自分がダム工事をでもやっているような感想を抱いた。こうした誇張、こうした気負いは、考えてみれば、月八百枚の小説を書き飛ばす小説家が、自分が超人的事業をなしつつあるように錯覚して、ひとり気負い立っている姿からそんなに遠くはない。私は終始、自分が小説家として、当然すぎるほど当然のことをやっているのだ、という感想を持ちにくかったことを告白する。

思えば、「やってみればできる」というのは、私の身の程しらずの揚言にすぎず、この作品の完成には、障碍も数多かったが、それを凌《しの》ぐ無数の幸運が私を扶《たす》けてくれたと考えるべきであろう。もしかすると、それは千載一遇の幸運であって、それらの幸運の因子の適当な配合は、爾後《じご》二度と私を訪れることがないかもしれない。とにもかくにもこの一年余り、私はこの仕事によって幸福を味わってきたのであるから、まずその幸福感を感謝しなければならない。

……オンボロ貨物船を引きずって、船長は曲りなりにも故郷の港に還って来た。主観的にはずいぶん永い航海だった。無数の港々、荷卸しや荷揚げの労苦、嵐や凪《なぎ》、それから航海に必ず伴う奇怪な神秘的な出来事、……そういうものは、まだありありと頭の中に煮立っているが、それも徐々に忘れられるだろう。暫時《ざんじ》の休息ののち、船長は又性懲りもなく、新しい航海のための食糧や備品の買出しに出かけるだろう。もっと巨《おお》きく、もっと性能もよい船を任される申し出によし出会っても、彼はすげなく拒むだろう。彼はこのオンボロ貨物船を以てでなくては、自分の航海の体験の量と質とをはかることができないからである。それだけがあらゆる船乗りの誇りの根拠だ。

ある日私は

昭和三十五（一九六〇）年八月

八月四日（木）

快晴だが、風があるので、暑さは凌《しの》ぎやすい。例のとおり、午後一時半から三時半まで、庭の大理石モザイクのダンス・フロアにひっくりかえって、海水パンツ一つで日光浴をする。これはスパルタ的鍛錬であって、ふつうの人なら、とっくに日射病になっているだろう。海岸の甲羅ヤキとはちがう難行苦行である。何のためにこんなことをするかと言えば、一つは夏の太陽への崇敬をあらわすためであり、一つはベラフォンテぐらいの色になりたいからである。

夕方になって、日が落ちて涼しくなると、庭で三十分ほど赤ん坊の相手をする。こんなことはめずらしい。蟹の絵をさして、カニと教えると、アニといい、木をさして、木と教えると、キという。あんまり勝手放題に歩きまわるので、疲れて、世話を家人に委《まか》せた。

清水建設の人たちが来て、虫が喰って伐り倒した庭木の植えかえの時期の相談などをする。芝の一部が黄いろくなったのは、芝生の病気のためではなく、猫のオシッコのためらしい。

夜は弟の運転で、一家そろって、欧洲へ発つ親戚を羽田へ送りにゆく。田園生活的一日がこうして終った。

四月十五日（土）

一日雨。むしろ豪雨。

午後二時、文芸家協会の言論表現委員会に招かれて、「宴のあと」提訴にかかる例のプライヴァシー問題の事情説明のため、大手町産経会館へゆく。阿部知二委員長、舟橋聖一氏、中島健蔵氏、中村光夫氏、芹沢光治良氏、山本健吉氏、臼井吉見氏、北条誠氏、十返肇氏、佐多稲子さん等出席。

私はあんまりこういう席へ出たことがないので、万事に勝手がちがうが、それでも提訴の前と後とでは、ずいぶん心境に変化がある。つまり一度外からの風が当ってくると、ふだんは何だかだ言っていても、文学者同士の世界ほど話の通じ冗談の通じる世界はない、ということがしみじみわかるからだ。話が通じない、言葉が通じない、ということの怖ろしさ、もどかしさを、今度の問題に於けるほど痛感したことはない。思えばわれらのせまい文士世界の外側には、同じ日本語でありながら、どうにも言葉の通じない人たちがうようよしているのである。

しかし、同じ日本人でありながら言葉が通じないというのは、彼らが別の言葉を頑なに信じ、あるいは別の言葉につかまえられて、がんじがらめにされているからではないのか。そうでなければ、こんなふしぎなことの起るわけがない。そんな別の言葉に縛られていない自由な民衆には、文士の言葉はもっと素直に通じるのである。（これも幻想か？）

四時、東京会館別館へ川端康成氏を訪ね、同じ問題について、ペン・クラブの後援をお願いする。

四月十七日（月）

快晴。すばらしいイタリヤ風の日光。テラスで半裸になって日光浴をする。

家内の運転で、穴ボコだらけの海岸道路を辿って、やっと晴海へ四時半に着き、閉場時間直前の国際見本市へゆく。何のまちがいか、私のところへ、出品者招待というのが来たからである。雑駁な会場でどこへどう行ったらいいのかわからない。アメリカ館で新発明の腕時計がほしくなった。エア・カーという奴の実演も見たが、地面とすれすれに浮游して、ぶきっちょに動くだけで、案外迫力がない。日本館の新製品の厖大な展示を見ると、日本はやっぱりえらいな、と好い気持になるのだから、我ながら単純だ。

六時すぎ六本木のゴトウ花店へゆき、洋蘭や観葉植物のことを取材。

七時すぎ近くのレンガ屋で夕食。丸の内東宝の「怪人マブゼ博士」の最終回に間に合わなくなり、あわてて車を置いたままタクシーで駈けつけたが、それでも十五分ほど遅れた。いくら現代化しても、ものが古いドイツ臭い怪談だから、滋味掬すべきものがある。

かえり銀座を歩いて「門」という喫茶店で珈琲を呑んでいたら、一人の兄《あ》んちゃんが話しかけてきて、

「今映画、何撮ってるんだい。あんたの渋くって、なかなかよかったぜ。それともこのごろはテレビに出てんの？」

と、頭から私を小説家とみとめようとしない。しかし愉快な友好的な話しぶりだから、私もそのように受け答えする。

又々六本木へタクシーで戻って、横町へパークした暗い車内でもぞもぞとダーク・スーツに着がえ、家内運転手を督励して、英国大使館内のメイヨール参事官邸へゆく。今夜は上野の新ホールのオープニングのあとの、マーゴット・フォンテインさんのレセプションなのであるが、肝腎の劇場の切符が手に入らなかったのである。

英国大使館の中は古い大樹が多く、とても都心とは思えない。ディム・マーゴは年齢の衰えの兆はありながら、その微笑の可愛らしさ、少女らしさ、典雅なこと、信じられないほどに輝やかしい。午前一時帰宅。

四月二十三日（日）

曇。うすら寒い。

十時起床。十二時すぎ、剣道の道具一切を背負って大森高校へゆく。初段の検定を受けるのである。行ってみると広い立派な体育館の中が人で一杯なのにおどろく。今日初段を受ける人が、大田区だけで七十人もいるとは思わなかった。

いよいよ面を着けて順番が近づくと、固くなってくるのは是非もない。最初の相手は同年輩の人で、待っているあいだ冗談なども言い合っていたから、いくらか楽に試合ができた気がしたが、主観と客観は反対で、このときのほうが固くなっていて、一度も口をきく機会のなかった次の若い相手との試合のほうが、却って楽にやっていたそうだ。ふだんの半分の実力も出ないような気がしてがっかりしたが、やがて合格発表の中に自分の番号を見出したときはほっとした。

それから合格者だけの日本剣道形三本のエキジビションがあったが、このほうは練習をうんと積んでいたので気楽にできた。しかしとにかくこれで、一週間というもの、隔日に稽古に通い、節制にこれつとめ、今朝は生卵を呑んで出かけた甲斐があったというものだ。

夜は八時から赤坂ホールのドドンパ大会へ出かけ、三時間も踊りつづけて汗をかき、かえりみんなで88でサパーを喰べて一時すぎ帰宅。

四月二十七日（木）

朝のうちは雨がふり午後には晴れて、夏のような日光になったので、半袖シャツで外出したら、夕景と共に晩秋の冷気を帯びた風が肌を刺し、道ゆく人から、

「ちぇっ、あいつ寒くねえのかなあ」

と嘲られる羽目になった。しかしボディ・ビルを一時間ほどやって筋肉が熱しているから、寒くないのは負け惜しみではないのである。

冷風が空気を澄まして、今夜の銀座のネオン・サインはばかに美しい。書店へ立寄って大岡信氏の「抒情の批判」という本を買い、匆々《そうそう》に帰宅してこれを読んだ。本の副題の「日本的美意識の構造試論」の展開である「保田与重郎ノート」という長文の評論を、身も心も惹き込まれて読み、まだ会ったこともない大岡氏に、オマージュの葉書を書いた。

尤も保田与重郎氏のことに関する限り、私の読み方は主観的になるのはやむをえない。当時十代の私は、保田氏の本を何冊か読み、殊に「日本の橋」や「戴冠詩人の御一人者」からは忘れがたい感銘を受けながら、その謎語的文体からは、いつも拒絶されるような不快と同時に快感を味わった。当時の私の批評眼からしても、氏の「浪曼派的文芸批評」の独断にはおどろかされ、氏が口をきわめて推賞する当時の文芸作品の現物のいくつかに実際当ってみて、そのつまらなさに二度びっくりした。しかしそんなことは今はどうでもよい。十代の私が、保田氏という人物像から直観的に把握したもののほうが、今の私にとっ

ては重要なのである。『行動』こそ絶対的意味での（言いかえれば自殺的意味での）美意識の崇高な表現だという保田氏自身は、行動しないのであり、そしてそれはイロニックに肯定される。行動することが問題ではない、行動によって表現される崇高な美学だけが問題なのだ、と」と大岡氏が精妙な分析をしているが、こんな精神構造は、現代にも、現代にほそぼそと生きている一人であるこの私にも、未だに妙な親近感を与えるから不気味なのだ。大岡氏が保田氏の文体の「頽廃化」の例証をあげつつ、その論理的必然と一貫性をつかみ出す手つきは鋭く、読者はたちまち、昭和十年代の精神的デカダンスから、自覚せる敗北の美学へ、言葉の自己否定へ、デマゴギーへ、死へ、という辷《すべ》り台《だい》を一挙に辷り下りることを強いられる。思えば、私も、こんな泰平無事の世に暮しながら、どこかで死の魅惑と離れられないのは、保田氏のおかげかもしれないのだ。（と云うのはむしろ冗談だが）

　そして、生の充溢感と死との結合は、久しいあいだ私の美学の中心であったが、これは何も浪曼派に限らず、芸術作品の形成がそもそも死と闘い死に抵抗する営為なのであるから、死に対する媚態と死から受ける甘い誘惑は、芸術および芸術家の必要悪なのかもしれないのである。

週間日記

昭和三十九（一九六四）年五月

火曜日

端午の節句というのに、時々小雨の降る暗鬱な天気。「喜びの琴」の舞台稽古第一日で、日生劇場へゆく。装置の手直しの問題があって、稽古がわりに早くすむ。あとはみんなでいろいろ語り合い、キャンティで夜食をして一時帰宅。

水曜日

やや暖くなり、ときどき薄日がさす。

「喜びの琴」舞台稽古二日目。金森氏の装置が見ちがえるほど良くなり、おかげで稽古も順調に進行し、切符売場の前売状況も俄《にわ》かに活気を呈し、……何もかも、初日を明日に控えた劇場の、わくわくするような雰囲気に充ちて来る。これがあるから芝居がやめられないのだ。

浅利慶太氏という演出家は、作者の差出口をうるさがるので、私のほうも、演出家の怒声に妨げられて見ているのはうるさいから、グランド・サークルに逃避して、ここから見る。

通し稽古になって、劇の流れがはっきりして来る。氏の演出は、実に明晰で、輪郭が鮮明で気持がいい。三幕目のクライマックスまでお客を引きずって来る有無を言わせぬ力には感心する。

俳優はみんな、熱を入れてやっており、私が今更文句を言うことは一つもない。

稽古のあいだにＴＢＳ・ＴＶの「現代の顔」（この略称を「現ヅラ」と言うのだそうだ！）の録画をとったり、場内で売る単行本「喜びの琴」にサインしたり、いろいろと忙しい。

夜十一時、稽古がおわってカーテン・コールの段取合せになり、私が一旦一礼したのち、両手をひろげて挨拶する段取を浅利氏がつけたが、

「何だかスレてるみたいだ」

と俳優諸氏にも不評で、私はすでに下りた幕の下から首を出し、「俺はイヤだ！」と抗議したが、「演出家の言うことをきけないんですか」と高飛車にやられた。

木曜日
今日はいよいよ初日である。遠足の前の晩みたいに眠りは浅く、何度も目がさめる。そ

のたびに、舞台やお客や切符の夢を見ている。

明る日起す時刻を、厨房の黒板に書いておくのが私の習慣だが、快晴なら何時、曇りなら何時と二通り書いておき、快晴なら一時間早く起してもらって、日光浴をする。

これが家人には全く理解できない。日光浴は健康のためであろうが、寝不足は不健康のもとである。どうして寝不足を犯してまで、日光浴をするのであるか？

私に言わせれば、健康はもとより大切だが、健康に見えるということはもっと大切だから、そうするのである。これは私のみの倫理ではなく、あの「葉隠」の根本倫理である。

今日はすばらしい日本晴れで、久々の晴天。初日日和というべきか。庭でゆっくり午後二時まで日を浴びる。

それから水浴をし、身を引きしめてタキシードを着る。悲しいかな、蝶ネクタイは自分では結べない。

家内も黒のカクテルを着て、家内の運転で、大分くたびれたコロナを操って出かけ、虎ノ門の「赤とんぼ」へ寄って、たのんでおいた楽屋へのお通し物のサンドウィッチをうけとる。

それを車へ運んでくれた女の子に、

「今日は芝居の初日でね」

と言うと、

「ああ『何とかの琴』ですね」

と来た。

「琴」のほうはここまで普及した。あとは「喜び」を普及させせなくてはならん。

舞台では稽古がなお進行しているので、留守の楽屋へサンドウィッチや花を届けたのち、又客席へ下りてゆくと、カーテン・コールの最終的な段取合せに入るところだ。浅利氏が「タイミングがいいですね」と呆れていた。

六時開演なので、五時半から、夫婦で劇場玄関でお客を出迎える。六時五分前に客席に戻り、満員の場内を眺め渡す。そのとき胸のふくらむような気持であったのが、いよいよ幕が開いて、芝居が進行しはじめると、同じ胸が急にせまくなって、早鐘を打ちだした。すべては快適に進行している。第二幕からやっと落着いて見ることができた。

幕間《まくあい》に廊下へ出て、お客に挨拶に廻る。文壇・政界・財界の、芝居に真の理解のある人士が一堂に会した初日の盛況は、ベルリン・オペラの初日以来のことである。

芝居の初日はこうなくてはならない。そのためには、舞台も亦《また》、初日に堰《せき》を切って流れるだけのものを見せなくてはならない。初日にセリフが入っていないなどは論外で、今夜はそんな俳優は一人もいなかった。

思うに、帝国劇場以来、日本の芝居が外見だけ西洋風をまねながら、内容は古い歌舞伎の常識そのまま、ぐうたらな初日をあけて来たことに、今日の芝居の堕落の原因のすべてがあるのだ。

三幕目の山形勲《いさお》と園井啓介の対決の場の迫力は、浅利氏の演出のフランス風の処理によって、目ざましいクライマックスを盛り上げ、作者は悉く満足した。

カーテン・コールで舞台に駈け上って、私が園井啓介と握手をしたとき、文学座脱退以来労苦を共にしてきたNLTの諸君は、目頭が熱くなったと語った。半年の胸の閊《つか》えが今下りたのだ。

九時半の終演後、劇場の二階ロビーでパーティーが催おされ、私は昂奮してビールを呑みすぎた。関係者たちだけで、その後さらにローゼンケラーへ流れたが、ただ昂奮感激の連続で、やたらに握手ばかりしていた。みんな、こんなにすばらしい初日ははじめてだ、と語り合った。

夜中の一時すぎに帰宅したが、三時ごろまで、家内とこの一ヶ月半の労苦を語り合い、そのうち猛烈眠たくなって、この晩は久しぶりに午《ひる》すぎまで熟睡した。

金曜日
学習院時代の恩師である清水文雄先生を劇場にお招きしてある。広島から久々に上京されたのである。
先生に挨拶したのち劇場の役員室へ行って、八時からTBS・TVの「剣」を見る。加藤剛の主役は、みごとな端然たるヒーローだが、映画の主役の雷蔵に比べると、或るはかなさが欠けている。これはこの役の大事な要素だ。
終演後、清水先生、伊沢甲子麿《きねまろ》氏と、十一時ごろまで語る。

土曜日
まだ芝居へ頭が半分以上行っているが、いつまでもこうしてはいられない。原稿は山積しており、気分を百八十度転換して、書斎の仕事に戻らねばならない。
快晴で日光浴。四時半から東調布警察署で剣道。吉川先生が渋谷署へ転任され、私はそこへついて行くつもりなので、なつかしいこの東調布の道場とも、今日でお別れである。形ばかり、道場を掃いて、別れを告げる。

日曜日
快晴。二時半から、佐藤春夫氏告別式のため青山斎場へゆく。すぐ帰宅して、仕事。

月曜日
曇。一週間ぶりに後楽園でボディ・ビル。又劇場に用事が出来て、結局行ってしまい、一度ついた狐はなかなか落ちない。

ありがたきかな〝友人〟

昭和三十九（一九六四）年九月

九月二十八日（月）

雨。実は今日のプライバシー裁判第一審判決の法廷には出ないつもりだった。勝てばいいが、負けてさらしものになるのがいやだったからだ。しかし諸般の事情から出ざるをえなくなり、原告の有田氏は病気で出頭せず、私一人がフラッシュのウズの中で、どんな顔をしていいかわからぬハメになった。

十時、被告席につくと、菅野・塚本弁護士が、「たとえ負けても、決然としているように」と忠告する。判決が下りた。全面的敗訴である。いいしれぬ鬱屈が胸にきざした。

傍聴の伊藤整氏とともに各社の記者会見をし、そのあと近所で菅野氏と善後策を相談する。私としては、共同被告の新潮社に対して、こんなトラブルを持ち込んだ責任を痛感する。しかしここで損害賠償を払って引っ込めば、それですむというものではなく、あとからあとから仮処分で追いかけられて事実上「宴のあと」の出版は不可能になる。私としてもあの作品を永遠に葬ることになるし、あの程度でプライバシー侵害をみとめられては、小説家全体が、これからおちおち安心して小説も書けなくなる。五、六十年も歴史のあるアメリカのプライバシー判例が、ほぼ妥当のところにおちついている現在、日本の裁判所が、現実を無視したかのような飛躍的な結論を出したことは、日本の社会の現在現実の条件と戦いながら仕事をしているわれわれには、とうてい納得のゆかないことである。また、文学作品の公共的価値というものをまるきりみとめない判決をこのままのんでは、同業の小説家全部を裏切ることになるであろう。……われわれは控訴して戦うべきだ、という結論におちつく。

さなきだに秋の雨の陰気な一日だ。ホテル・ニューオータニのベル・ビューで中食《ちゅうじき》ののち、一時半からNTVのインタビューに出る。打合せのとき、アナウンサーが、「こういうキワモノの小説は……」と「キワモノ」を連発する無礼に、思わず声を荒らげる。わたれながら多少ヒステリックになっていると思う。

ついで毎日新聞と東京新聞のインタビュー。雨の中を歩いて買い物をしたのち日生劇場へゆき、「恋の帆影」のけいこを見て、帰宅。

家へ帰ってみて、さあ、どうにも気分がおさまらない。これで世間へ裁判の結果だけが報道されれば、作品自体を読んでいない人が、結果だけで作品を判断するだろうし、さて、それを読んでもらう機会も奪われている。

友人の河内氏に電話をかけると、飛んで来てくれ、夜おそくまで二人で飲む。こういうときに友人ほどありがたいものはない。

日記

昭和四十（一九六五）年十一月

十一月二十五日（木）

きのうは一日仕事にかかりきりになっていた。そして今朝四時すぎ「春の雪」第五回、五十一枚を書き上げる。今一番大切にしている仕事であるし、十月末外国からかえって以来元のペースに戻るのに苦労していたし、ともかくこの回を書き上げたのは嬉しかった。

頭に血が上っていて、下りて来ない。四時間眠ったら目がさめてしまった。午後一時、「新潮」の菅原国隆氏が来たので、チャンと軌道に乗った書きぶりになっているかどうかを、一刻も早く第三者の目で見てもらいたいと思い、出来上った原稿を読んでもらう。その結果、前のペースが保たれているから安心せよ、という評語を得たが、たとえこういう場合の力づけの言葉であっても、嬉しかった。

しかしわずか二ヶ月の外国旅行のブランクをそれほど気にする小説家は、やはり島国根性の小説家と言わねばなるまい。

大雨の中を銀座へ出て買物をしてから、さらに後楽園へゆきボディ・ビル。仕事のあとの疲れをとるにはこれが一番である。神経の疲労と同程度に肉体を疲労させ、疲労のバランスをとることが、回復の第一条件である。

夜八時、新宿紀伊国屋ホールへゆき、公演中の「サド侯爵夫人」の幕間《まくあい》に、単行本「サド侯爵夫人」のサイン即売会をやるが、わずか十五分の幕間といいながら、本は十二、三冊しか売れない。芝居の大入りと本の売れ行きとは、必ずしも一致しない。サイン会で来ない客を待ってポカンとしている作家の顔ほど、阿呆な顔があるだろうか。

芝居に招いてあった恩師清水文雄先生と伊沢甲子麿《きねまろ》氏と共に、芝居のハネたあと、浅酌を汲む。西洋かぶれの芝居の観後、純正な日本人に還ったような気がする。私の永遠の二重性格。

十一月二十八日（日）

晴。屋上で日光浴をする。

四時から碑文谷署で、居合抜きをはじめて習う。はじめから真剣でやったほうがいいと言われたので、真剣を持ってゆく。やっぱり竹刀とちがって、柄《つか》から切尖《きっさき》へ、流れ落ち又流れ戻ってくる力の流体としての感覚が鮮明だ。五時から常のとおり剣道の稽古。

十一月二十九日（月）

今夜は「サド侯爵夫人」の千秋楽で、劇場に詰めていなければならぬ筈なのに、たまたま川口秀子さんの「白蝶会」の公演が今日だけであって、武智鉄二氏演出脚色の舞踊劇「恐怖時代」を見るには、今夜しかチャンスがなく、やむなく六時、新橋演舞場へゆく。入ってゆくと廊下で大佛次郎氏に会う。

「一寸《ちょっと》『恐怖時代』を見に来ました」

「ああ、僕も『恐怖時代』を……」

と大佛氏が言われる。澁澤龍彦氏夫妻、堂本正樹氏とも会う。みんな「恐怖時代」のお客である。

谷崎潤一郎氏のこの戯曲は、発表当初から発禁になったのみならず、戦後京都南座における武智鉄二氏の伝説的血みどろ演出で名高い。そのときは、かぶりつきのお客の着物に血のりがいっぱい飛んで、劇場側で弁償したという伝説まである。

今日のは舞踊劇でもあるし、きれい事に堕しているのはやむをえないが、東京の新宿第一劇場における上演よりは、はるかに原作の精神に忠実だった。しかし仕掛やキッカケがいろいろ巧く行かず、そのたびに間《ま》がのびる。この戯曲は歌舞伎調のセリフで書かれているが、歌舞伎系のセリフ廻しでやっては、迫力が減殺されるのではないか。むしろ新劇調でトントン運び、大詰の凄惨な見世場は、立廻りその他もリアルにして、息つぐひまもなく幕切れへもってゆくべきだと思う。それにしても原作戯曲の序幕は長すぎる。

——さて「恐怖時代」がすんで、紀伊国屋ホールへかけつけたときは八時半になっていた。

アメリカの名女優ヘレン・ヘイズさんが観劇に来ており、彼女をカーテン・コールで観客に紹介する打合せをワイワイやっているうちに大詰の幕があく。

カーテン・コールには紀伊国屋社長の田辺茂一氏も舞台にのせ、私が、東京唯一の手動式の幕が、いかに芝居のパッと切って落す幕切れの芸術的効果に大切であるかを観客に説き、この劇場のオウナーである田辺氏の見識をたたえた。

芝居は大入りで、劇評もよく、みんな大満足の千秋楽だった。終演後のパーティーで、私は演出の松浦竹夫氏をつかまえ、酔余、

「今度の君の演出にはたしかに品格がある。一体君のどこに品格があるのか知らないが、君がはじめて品格を出したね」

とカラミながら感謝した。

プライバシー裁判の和解前後――週間日記

昭和四十一（一九六六）年十一月

火曜日

快晴。日光浴ののち悠々と出かけたが、高速道路が事故で交通渋滞し、銀座三越の「アラビアン・ナイト展」のサイン会に遅刻。

日生劇場で上演中の拙作「アラビアン・ナイト」の宣伝のためのサイン会で、北大路欣也らの出演俳優と一緒に居並んで、サインに応ずるのだが、文士同士のサイン会だと、競争意識が出て面白くないが、これならば気楽でよろしい。

サインをたのむ気にもならずただ見物していたい人が大ぜいいて、そういう人は一メートルほど向うに張った縄で整理されている。

私が水谷良重に、

「おい、見ろよ。君みたいな猛獣がいるから、向うにちゃんと縄が張ってあら」

とサインをしながら言うと、良重もサインをしながら、

「何さ。先生なんか毒を吐くコブラのくせに」などとやり返すのは、お互いに態度がよろ

しくない。

「みんな、舞台で、空飛ぶ絨毯《じゅうたん》なんかに乗って口惜《くや》しいから、私、帚《ほうき》に乗って出てやろうかしら」

「よせよ。帚が折れるよ」

「口惜しい」

これは私と奈良あけみとのサイン中の会話。これも不真面目で、よろしくない。もっとマジメにやれ、やれ、三島君。

――かえり、浜作第二で河豚《ふぐ》の夕食を喰べてのち、歌舞伎座の監事室で、「妹背山《いもせやま》」の道行《みちゆき》と御殿を観劇。幕間《まくあい》に久々に歌右衛門の楽屋を訪れる。

水曜日

曇。後楽園ジムでボディ・ビル。

六時から日生劇場でお客をしているので、「アラビアン・ナイト」を何度目かの観劇。北大路欣也の美声とセリフ廻しの巧さには全く降参。私が彼に対する試験問題のつもりで書いた「黒島の王子」の独白を、実にみごとにこなしているので、この次は、セリフ、セリフ、セリフの芝居を、彼を主役にして書きたくなった。

木曜日
晴。風冷たく日光浴できず。
夜、東大法学部で戦時中勤労動員を共にした仲間の五色会が、有楽町のひさごやであった。五色会とは、当時の飯の雑穀の色を象徴した名である。
会の流れで六人ほど拙宅へ来て呑み直す。弁護士、検事、新聞記者、大学教授、デパート・マン等の雑多な顔ぶれで面白く、共通のノスタルジーに包まれて時の移るを知らぬ。ワイセツの定義が話に出て、ワイセツ物陳列頒布等に関する最高裁の判例は、「不特定且つ多数」ではなくて、「不特定又は多数」であり、その多数もドイツ語のメーレレだから、英語のフュウと同じで、二、三人を意味するとのことで、一つ勉強をした。

金曜日
南風吹きすさぶ。晴のち驟雨。
ボディ・ビルと日生劇場。かえり招いてあった客と十一人でキャラバン・サライでサパー。

土曜日
朝七時、二十三枚で最終回を書きおわり、合計七百十枚で「春の雪」(新潮連載)を脱稿。

予定の七百五十枚より四十枚ほど少なかったが、大体私の仕事は予定より短かくなる傾向がある。これで「豊饒の海」の第一巻を書きおわり、一年半で、やっと全体の四分の一が完成したわけである。前途遼遠。まだ気をゆるめるわけには行かぬ。第一巻「春の雪」は、いわば「たわやめぶり」の恋愛小説だが、すぐ続行する第二巻「奔馬」は、「ますらおぶり」の行動小説にするつもり。

そのまま眠らずにいて、午前中、「新潮」にこの原稿を渡し、そのとき、昨夜、プライバシー裁判（「宴のあと」事件）の和解に関する最終的な話し合いがついた、という報告を受ける。

午前十一時ごろ眠ったが、二時間で目がさめてしまい、フラフラして、夕食後又眠り、深夜に目ざめ、家内と作品完成の祝盃をあげる。

日曜日

すばらしい快晴。二時間あまり日光浴。

家内、子らとキディ・ランドへ玩具を買わされにゆき、四時から碑文谷道場へゆき、舩坂君の指導で、大森流居合をやっと十一本目まで上げる。ここまでようよう形をおぼえただけで、あとは細部を磨かねばならぬ。そのあと例のとおり剣道の稽古。打ち込まれかけて一旦手をあげるクセを直さないと、二段打でやられる危険がある。文章はクセが売物だが、肉体はクセは売物にならぬ。肉体のほうが、どうも古典的で純粋らしい。

月曜日

晴。いつもは朝まで仕事をして午後になってのそのそ起き出す生活なのに、今日は午前十時に起きて電話のそばに待機していろ、というお達しで、緊張のあまり九時に目がさめてしまう。

それからずっと電話のそばにいるが、一向鳴らない。今日裁判所で公表される筈の和解に、何か支障でもあったのか？　そのうち新潮社からの連絡があり、和解が最終的に成立したことを確認する。これで五年半、いつも頭のどこかに引っかかっていた争いが終熄したのだ。

この春、有田氏側から和解の申入れを受けたとき、「一字一句の修正なしに『宴のあと』を出版してよろしい」という条項があったので、それならば、こちらの目的を達することができるから、和解に応ずる気構えになったわけだ。こちらは、「宴のあと」の無修正出版を目標として争って来たのだから、実質的に目的を達したことになる。これにはもちろん、有田氏の逝去という偶発事が、大きな動機になっているが、プライバシーの権利を重んずべきことには異論がないとしても、小説「宴のあと」が、決して故有田氏のプライバシーを侵害するものではない、という当方の主張は、和解調書にも明記してある。

あとは読者の判断に待つだけである。新聞社や放送局からいろいろ感想をきいてきたので、私は、「これからは『読者の裁判』がはじまるのだ」と答えたが、何が辛《つら》いと言って、今まで、現物の本が流布されていないところで、それを読んでいない人たちから、あれこれと臆測で物を言われるほど辛いことはなかった。それがこれからは、じかに、作品を通じて読者に判断してもらえるのである。これこそ文士の本懐というものだ。

しかし、つくづく神様も味なことをなさると思うのは、有田氏は第一審判決の勝訴ののち間もなく亡くなられ、勝利感と共に、日本にプライバシーという新らしい法理念を輸入された満足を味《あじわ》われながら、世を去られたし、それから一年半後、私は、原作の無修正出版により世人の判断に訴えるという目的を達したのであるし、……結局、原告も被告も、各々の満足すべき結果を見て、裁判を終ることができたのだ。八方円満というべき結末であろう。

いろいろお世話になった文芸家協会長丹羽文雄氏を訪問して、報告とお礼を述べ、ペン・クラブへもお礼にゆき、夕食後後楽園でボディ・ビルをみっちりやって、寝不足にもかかわらず、心身爽快、むやみと愉快になり、帰宅して、父母にも経過を話して喜ばせ、仏前にも線香を上げて報告する。かくして、報告とお礼の一日がおわり、のんびり風呂につかったが、肩の荷が下りたとはこのことだった。

日録

昭和四十二（一九六七）年一月

一月三日（火）

世界選手権試合のたびに、F紙にボクシングの観戦記を書くのも度重なり、ファイティング原田のタイトル・マッチには、常連になったが、きょうは毎年女房の里へ年始に行くのに決った日で、名古屋まで見物にも出かけられないので、仕方なしにテレビを見て、観戦記を書く。

しかし、何といっても、ボクシングはあの場内の興奮に包まれて、じかに見るべきものだ。テレビだと、十五ラウンドが、スカスカと機械的に運ばれる感じで、興味は半減する。今日は私の予想では、十五ラウンドまるまる使って判定勝ということになっており、その通りになったので、多少鼻を高くする。

解説のアナウンサーの声が全くいやらしい。ボクシングの試合なのだから、もうちょっと粗野な、ボクサー風に鼻のつまったカスレ声のアナウンサーを連れて来るわけには行かないのか。そのほうがずっと気分が出るじゃないか。いやに澄んだ高い声の、中性的なアナウンサーの乙リキにすました軽薄な「客観性」、これこそ、ジャーナリズムのいわゆる「良心的客観性」の空虚ないやらしさを象徴している。

一月六日（金）

G誌の十五枚の原稿「青年像」が、どうしても明朝がギリギリということになったので、家にいて、仕事をする。しかし意外に早く仕上ったので、新年匆々《そうそう》夢中になって書いていながらこの原稿のために一日中断した「『道義的革命』の論理」というエッセイの仕事に戻る。

書いていて面白くてたまらないという原稿を書くのは久しぶりのような気がする。夜が明けるのが惜しい。しかし、こっちがこんなに面白がって書いた原稿は、読むほうでは面白くも何ともあるまい。

一月八日（日）

居合道と剣道の稽古はじめ。

道場の冷え込み方はものすごく、むかしの寒稽古の寒さを思い出す。いくら一生けんめいやっても、居合のほうでは汗も出ない。剣道の稽古も、飛び回るうちに体はだんだん温まってくるが、足の裏だけは寒餅みたいになって感覚がない。そのうちやっと、その足も温まってくる。

この日本刀で人を斬れる時代が、早くやって来ないかなあ。

一月十日（火）

日光浴中、武智鉄二氏来訪、失礼ながら、裸のままお目にかかる。何の話かと思うと、「黒い雪」の証人になってくれ、ということなので、早速引受ける。私はナショナリズムとエロティシズムの二本立であるから、こういう仕事は私の領域内にある。

話はちがうが、私はこのごろよく考えることがある。革命の機が熟したとき、文化人はあいもかわらず、女子供と同様に扱われるであろう。それはいわばウサギの役割なのだ。もしプラカードを持ってフラフラして、ぶち殺されれば、革命陣営は口をきわめてその「英雄的行動」をほめそやすであろう。しかしそれはウサギの英雄にすぎないのだ。

なぜなら、文化人知識人というものは、老人か、女子供に類する肉体的弱者に決っているから、「弱者が殺された」という民衆的憤激をそそり立てるのに効果的であり、ただ弱者であるのみならず、その上、多少の知識や文化的活動の経歴名声がプラスして、「尊敬すべき弱者が殺された」という政治的効果は多大なものだ。革命における文化人の効用は、ウサギの肉の効用である。

私は外国でウサギの肉を食べたことがあるが、柔らかくて、わりに旨い。独特のクサ味を調味料で除去すれば、うまいほうの肉に入る。ウサギにしろ、ニワトリにしろ、豚にしろ、さらに牛にしろ、概して大人しい動物の肉はうまい部類に入る。

肉をまずくしよう。少なくとも俺一人の肉はまずくしてやろう。と私は断乎たる決意を固めたのである。

一月十四日（土）

寒波のすごいやつがやって来た。

今日はめずらしく家にいて客を迎え、講談社の松本道子さんが来訪。私がしんみり文学の話をたのしむ相手はこの人だけで、日本でおそらく一番文学というものがわかっている女性である。

夜は、北大路欣也君が、寺川知男プロデューサーと来訪。来年北大路君のために書く芝居の腹案などをいろいろ話す。私は何度か芝居の世界から足を洗おうと思ったが、まだ洗えないのはどうしたことか。芝居ほど、純粋さと嘘いつわりの極端な合金はないからだ。

一月十六日（月）

寒気がきびしい。後楽園ジムへ行くと、運動する前の寒そうな顔をした友に、小柄なA青年が、

「子供は風の子。おいらは妾の子」

などと叫んで、気合をかけている。

このA青年はたえず皆を笑わせており、朝は中央線で勤めに通っている由だが、満員電車が駅に着いて、若い女が金切声をあげて、

「下ろしてえ！」

と叫ぶと、

「はい」

と答えて、そばへ寄って、スカートのファースナアを下ろしてやったりするのだそうだ。

又、満員電車の中で自分の靴を踏まれても決して怒らず、踏んだ相手のズボンへこすりつけて磨くので、下車するときの彼はいつもピカピカの靴を穿いているのだそうだ。

一月十七日（火）
今日は取材の一日だった。
前の晩徹夜仕事をしたまま、朝、吉川七段に伴われて、北沢警察署の対班試合を見にゆき、スケッチをし、メモをとる。
剣道のようなものは、自分が動き、あるいは自分がこれから動く体勢にあるときは、いくら目を凝らしていても描写できるものではない。そこで、可成《かなり》知っている筈の剣道も、

いざ小説の中で使うとなると、改めて純然たる観察者として、ノオトをとりに行かねばならない。そのとき、もはや、自分がなまじ剣道を知っているというような自信は、邪魔になるだけである。幼児のような目で見直さねばならない。好奇心という根源的にして無道徳な衝動の化身にふたたび成り変ること。

午《ひる》すぎ家へかえって、バタリと眠り、夕方起きて、今度は芝居の材料をきくために夕食に招いてあるT氏を迎え、約五時間、ノオトをとりながら歓談。

一月十八日（水）

久々に映画を見る。「パリは燃えているか」というやつでゲルト・フレーベのフォン・コルティッツ将軍が秀逸。オーソン・ウエルズは、どうしたことか全くイカさない。レジスタンスが、何だか打算的な、妙に計算高い行動に見えてくるというふしぎな映画。

一月二十六日（木）

きのうからホテルで「自己カンヅメ」。つまり今月はあんまりいろいろと引受けすぎて、肝腎の「新潮」の「奔馬」がおくれ、かくてはならじ、とわれとわが身をカンヅメにした次第。

しかし、芝居を書くときなら、一旦乗り出すと、天馬空を行く感じになるから、カンヅメもいいが、小説のカンヅメは辛《つら》い。それも、短篇なら、結末に向って、ワーッと乗ってくることがあるが、長篇の途中では、ほとんどカンヅメの効果は上らない。

それというのも、急ぎながら、一方、筆が走らないように抑えてゆくという作業が、実に生理に反するからで、浪花節じゃないが「ゆるりゆるりと急がるる」のはむずかしい。

風呂へ入ったり出たり、三十分寝て又起きたり、コーヒーを呑んだり、呑むのをよしてみたり、ただスタミナのみをたよりにして、苦心経営、二十七日午前二時にやっと脱稿、そのまま家へかえる。

一月二十七日（金）

すばらしい快晴。きのうの疲れで、却《かえ》って早く目がさめてしまい、三時間日光浴。その後ジムへ行ってボディ・ビルをみっちりやる。

六時半からヒルトン・ホテルでゴールデン・アロー賞授賞式があり、話題賞というのをもらって、加山雄三、樫山文枝などと舞台に居並ぶ。しかし私の受賞は、どうせ酒の肴にするために呉れた賞に決っているから、お肴を舞わねばならぬ義務にかられ、式次第を無視して、十分間の大演説をやり、みんなを閉口させた。私と一緒に賞をもらった人は本当に災難である。

かえり某社に招かれて柳橋へ行くと、若い芸者が、

「先生、何であんな裸の写真を週刊誌に出したの？」

「だって、ボディ・ビルの本から勝手に転載したんだ」

「イヤだわね。本当にイヤ。最低だわ。何てイヤなんでしょう。本当にイヤ。イヤったら、全くイヤ」

と「イヤ」を二百ぺんぐらい言われる。雪男はイエーッと鳴くそうだが、イヤイヤイヤと啼きつづける小鳥をそばに置いて酒を呑むのは満更ではない。

解説　スタア作家の書斎と社交と肉体、そして結婚

平山周吉

新たに編集された三島由紀夫『戦後日記』を読んでいると、どうしても頭にちらついてしまう最晩年の三島の述懐がある。死の四ヶ月前に発表された「果たし得ていない約束──私の中の二十五年」の有名な冒頭の一節だ。

「私の中の二十五年間を考えると、その空虚に今さらびっくりする。私はほとんど「生きた」とはいえない。鼻をつまみながら通りすぎたのだ。

二十五年前に私が憎んだものは、多少形を変えはしたが、今もあいかわらずしぶとく生き永らえている。生き永らえているどころか、おどろくべき繁殖力で日本中に完全に浸透してしまった。それは戦後民主主義とそこから生じる偽善というおそるべきバチルスである」

三島が鼻をつまんでいた「二十五年」とは、敗戦の年（昭和二十年）から自決の年（昭和四十五年）までを指している。三島は戦後の文壇でもっとも輝かしい成功を収めた小説家である。その三島が、戦後日本への嫌悪を臆面もなく表明した。三島のトレードマーク

だった得意の哄笑もここからは聞こえてこない。

「……それほど否定してきた戦後民主主義の時代二十五年間を、否定しながらそこから利得を得、のうのうと暮らして来たということは、私の久しい心の傷になっている」

『戦後日記』はまだ大蔵省の少壮官吏だった昭和二十三年（一九四八）から、ライフワーク『豊饒の海』執筆中の昭和四十二年（一九六七）までの間に「日記」の体裁で書かれたエッセイを集めたものである。『金閣寺』執筆を直前に控えた「小説家の休暇」、『鏡子の家』執筆中の「裸体と衣裳」の二編はことに、小説家の工房が、スタア作家の生活と意見が、サービス精神たっぷりに披露されていて、絶頂期の余裕すら感じさせる。しかし、この時にも三島は内面では「鼻をつまんで」いたのか。それともまだ自分のポジションを「のうのうと」満喫していたのか、という興味が起きてしまうのだ。「果たし得ていない約束」では、「私は昭和二十年から三十二年ごろまで、大人しい芸術至上主義者だと思われていた」と書いている。その自己認識が正しいとすると、「小説家の休暇」（昭和三十年）と「裸体と衣裳」の間に落差が存在するのか。

「裸体と衣裳」はもともと文芸誌「新潮」に「日記」として連載された（昭和三十三年四月号〜三十四年九月号）。連載期間は原稿用紙一千枚の書下ろし大作を執筆中の時期で、『金閣寺』に続く次なる代表作の執筆経過をリアルタイムで公表するという大胆不敵な試みであり、同時にその前宣伝をも兼ねるといった性格のものである。マスコミの寵児ならではの華やかさは日記の記述に溢れかえっている。演劇人とのつきあい（歌舞伎も新劇も）、自身の原作映画への出演（これは後の「からっ風野郎」「憂国」主演に発展していく）、文士劇出演、多彩な交友関係（若き日の丸山明宏［現在の美輪明宏］、越路吹雪、作曲家・黛敏郎等々）、座談会やパーティへのこまめな出席、外国人日本文学研究者との頻繁な交流（ノーベル文学賞がすでに視野に入っていよう）と、日本版セレブの眩しい生活である。三島自身は昭和三十四年正月に発表した「わが非文学的生活」でライフスタイルの現状報告をしている。

「私自身のことをいうと、ここ四五年たえず試みてきたことは、どうしたら一日のうちなるたけ多くの時間を、文学臭を避けて生きられるかという実験である。（略）できることなら、今後は生活をきちんと三分して、付合は一切やめ、寝る時間と、仕事する時間と、運動をやる時間とだけにするのが理想だ。この三つがうまくつながれば、世間的には多忙に見え、私個人には、二十四時間が「孤独と閑暇」だけで埋まることになる。（略）私に終局的に必要なのは文学であって、「文学的」な事柄ではない」

「裸体と衣裳」では、「運動をやる時間」が一番愉しげに書かれている。剣道、ボディ・ビル、そして日光浴も含めれば、我々が「三島由紀夫」で想起するビジュアル・イメージはこの時から鍛錬され、露出されていく。もうひとつのビジュアル・イメージとなる「白堊」の邸宅も建築中である。三島の人生の節目はこの時期に集中しており、私生活上での最大のイベントも「裸体と衣裳」には出てくる。結婚である。

背徳的な天才作家が平凡な見合結婚をする。週刊誌ネタにもなった三島の結婚は、昭和三十三年五月九日の「杉山家と結納をとり交わす」という古風な一行で突然はじまる。翌々日の疲労困憊した「週刊新潮」インタビューは、「クローズ・アップ　三島由紀夫の結婚」という六ページもある特集記事の取材であった。「短すぎた春」は一ヶ月足らずで、六月一日には明治記念館で挙式し、六本木の国際文化会館で披露宴が行なわれた。三島は新婚旅行の湘南電車の座席に落ち着いたところから日記を書いている。そこまでは照れ臭いのか、すべてカットである。媒酌人の川端康成は、「本日は、作家の三島由紀夫さんのほうは休業で、本名の平岡公威さんのほうが……」とユーモラスに挨拶していたというのに（粉川宏『今だから語る「三島由紀夫」』）。川端の挨拶は『小説家の休暇』という本のタイトルをモジったものだったのだろう。

新婚旅行の二週間は執筆どころではない。まさに「小説家の休暇」となった。この二週間は三島日記の予期せざるハイライト部分ではないだろうか。花嫁の姿や言葉は直接的には出てくるわけではない。三島が「妻」という文字をおずおずと記すのは三日目になってからである。

「妻は美容室へ行った」。「「俺が妻とヒッチコックのテレビ劇を見ている。食後の家庭的団欒というやつだ」と思うと、われながら、頬を抓ってみないわけにはゆかない」

三島はこの二週間、マスコミの取材攻勢にあっている。迷惑そうな様子はうすい。むしろ歓迎して、新婚旅行をイベント化している。大映京都撮影所では「金閣寺」の撮影を見学して、記者会見に出ている。京都で公演中の中村歌右衛門からは二晩も招宴があった。これから船で別府へ行くと知った歌右衛門曰く、「高崎山の猿に電話をかけて、うんと引っ掻いてくれるようにたのんでおいてあげましょう」。こんな危険なジョークを書き記すことも忘れていない。書斎と社交と肉体改造の過密スケジュールの中で、結婚と家庭がいかなる位置づけにあったのか。三島の秘密を解く手がかりがここにはありそうだ。

翌年の「最初の児の誕生」では、三島も人の子である。「周章狼狽ぶり」と子煩悩ぶりでは、非凡さは発揮されない。「終日赤ん坊にかまけて」いる。この赤ん坊は三島の母校である学習院に入るのだが、そこで父兄同士となる高貴なご夫婦の結婚について、三島は昭和三十四年四月十日の日記に書く。「馬車行列の模様をテレヴィジョンで見る」。明仁皇太子と正田美智子嬢のパレード生中継である。「御成婚祝典カンタータ」の作詞者（作曲は黛敏郎）とは思えない、独特の視線がそこには注がれる。五月三日の園遊会でも、「昔の学習院では、皇族をめずらしがらないという感情が大きな特色をなしていた」と記す。早すぎた晩年に『春の雪』や『文化防衛論』を著わす素地はここに伏在している。

見てきたように、三島の『戦後日記』はどんな角度から読んでも興味は尽きないが、ここで解説の最初の問いに戻らないといけない。三島はずっと鼻をつまんでいたのか、である。昭和二十五年（一九五〇）の日記に「葉隠」を読んだという記述がある（「文學界」二月号)。山本常朝の「葉隠」は三島の座右の書であった。昭和四十二年の『葉隠入門』で、三島は「戦争中から読みだして、いつも自分の机の周辺に置き、以後二十数年間、折りにふれて、あるページを読んで感銘を新たにした本」であると信仰告白し、「わたしのモラルのもととなり」、「わたしのその孤独と反時代的な立場を、両手でしっかりと支えてくれる」書であったと感謝している。『葉隠入門』では、昭和三十年の「小説家の休暇」で、「わたしは戦後初めて、自分の「葉隠」への愛着を人にもらした」と書き、「小説家の休暇」の該当部分(八月三日)を引用し、そして続けている。「わたしが「文武両道」という考えを強く必要としはじめたのも、もとはといえば「葉隠」のおかげである」。

昭和二十五年の日記が図らずも、三島の「葉隠」愛読の歴史を証明してくれている。わずかな記述であり、「葉隠」を危険な書ではなく、「日本の古い修養書は芸術論として読むべし」と、穏健な読みを提示しているに過ぎない。それでもまだ占領下日本で、武士道は忌避されている。戦争中に持て囃された「葉隠」を持ち出すことは反時代的なふるまいであった。わずかに覗かせた三島の「鼻をつまむ」しぐさである。

学習院高等科で三島の親友だった三谷信《みたにまこと》(父親の三谷隆信は外交官で、昭和天皇の侍従長を戦後長く務めた)は、山本修先生が倫理の講義で「葉隠」を読んだことを伝えている。「平岡[三島]の晩年の主張は、その山本修先生の主張とほとんど同じところがある(たとえば、恋も忠も心の姿は同じであるという奔馬の中の言葉は、火の気の無い学習院高等科の教室で山本先生が語った言葉その儘である）。（略）山本先生は日本の二大名文として弘法大師の文章と葉隠を大いに推奨された。そして弘法大師の文に比べ遥かに理解の容易な葉隠を副教科書に使われた。平岡が葉隠を枕頭の書と呼んで愛読するに到ったきっかけは、やはり山本先生にあるのではないかと思う」（三谷『級友三島由紀夫』）。

学習院時代の恩師では、「三島由紀夫」という筆名をつけた清水文雄が著名で、山本の名はあまり語られない。清水先生と山本先生は戦後すぐに学習院を去り、故郷に帰った。山本先生は三谷に「伊勢の海や神島かくりゆく舟の／かそけくも世に生きんとぞ思ふ」という歌を残している。三島の二人の恩師が戦後日本に背を向けたという事実は重い。

三木良の「透《すか》し彫りの迷宮――昬碑《しんぴ》三島由紀夫」によると、三島の遺品の中には大部な「三島由紀夫日記」が存在するという。『戦後日記』がきっかけとなり、「三島由紀夫日記」の刊行が実現することを待望する。そのあかつきには、三島の「戦後」はさらに明瞭となるであろう。

（ひらやま・しゅうきち　雑文家）

初出一覧

そぞろあるき　「芸苑」一九四八年十一月号
某月某日　「文芸往来」一九四九年一月号
作家の日記　「文學界」一九五〇年三月号
退屈な新年　「新潮」一九五四年三月号
作家の日記　「小説新潮」一九五五年七月号
小説家の休暇　書き下ろし／講談社（ミリオンブックス）、一九五五年十一月
裸体と衣裳　「新潮」一九五八年四月号〜五九年九月号
ある日私は　「週刊読売」一九六〇年八月二十八日号
日記　「風景」一九六一年七月号
週間日記　「週刊新潮」一九六四年五月二十五日号
ありがたきかな〝友人〟　「サンデー毎日」一九六四年十二月二十七日号
日記　「風景」一九六六年一月号
プライバシー裁判の和解前後　「週刊新潮」一九六六年十二月十日号
日録　「日本読書新聞」一九六七年一月二十三日、三十日、二月六日、十三日号

や・ら・わ行

■三島由紀夫作品名

ま行

な行

は行

さ行

た行

か行

索　引

■人名

あ行

編集付記

一、本書は著者の日記形式のエッセイを独自に編集し、発表年代順に収録したものである。中公文庫オリジナル。

一、本書の収録作品は『決定版三島由紀夫全集』（新潮社）を底本とし、新字旧仮名遣いを新字新仮名遣いに改めた。また、本文中の固有名詞の表記のゆれについては、上記全集第42巻の年譜を参照し、各篇内で統一した。

一、本文中、今日の人権意識に照らして不適切な語句や表現が見受けられるが、著者が故人であること、刊行当時の時代背景と作品の文化的価値に鑑みて、原文のままとした。

中公文庫

戦後日記《せんごにっき》

2019年4月25日　初版発行

著　者　三島由紀夫《みしまゆきお》

発行者　松田陽三

発行所　中央公論新社
〒100-8152　東京都千代田区大手町1-7-1
電話　販売　03-5299-1730　編集　03-5299-1890
URL http://www.chuko.co.jp/

DTP　ハンズ・ミケ
印　刷　三晃印刷
製　本　小泉製本

Published by CHUOKORON-SHINSHA, INC.
Printed in Japan　ISBN978-4-12-206726-4 C1195

各書目の下段の数字はISBNコードです。978－4－12が省略してあります。

中公文庫既刊より

み-9-11
小説読本
三島由紀夫
作家を志す人々のために「小説とは何か」を解き明かし、自ら実践する小説作法を披瀝する、三島由紀夫による小説指南の書。〈解説〉平野啓一郎
206302-0

み-9-12
古典文学読本
三島由紀夫
「日本文学小史」をはじめ、独自の美意識によって古今集や能、葉隠まで古典の魅力を綴った秀抜なエッセイを初集成。文庫オリジナル。〈解説〉富岡幸一郎
206323-5

み-9-7
文章読本
三島由紀夫
あらゆる様式の文章・技巧の面白さ美しさを、該博な知識と豊富な実例と実作の経験から詳細に解明した万人必読の文章読本。〈解説〉野口武彦
202488-5

み-9-6
太陽と鉄
三島由紀夫
三島ミスチシズムの精髄を明かす表題作。作家として自立するまでを語る「私の遍歴時代」。三島文学の本質を明かす自伝的作品二篇。〈解説〉佐伯彰一
201468-8

み-9-9
作家論 新装版
三島由紀夫
森鷗外、谷崎潤一郎、川端康成ら作家15人の詩精神と美意識を解明。『太陽と鉄』と共に「批評の仕事の二本の柱」と自認する書。〈解説〉関川夏央
206259-7

み-9-10
荒野より 新装版
三島由紀夫
不気味な青年の訪れを綴った短編「荒野より」、東京五輪観戦記「オリンピック」など、〈楯の会〉結成前の心境を綴った作品集。〈解説〉猪瀬直樹
206265-8

し-9-7
三島由紀夫おぼえがき
澁澤龍彥
絶対と相対、生と死、精神と肉体——様々な観念を表裏一体とする激しい二元論に生きた天才三島由紀夫。親しくそして本質的な理解者による論考。
201377-3